# 悠悠祖厉河

孙志诚 著

图书在版编目（CIP）数据

悠悠祖厉河 / 孙志诚著. -- 兰州：敦煌文艺出版社，2018.11（2021.8重印）
ISBN 978-7-5468-1647-0

Ⅰ. ①悠… Ⅱ. ①孙… Ⅲ. ①长篇小说－中国－当代 Ⅳ. ①I247.5

中国版本图书馆CIP数据核字(2018)第250030号

**悠悠祖厉河**

孙志诚 著

责任编辑：王 倩
装帧设计：魏 婕

敦煌文艺出版社出版、发行
地址：（730030）兰州市城关区曹家巷1号新闻出版大厦
邮箱：dunhuangwenyi1958@163.com
0931-8159371（编辑部）
0931-8120135（发行部）

北京一鑫印刷有限公司印刷
开本 880毫米×1230毫米 1/32 印张 8.625 插页 2 字数 224千
2019年1月第1版 2021年8月第2次印刷
印数 1 001~3 000 册

ISBN 978-7-5468-1647-0
定价：40.00元

---

如发现印装质量问题，影响阅读，请与印刷厂联系调换。

本书所有内容经作者同意授权，并可使用。
未经同意，不得以任何形式复制转载。

## 第二次『还愿』
### ——再版序言

长篇小说《浑浊的祖厉河》是我对自己那一段回乡知青生活的怀念。

我高中毕业后,做了整整十年(1968—1978)的回乡知青。在这十年中,我曾任过宣传队队长、民请教师和村支书等职。在那艰苦、漫长而又复杂的农村生活中,我被锻造和磨练成了一个新型的农民。当高考制度恢复,我有机会重新深造,离开养育过我的这片土地时,好心的朋友们纷纷建议我把这段不同寻常的生活写出来,以警示后人。我也觉得乡村的这一段生活对我的馈赠实在是太丰盛了,不多少表示点什么,就显得太不近人情了。于是便有了《浑浊的祖厉河》在我的笔下涌流出来。

这部小说于1990年出版之后,在我的家乡反响不小。这并不是小说写得有多好,而是因为我基本上写的是真人真事,也就是说用虚构的故事陈述了真实的生活。乡亲们感到实在、亲切,就像在说自己的故事。有不少人还来和我交流,说我的小说说出了他们想说而又说不出的话,大概是"生活之树长青"吧。过了二十多年之后,当我的又一部小说《乡谬》出版发行时,又有不少人希望读到《浑浊的祖厉河》,这时这本书我手头没有了,只好向他们许下心愿:再版一次。

这次再版,也算是我对家乡人的第二次还愿了。

趁这次再版的机会,我除将原版上疏漏的错字、错句改正之外,又将个别不合于时代的部分段落做了一些删节,同时还将书名由原来的《浑浊的祖厉河》改为《悠悠祖厉河》。

愿这个新版本得到读者的认同和喜爱!

2018 年 8 月 16 日

# 目录

第一章　喜事添愁 …… 001

第二章　新人进村 …… 011

第三章　走进临时户 …… 021

第四章　初遇工作组 …… 033

第五章　精彩的发言 …… 046

第六章　不明真相的事故 …… 055

第七章　洪水才是月下老 …… 065

第八章　牛不会说话 …… 075

第九章　香兰妈病了的时候 …… 083

第十章　不见兔子不放鹰 …… 095

第十一章　雨天 …… 104

第十二章　转娘家 …… 114

第十三章　寂静的夜晚 …… 124

# 目录

|  |  |
|---|---|
| 第十四章　访问临时户 | 132 |
| 第十五章　报恩 | 145 |
| 第十六章　团圆饭 | 160 |
| 第十七章　恋爱悲剧 | 168 |
| 第十八章　受灾 | 182 |
| 第十九章　刘家堡子下面 | 193 |
| 第二十章　走出临时户 | 207 |
| 第二十一章　日暮乡关何处是 | 225 |
| 第二十二章　总结 | 237 |
| 第二十三章　合家 | 243 |
| 第二十四章　挽歌 | 251 |
| 第二十五章　选择 | 261 |
| 后记 | 269 |

# 第一章 喜事添愁

1976年初春。

一张墨迹未干的大字报,把雪雁山生产队队长林玉山家大门上红艳艳的"囍"字捂没了!庆欢贺喜的庄稼人,一见这张黑脸乌膛的东西,都扫了兴,纷纷撤离了这块令人不快的是非之地。顿时,喧闹了一天的林家小院沉寂下去,沉寂得像一个荒凉凄清的古坟滩。一场红红火火的大喜事,就这样唱成了一出叫人十分痛心的闹剧。

这是谁也没有想到的结局!

林玉山对女儿的这桩婚事,早就有许多不遂心之处,但没有想到会出现这么棘手的问题。他最惧怕的是娘舅请不上趟,冷落了摊场。因而,一大早把去公社办结婚手续的女儿女婿送走之后,就急如星火地走到冒着热气的厨房门上,对着从鸡啼第一声起,就忙碌在锅台上的老伴唐雪来说:"香兰妈,你再把她舅请上一趟呗!咹?"

唐雪来立时把那一张丰满富态的椭圆脸阴沉下来,但她并没有打算去违抗男人的意志,只是沉吟了一阵儿,就把自己手中的活儿撇给了来帮忙的婆娘们,扯下围裙,擦了擦脸,捣着两只鼓槌一样的小脚,叮叮地跨出大门,朝娘家兄弟那面走去。

唐雪来的娘家就在本庄的刘家堡子下面,没有一袋烟的工夫她就回来了。

"这是上炕不脱鞋软糟蹋人!"唐雪来一进大门,就气冲冲地嚷着说。她那张椭圆脸气得通红通红,声气满山吼惊得黑娃从睡得很暖和的狗窝里跑出来,盲目地"汪"了一声。

这时,林玉山正把土炉子端到上房炕上生火,听得女人言语这般冲人,就走出来用眼神制止,说:"你快忙你的活儿去,我再想办法呗!"

"甭叫了!"唐雪来越发任性了,"一块石头闸不住一道河,有他没他今日照样把事情过!"她硬邦邦地扔下一句话,就进了厨房。

"放屁分个热冷,你把牙叉骨硬得慢一些呗!"林玉山严厉地谴责着言语放肆的女人。

"咱家臭得亲戚不上门,是我放屁没分出热冷吗?"唐雪来被激怒了,又从厨房里趸出来,红眉赤脸地跟男人抬杠。在女儿的婚事上,这两口子一直存在着分歧。按唐雪来的心愿,非要把女儿嫁给娘家侄儿唐运红不可,因为他"根子正,苗子红",爷爷又是自己的救命恩人。而今日跟女儿香兰去公社扯结婚证的刘山宝,恰恰是她世代仇人刘金鼎的遗腹子。她心里怎么能安然得了呢?她气鼓鼓地质问男人:"打个颠倒,唐家招进一个浑身粘屎的女婿,把你能请动不?"

"日你的贼先人!"

林玉山也动怒了。他正思谋着该不该用拳头教训这个不识好歹的女人时,忽听得大门吱扭一声,知道来人了,便强压下心头的恼火,撇开女人的纠缠,去应酬宾客。进来的是林家的老邻居、雪雁山队贫下中农代表丁四老汉。这人五十七八岁,说话随和,举止轻浮,却又不惹人讨厌,有人叫他"丁四炮"。庄上大小事情少不了请他帮忙,他也很善于在这种场合发号施令,指挥一切。

"过这么大的事情,到现在屋里灰尽火灭的,真是墙上挂磨子——不像画(话)!"丁四老汉几步跨到上房门口,探头往里一看,"香兰舅呢?没请?请不动?"

林玉山把丁四老汉推进屋里,说:"要请动她舅,就看老代表的本事了!"

丁四老汉被将了一军,声气由A调降到C调上:"我想隔家邻壁的,总不能臭到这等地步吧!"

"事情难就难在这里了!"林玉山有些伤感地说,"如果她舅在别的什么地方,请不动就算了呗,亲戚之间碰碰磕磕是常有的事。同在一个庄上,连这号事都尿不到一个壶里,往后把啥还能捏合到一块儿啊!"

"老队长!"丁四老汉也觉得请动请不动唐有禄是一个非同小可的问题,"我今日背也要把唐有禄背进你这屋里来!"

丁四老汉当即提了酒瓶,朝刘家堡子那面,一溜烟去了。

不多时辰,他就折回来了,皱皱巴巴的老脸上是一副有辱使命的沮丧神色。林玉山以为他受了凌辱,觉得很有些对不起他。

"这老鬼今日软磨人哩!"丁四老汉气哼哼地骂道,"听婆娘说他有急事到大队去了。我看他是癞蛤蟆避端阳,叫你没法见他,再有个尿事呢!"

林玉山把刚刚塌了火的炉子,又用口扑腾扑腾地吹了上来。丁四老汉当仁不让地蹲到冒出金黄色火焰的土炉子后面喝茶。屋里充满了柴烟味儿,呛得两个上了年纪的庄稼人咯咯地咳嗽着,不住地吐出胶黏的浓痰。

丁四老汉呷着酽冽的陕青茶说:"请到请不到,路跑到就对了。咱是抬举人,又不是害怕人。林队长,你说呢?"

林玉山没有吱声。他在费神地思考着唐有禄今日所要办的急事究竟是什么。

晌午时分,尽管唐有禄没有来,头一轮席还是坐过了。老年人蹲到土台阶上,一面咕咚咕咚地抽水烟,一面七十年的谷八十年的糜地唠嗑着,话头多得没个边儿;年轻人有的围着席桌甩老K,有的把棋盘放到院子里,楚河汉界地激烈对垒;孩童们则围着院中央的一棵叫红元帅的苹果树,兴致勃勃地"瞎子"捉"跛子"。欢声喜语,给这个普通庄稼人的院落里不断地增添着迷醉人的气息。

忽而,大门外响起一阵急雨般的爆竹声。人们以为新娘新郎到了,一窝蜂拥到大门口看新奇,不料来的却是雪雁山二十多年的老会计、香兰唯一的舅父唐有禄。此人年近五十,体格结实,神态倨傲,带着一股咄咄逼人的气势;大概为了加强这种气势,他倒背着手,将几乎接近一百八十度的开门脚迈得极慢却极稳。他不时地左右环顾着,使得他那生满牛皮癣的肉滚滚的后脑勺弓起一道道粗壮的褶皱,像黑麻蛇一样蠕动。不识好歹的"炮手"们恶作剧似的向那"黑麻蛇"乱扔纸炮,显然是有意捉弄他。平素间,"土皇帝"们把社员当牲口使,人们敢怒不敢言,这种场合完全是庄稼人的自由天地,他们如果合伙要教训谁,就像头儿们在会场里指责某个社员一样容易。唐有禄似乎猛然意识到了自己的处境,双手翻上去死死护住颈项,跑暴雨一样窜进大门里面。

"她舅,你到底来了哟!"唐雪来那一张椭圆脸上洋溢着十分殷勤的笑,两只鼓槌般的小脚在刚刚解冻的院地上捣出鼓点一样响亮的音韵。"哪个混天王敢往人身上炸炮呀!"她咯噔噔地撵过去,护住抱头鼠窜的娘家兄弟。

"我们怕把老会计惊出四六风,大炮还没动一杆呢!"一个二愣子躲在人伙里哧哧地窃笑。

"现时的年轻人狗屁不懂,光会挺起牙巴骨喋二话昧!"(唐有禄缺一颗门牙,说话漏风,语尾常带出一个"昧"音,雪雁山人叫他唐老昧。)唐有禄龇着嘴挠被纸炮炸得奇痒难忍的牛皮癣,浑身冒气。

丁四老汉嘿嘿地笑道:"头号话叫狗屁都懂的干部们喋光了,社员不喋'二话'再没说的!"

林玉山从房门里走出来,很有礼貌地招呼唐有禄进屋。唐有禄谢绝了进屋,就势坐到摆在院落里的席桌前,注视着婚房门上"大地遍披北国雪,小屋独藏江南春"的喜联,把那两道黑黑的眉头越皱越紧。

唐雪来以为娘家兄弟还记恨着"炮手"们,便提心吊胆地赔情说:"她舅,你甭计较呀,那是几个黄口角跟你耍哩!"

林玉山给唐有禄递了一支"黄金叶",就在他对面坐下了。唐有禄斜过脸瞧了一眼那印得很模糊的商标说:"这烟太绵了昧!"

"硬的有,就看你能吃住不?"一个小伙子递上来一棒卷得十分精致的喇叭筒。

"我活了快一大把年纪了,还没见过硬得啃不住的烟昧!"唐有禄慢条斯理地从衣兜里掏出一个折成"8"形的纸条儿,半个口吸烟,半个口念道:"县路线教育队于今日上午进驻我大队,全体党员务必在下午3点前到大队集中,千万……"

只听"叭"的一声脆响,唐有禄嘴里叼的烟突然炸了。他"昧——"了一声,双手捂住缺牙的嘴巴,"哒哒哒"地吸气止痛。院落里一时死一般静,即刻又一阵哄堂大笑。

唐雪来从厨房里慌乱地跑出来,强拉开娘家兄弟的手看时,只见口腔内冲出一排排的火燎泡,顶得唐有禄粗厚的嘴唇血丝丝地向外翻起,像一头驴子老想从空中够到好吃的东西一样。

丁四老汉说:"队长太太,你看咱老会计几牙①了?"

院里的人都笑得喘不过气来。

"哪个短寿儿干的缺德事哟!"

唐雪来"叮叮"地去追捕"凶手"。林玉山剜了一眼老婆说:"快把菜上!"唐雪来又绕了个弧形钻进了厨房。待到她的"八碗一锅子"端上来时,娘家兄弟早已离开了林家小院。林玉山迟疑了好一阵子之后,就决定把这一摊子撂给火暴性子的女人,自己也前往大队"集中"去了。

屋里没了男人,事情就凉下去大半。唐雪来顿时感到心情沉重起来。她立等着香兰和山宝回来,和他们共同支撑这个已经显得有点冷清的场面。但是,一直到太阳平扫过雪雁山,一种人们肉眼看不见却能明显感触到的暮霭降临到这个小院里时,还不见新人的影

---

①几牙:(牲口)多少岁。

子。于是,贺喜凑热闹的人像热锅上的蚂蚁,显出极度不安的情绪来。有的掏出几毛钱上过人情簿,就不辞而别了;有的在红元帅树下一声不响地盘桓,好像一遍一遍地权衡着自己在新人到来之前,该不该打退堂鼓。活跃在这种场合的丁四老汉也悄然溜走了。他有个怪脾气,谁家男人不在,他会像避瘟神一样躲开。

这种局面终于使火暴性子的唐雪来沉不住气了:他们咋还不来呢?车子翻了?公社不扯结婚证……她心如乱麻地走出大门,站在路畔的白杨树下,焦灼的目光从苦子沟口向双涝池岘瞄过去,最后凝注于那一片赭褐色的柳树林中。夕阳正向那里投去血红的一瞥,表示出一种深有含意的告别。这情景触动了唐雪来那一段被岁月埋得很深的记忆。

茫茫的风雪像变幻不定的夜一样,吞噬了永恒的雪雁山。

山后的双涝池岘上,像衰草颤抖似的游动着一个人影,幽灵儿一般。这是一个刚刚步入中年的女人——确切地说是三个人——她背上驮着一个不满五岁的女孩儿,怀里抱着个刚过两岁的男孩儿。严冬的寒雪把他们母子三人铸成一个统一的整体。现在,这瘦弱不堪的躯体上依附的两个出气的小东西,是这个女人真正的生命,或者说是她的生命尚能延续下去的一个决定性因素。

她,在两个大涝池之间的雪地上徘徊着。世界上所有的路,连一点隐约的痕迹都没法寻找出来了。

她该投向何方啊?她对着茫茫的风雪,愁肠寸断。

"冷呀,妈!"用烂衣裳裹在背上的女儿现在拖着令人揪心的哭腔了。藏在母亲颏下的一张瘦小的脸,挂着细长的冰棍,他早已把稚嫩的嗓子哭哑了。

两个孩子的前后夹攻,比眼前的风雪更加猛烈地撕扯着这位中年母亲可怜的灵魂。

她迟疑了一阵,又抬起穿着一双破鞋的小脚,失魂落魄且漫无目的地走着。没走上几步,就滑进深深的涝池里去了。

这涝池据说是清朝康熙年间掘开的。同治年间,据说因为起了战争,雪雁山一带的人全被杀光了,涝池也被山洪淤成了平滩。民国初年,这山上赫赫有名的大恶霸地主刘金鼎(外号刘干猴)的父亲,从陇东过来,占据了这一块地方。到刘金鼎的手里就筑起三丈五的大堡子,接着四处招兵募马,重开涝池。这位中年女人和她已故的丈夫,正是那时候从陇南山区背井离乡来到这里。那时候,他们两口儿青春年少,浑身是力,是刘金鼎最吃香的苦力。谁能想到,他们不惜力气掘开的竟然是埋葬自己的坟坑呢?

那是去年春季里,她丈夫饮牲口时,把刘家的一头齐口大犙牛没看好,失足滑进了池子里。她丈夫钻进齐脖子深的水里去打捞,牛未救上来,自己却浸出一身重病,不上半年,下肢瘫痪,一个月之前,便无声无息地死去了。

她丈夫为那头牛丧了命,而那头牛命的债却压到了这个无依无靠的寡妇身上。她是借这个风雪交加的天气逃出刘家堡子的,不然刘金鼎的父亲就逼她顶债——让她做他的小老婆。

涝池里填满了雪,雪墙如刀切过一样齐陡。这里头倒比那无遮无掩的岘口暖和许多。她把女儿从粘着一层厚冰甲的破衣裳里剥离出来,让她弯到雪墙下避风。避了一阵儿,女儿就蜷缩着骨瘦如柴的身子,再也不肯挪一步了。"妈妈,我们等着日头出来再走吧!"

妈妈无奈,心下思量道:"我横竖连一个也拉扯不到山上了,不如让她就避到这里,或许过路人瞧见……"于是,她强忍住骨肉分离的痛苦说:"野花,你就在这搭儿乖乖等着吧,妈出去给你要半碗热汤来,喝暖和了咱就回家……"

可怜的女儿心里已经暖和了许多。她小小的脑海里立即充满了热烈的希望和幻想。她尽自己有限的感受能力,描绘着热汤灌进又冷又空的肚子里的幸福情景。

妈妈割不下心头的肉,又把套在自己身上的一件破夹棉紧身脱下来裹在女儿身上,然后一步三回头地走出了涝池。

她穿过一片像披着重孝一般的柳树林,就到埋着她丈夫的一块荒草滩上了。她认不出究竟哪堆雪包下面囚禁着她可怜的丈夫。她凭着自己的记忆,在一堆流线型的雪包前面跪倒了。她把孩子偎在背风的一面,从怀里掏出几天前剪好的皱巴巴的纸钱儿,又摸出三根红头火柴,在沾满冰雪的拐棍上"呲呲"地擦划。头一根被风雪扑灭了,第二根也被扑灭了,最后一根仍旧落得同样的命运。她万分遗憾地长叹一声,就将送给丈夫的纸钱一张一张地栽进雪里头,然后双手捂住脸,不胜悲伤地哭起来。

"我苦命的人哟,你前头走了,留下我们孤儿寡母吔,无处来,无处去……从今往后谁……再给你送钱粮……"

孩子受了惊吓,哭喊着钻进母亲怀抱里。

逼人的严寒像无形的尖刀一样刺向这母子俩。不久,一个由冰雪撩起的坟骨朵,又不声不响地添进这风雪茫茫的荒草滩。

可怜的女儿在涝池里忍受着刺骨的寒冷,等着,等着,终于失望了。她披着一身雪衣,爬出涝池。她不再盼望热汤暖肚子了。她的愿望降低:只要妈妈回来!

她哭了,凄然地!哭声招来一群乌鸦!

傍晚时分,雪止了。唐家的羊倌赶着饿了一天的羊,到柳林里吃枯枝败叶。他看到一群老鸹在涝池上空盘旋、怪叫,似乎进行着一场残酷的争夺战。他好奇地走进白雪皑皑的涝池,惊飞了心怀叵测的老鸹。当他看到雪墙下面躺着一个衣衫褴褛的孩子时,这个将要步入不惑之年,而身边没男没女的中年汉子,心中骤然一动。他走近了她,见她瘦成锥把儿的光腚上已被老鸹掏开三四个肉坑。他恐惧地摸了一把她的心窝:热着!他将她抱了起来,还没有走出这个"墓穴",就认出了她。"这年头上,谁肯花力气拉扯一个女孩子!"他弯下腰要把她重新放回到雪地里去时,从那千疮百孔的破衣衫里钻出一只冰草尖儿一般瘦细的手,死死地扯住了他破烂的衣襟……

唐雪来想到自己的这段令人心碎的往事,心绪更加不好,便低了头往回走。这时,亲朋邻友们像残蜂一般已经四散了。唐雪来着急了,她不由颠儿颠儿地小跑起来。她要挽留住剩下的人们。新人尚未到来,怎么能让屋里空荡荡呢?当她临近大门口时,却突然愣住了。只见大门上有人刚刚张贴了一张大字报。黑麻麻的字,让她见了十分恶心和厌恶,尤其是拳头般大小的标题字,更刺她的眼。"这是谁干的缺德事?"她一边在心里狠骂着,一边靠她在1958年扫盲时学到的字,吃力地看着大字报:

《从地主小老婆的儿子打进林队长家,看雪雁山阶级斗争的严重性》……唐雪来只看了个题目,眼前就模糊一片了,像被人当头敲了一棒似的。她迷迷瞪瞪地跨进大门。院落里鸦雀无声,犹如刚刚遭受过一场可怕的洗劫。她靠住苹果树急急喘气,浑身抖得像浸泡在凉水中的嫩草叶儿一般。

落日的阴影,像噩梦一般闯进了这个小小的院落。

## 第二章 新人进村

这时候,香兰和山宝才从雪雁山斜对面的苦子沟口走出来。山宝走得热了,把袖口上贴着补丁的棉制服脱下来,斜挂在半个肩头上,还不时地转过脸,瞥一眼太阳落下去的地方:那里,早春的晚霞像匆忙的画家,在苍茫的山野上,草草地抹了几笔轻淡的色彩,一点也不引人注目。香兰径直向前走着。她把镶有紫红色绒领的棉衣纽扣豁开来,鲜艳的水红衬衫闪烁出灼目的光彩,宛如清晨从双涝池岘那面透射过来的一缕早霞,映衬得她那满月儿一般的面容,越发娇艳美丽。弯眉下那一双泉水般清澈的眼睛里,流泻出女性青年所特有的那种热情和幻想,没有经历过或距离那种年龄太远的人,根本无法描摹出这种抒情诗一般的神态。越过沟口,跨入平地时,她向山宝挨近一步,一只手抻住那个悬空的棉袄袖子,一只手挽起自己直垂到胸襟下沿的漆黑柔长的发辫,轻轻地哼起山宝曾给雪雁山青年突击队创作的《雪雁山进行曲》:

我们战斗在雪雁山上,
意气风发斗志昂扬。
挥锹舞锄写下壮丽诗篇,
打开那未来世纪的粮仓。

我们战斗在雪雁山上,
意气风发斗志昂扬。
哪怕山高沟深路崎岖,
战歌永远这样响亮。
……

歌声宛如轻柔细软的丝缕,在傍晚透明的薄暮里缓缓地飘荡,那么自然,那么和谐,犹如春风掠过无涯的田野一样。

眼前的路,先朝南蜿蜒伸展一阵,然后向东一拐,穿过柳林环抱的涝池,才痛痛快快地朝雪雁山庄里伸展而去,远看像个大写的英文字母 U。

掩进双涝池岘的柳树林子里时,香兰伸劲推了一把山宝,目光热辣辣地盯住他笔直的鼻梁和那双总是充满着忧郁和困惑的眼睛,把胭脂般红润的嘴巴努成迷人的喇叭花儿:"你咋一声不响……哟,瞧你锁眉锁眼的,不知还愁些啥呀?"

山宝回过头报以歉疚和茫然的微笑:"我觉得心里很乱,像马踏过一样。"

香兰仔细审视他的脸,感到他脸上有种飘忽不定的神色,像眼前降落的暮色一样,遮住了它本来的光彩。

"哟,你还把我看成水中月、镜中花吗?"

山宝无限感慨地站住了。山风从已经泛着浅绿的柳树林子那面徐徐吹来,拂动着他额前散出的几缕乱发。他凝视着香兰春情激荡的脸庞:那一张浑圆的脸,在初降的暮色遮掩下,更显得迷人了;连那半隐在秀发下的耳廓,也像刚刚浮出云海的新月,发出诱人的光泽……一阵陶醉的红潮,从他两鬓翻滚过来,淹没了端直的鼻梁。顿时,那一双永是忧闷的眼睛里荡起无限欢喜的浪,暂时盖住了那灰暗的涟漪。

"'相逢犹恐在梦中'!"山宝不胜感慨地诵了一句古诗,说,"我总觉得心里不踏实,好像咱俩的事不是真的,而是哪个好心的作家编造的故事……"

"咱俩的事写成书肯定是动人的,就是咱雪雁山缺少作家——哎,你不就是咱雪雁山的土作家吗?等咱把雪雁山建设好了,你就写吧,写厚厚一本,像《创业史》《艳阳天》那么叫人喜爱……"香兰心里充满诗一般的情味和童话一般的幻想。她甜蜜地笑着,笑声被舒心的晚风散播到早春的空气里。

"可是——"山宝埋下头往前走。他的情绪又像初降的暮色一样低沉了。他想起这些日子里时常碰到的冷酷、妒恨和敌视的目光,以及丈母娘瞧他时半个脸热半个脸冷的神色。往后就在林队长家里住了,他不知道自己将要栖身的这个家庭会给他带来些什么。

"'可是'啥哟?"香兰抑制不住自己春情奔涌的情怀了。她第一次在山宝面前撒起娇来,漂亮的方口鞋撬住山宝的"牛眼窝",险些儿把他绊了一跤。"你还封封建建的,有话不给女人说哩!"

山宝被香兰缠磨厮逗了一会儿,就有一种使他羞报的燥热在他心头潮水般涌起,有力地冲击着多少年来几乎凝固在他灵魂上的一层阴影。他身上有生以来沉睡的一部分生命开始苏醒了——第一次萌发了对女人烈火一般强烈的情欲。他使劲攥住香兰火炭一般灼热的手,香兰立即把发烫的脸颊凑上去,期待着男性的第一次亲吻——那是多么的神圣哟!然而山宝的感情在这里却猛地止了,他恍恍惚惚看到早已含冤离世的父亲,从林子那面走过来,受伤的目光里饱含着期待和疑虑,仿佛要向他问什么——也许是叮嘱什么……

炊烟袅袅的庄子呈到他俩眼底下来了。在疏淡的暮霭中,它像古老的中国画一样,给人一种诗一般深沉的情味。

村道上还残留着冬日的荒凉和冷漠。被干燥的季风磨细了的浮土,一股一股掠向路的两旁,雕画出扫帚云一般的花纹,愈加衬托出这高寒孤寂的山庄,在春夜欲来之际的冷峻和空廓。

香兰虽是"穿新鞋,走旧路",却仍旧超越不出姑娘家涉入生活的新天地时所持有的那种羞怯而神秘的心理。于是,她把艳红的包巾拉下来遮住多半个脸,躲到山宝身后去了。

临近林家大门时,山宝像火球滚到额上那样,倏地向后退了一步,站定了。香兰从拉得很低的包巾下面觑见山宝骤然变得苍白的脸色,顿时,她的倔强性子被激起来了,登登几步跨到山宝前面,心里狠狠地说:"谁个不忿,就把我俩一把捏死吧!"

可是,她也立即愣住了。她看见了像蛇皮一样绷在大门上的大字报。这是她完全没有预料到,也是完全预料不到的。她所精心设置的种种防线加起来,也经不住这轻轻地一击啊!

她呆呆地望着——实际上她什么也看不真切,除了那拳头大的题目。她的视线被撞碎了,模糊成昏暗的一片。但这种惊惧和恐慌很快就被仇恨和愤怒所代替了。她嗖嗖两下,把两条粗长的辫子甩到背上,腾腾地跃上土台阶,回过头对山宝说:"那不是人写的东西,值得看吗?快走!"

围在林家门前看热闹的人,有的尴尬地退走了,有的嘀嘀咕咕地互相咬耳朵,有的怀着好奇关注着事态的发展……这种情形使得雪雁山的整个气氛充满了火药味,仿佛在这古老偏僻的荒凉山沟里,将有一场可怕的战争即刻就要爆发。

唐雪来听得香兰走进大门,就迫不及待地迎上去,以农村女人惯常所用的事后诸葛亮的口气责难女儿说:"我说这门亲事成不得,成不得的,现在你瞧!"

香兰望着狼狈不堪、恼恨十足的母亲,怔了一下,突然像意识到炸弹即将爆破一样,慌乱地搀扶住筛糠一般抖颤的妈妈,恳求说:"甭这样吵,妈!让山宝听着多不好!"

"我要悄悄话儿大声扬,专叫山宝耳朵摆一下喀!"唐雪来声气越发高得吓人,"我稀男欠女就你一个女儿,如今喂进狗嘴里了,还怕个屁哩!"

这几句尖刻的话,砸到刚刚进门的山宝头上,他顿时像受了重伤的雄狮,在红元帅树下匆匆地走过来,又匆匆地走过去,仿佛在寻找着报复的力量。

香兰瞧着山宝的这个样儿,连自己都觉得十分憋气,便抱怨妈妈说:"妈啊,你少说几句扎人话行吗?天塌下来又不要你顶!"

唐雪来像被人填了一肚子火药,脸憋得通红通红,点点雀斑充足了血,像漂浮在水面上的油花,顿时鲜亮起来。她挣脱香兰的手,小鼓槌般的脚在苹果树下咚咚咚地捣了个半环形,话语越发冲人了:"我问你一句话:路线教育运动一来,把你大①又弄到阳沟里去,你能负住责不?唉?"

"就算山宝坏得没地方撇,我大又没和他结婚,谁个敢给他无缝下蛆来!"香兰也被激怒了。她的孝养之心被妈妈对待山宝的粗暴态度破坏了。现在,她心绪很坏,索性掰开面皮,和暴躁的妈妈锥子来剪子去地大干一场。唐雪来知道娇惯过的女儿不是她轻易就能对付得了的,便撇开香兰,对六神无主的山宝说:"宝娃,不是我林老婆子转脸无情,如今世道转到这个份儿上了,难噢!你看吵,人没进门,大字报就贴到人脸上来了,这日子咋过哟!"

"姨娘,你的意思……"山宝转过身,望着走近他的丈母娘,脸上涌起一阵男子汉被羞辱后的可怕血潮。

唐雪来不由退了两步,椭圆脸上掠过一丝有苦难言的痛楚。"还能轮到我'意思'吗?光大字报上的那些'意思',就够这一家人受了啊!"

"是我搅乱了你家的好日子!"山宝抑制着焚心的怒火说,"我走!我走!我——走好了!"

他腾的一声,跨出了林家大门。

香兰的热血全涌到脸上来了,即使在越来越暗的暮色中,也分明看出像喷血流火一样可怕。"山宝留,我留!山宝走,我走!"

唐雪来像遭了雷击电劈似的,愣怔了半会,才翻脸骂道:"我知

---

①:父亲。

道女大不中留,留下结冤仇,要滚就滚!"她狠了狠心,就把女儿从大门里推搡了出去。

香兰绕过刘家大堡子,穿过沉寂的生产队大官场,在村北头一棵十分古老的大杏树下追上了山宝。

"你……就这样走哇?"

山宝站住了,他不敢看香兰,两只血红的眼睛望着苦子沟口那面。那面辽阔的天际上,一抹越来越暗的橘红色被一片沉重的黑云吞噬了。浓重的夜色便像一张无限大的网,撒在了这苍茫的世界上。山雀儿早已成双成对地自庄外飞来,栖息于刚刚爆出蓓蕾的杏树枝头,正叽儿喳儿地炫耀着鸟类世界的幸福自由,或许絮叨着亲昵甜蜜的私房话呢。

"你说话呀!"香兰堵到了山宝前面。

"我能说什么呢?"

现在,山宝冷静下来了。他不想抱怨贴大字报的埋名隐姓的家伙,也不想抱怨将他和香兰赶出大门的唐雪来,却认为这是命运对他的公正待遇。他恨自己,并由此而迁怨到永世抬不起头的母亲和已长眠于地下整整八年的父亲。

"难道我们就这样分手吗?"香兰的情绪也冷静下来了,现在她感到无计可施的痛苦和悲哀。

"王母娘娘不准七仙女跟农夫结亲啊!"山宝无可奈何地叹息道。

山雀儿似乎也觉察出了人世间的愁肠事,渐渐地收敛了那种令人烦躁的啰唆,一动不动地栖居于黑洞洞的枝丫间。于是,山村死一般静谧的夜独吞了眼前的一切,整个雪雁山浸入了遥远的沉思和回忆之中。

香兰想了想,拉着山宝厚实有力的手说:"我看咱就暂到你屋里去吧!"

山宝眼前豁然一亮,但那种光明像夜空中的流星一般,即刻又消失了。

香兰把头抵到山宝宽阔的胸脯上,低声说:"你就答应了吧,人的思想不可能像传染病一样,三下两下就……"

"思想!思想!我还不是和我大我妈思想一样!"山宝抛开香兰又往前走,脚步登得山响,似乎正施行一种极端残酷的惩罚,却又说不清在惩罚着什么人。

"你……"

香兰怔怔地望着山宝走进夜色里,峭厉的穿山风,从双涝池岘那面扑过来,像尖刀似的刮着她的脸。她渐渐地明白自己在什么地方激恼了山宝,但她没有去追他。她恐惧地四处张望。这时,所有的一切都笼罩在摇曳不定的夜色里,连那高大的雪雁山也只剩下一点模糊不清的轮廓了,仿佛正向一个无底的深渊里沉沦下去。苦子沟那面的天幕上,透现出一点点像被蚊虫叮过的人的皮肤那么一种颜色。香兰才觉察出不知什么时候天空布了层薄薄的云彩,把一弯新月关进云幕里去了。香兰顿时感到一种被人彻底遗弃的孤寂之感。她怀着一种近乎求援的心情,走进黑洞洞的杏子树下,仿佛它现在是她唯一的亲人和保护者。她在树下站了一会儿,就看见村道上走过一个人来,走走停停,像是寻找丢失了的东西。她以为妈妈来了,慌忙躲到树背后,待到辨清那人是团支部书记时,她从杏子树下跳出来,不胜惊喜地喊道:"见远,你……"

郑见远一面轻手轻脚地向她走来,一面怪声怪气地说:"你俩今日在公社生了根还是咋搞哩?到这时才磨蹭上山来!"他在黑暗里做着滑稽的怪相,"莫非你俩把结婚证贴到街市上就大干起来啦!"

香兰呜呜地哭了。她好伤心难过哟!她自己也奇怪什么时候变得如此娇嫩脆弱了,虽然极力想控制住自己,但所有的努力都白费了。她的鼻根酸得像在醋缸里泡了几十年,眼睛一眨一串子泪流,嘴角一撇一声呜咽!

"哎——今日哪来这么多泪水呀?"郑见远仍旧用十分滑稽的声调戏谑道,"有位诗人说,最大的欢乐常常有甜蜜的泪水伴随……"

"啊呀,你还有心思糟蹋人哩!"香兰好不容易抑制住了那波涛般汹涌的泪水,声气带着刚刚痛伤过的人常有的嘶哑,"你一介绍情况就被杨书记叫走了,我俩等到阳婆交沟才扯结婚证,自行车又被公社借去送工作组,连馍馍也捎在上头未顾得上取……"

"你的冤枉哪有我多呢?"郑见远也告苦道,"我把工作组领到咱东西坡大队,又下到小队叫了一回支书李宝祥,接着就帮助文书整理汇报材料,忙得连喝口水的工夫始终没挪腾出来!"

"你忙是忙得痛快,我俩跑了三十里路,一到门口……"一个非常厉害的抽噎梗住了香兰的喉咙。

"有些不忿你俩的人甩石头撂瓦碴是正常事嘛,怕什么?"郑见远听完香兰简单的诉说后,态度渐渐严肃起来了,"不过你们也不该这么仓仓促促地往出跑,事情一闹僵就不好挽回了。"

"不出来行吗?"香兰对团支书的责备感到气恼,"我妈的那脾气难道你还不知道吗?甭说山宝,我也受不了哇!"

"现在就不说失尿,只说晒毡吧!"郑见远的目光在黑暗里搜寻了一阵说,"唉,山宝呢?咱们几个得赶快商量商量下一步棋该如何走了!"

"山宝……"香兰没有勇气承认他俩之间也闹僵了,就撒谎说,

"我们俩说定暂时就去他家,我让他先去和他妈把屋里拾掇拾掇。"

郑见远揭起帽子挠着头皮说:"你想张翠凤会答应吗?"

香兰瞪大眼睛说:"世上还有她嫌弃的人吗?"

"你没想想,你妈今晚这么闹腾了一场,张翠凤恐怕吃上老虎心、豹子胆,也不敢随意收留你了!"

"那又不是她跑来叫去的,害怕啥呢?"

"你呢?"郑见远愈发严肃了,"也能随意往那黑窟窿里钻吗?你要知道,山宝是咱甘泉公社脱离家庭、彻底改变世界观的典型。现在如果他仍然退缩回去,那就前功尽弃了。我们团支部在他身上的工作也到此而告终了。你们俩的事情不仅仅属于个人的婚姻问题,而是咱们东西坡大队团支部在两条路线斗争中的一次决战。你就敢这样轻率地决定出这个门进那个门吗?"

"那……你说该怎么办呢?"香兰在黑暗里羞愧地低下了头。

"我看这样吧!"郑见远扬起头,瞧着那薄云后面时隐时现的星光,"你现在就把那山宝叫出来——干脆你俩到我家里去吃饭,我先跟你妈谈判。你妈过去是县人民代表,眼下又是大队革委会常委、公社革委会委员,远近有名的党外布尔什维克,她不会像老牛筋那么顽固吧?"

"若是万一不通呢?"香兰担心地问,她对劝回火暴性子的妈妈,觉得一点把握也没有。

"不通再说!"郑见远果断地说,"车到山前必有路,船到桥头自然直,活人能让尿憋死?"

## 第三章 走进临时户

林家小院又属于唐雪来一个人的天地了。

这时,唐雪来倒什么主意也没有了,活像绑在磨道上的驴,绕着红元帅树转圈儿,直转得脚掌酸痛不堪的时候,才改变了方向,越出那道无形的轨迹,走进厨房,木头似的倒在土坑上。

不久,大门外响起迟疑的脚步声。唐雪来心中一喜:是她,就是她!她从炕上爬起来,掌上灯走到灶下,一面有信心地往灶火门里塞点柴火,一面咬着牙盘骂着:"把你个能不够的若被我抓到手里……"

她一时想不出在一个小小的家庭里,惩罚女儿的最重法律该是什么。

脚步声,谜一般的脚步声,渐渐地迫近大门口。她心里咚咚地跳,就像顽童瞧着雀儿钻进竹筛下一样。她知道女儿现在不好进门,也没脸进门,却又不愿意立即给女儿台阶下。她有点快意地烧着火,肚子里编排着训导女儿的好词句:"我教你能不够的晓得出门门槛低,进门门槛高哩!"她的椭圆脸板起来了。自觉训导女儿有方的唐雪来,从来只给女儿存个好心肠,不给她个好脸色!

可是女儿并没有进来,仿佛又躲到什么地方去了。她终于按捺不住那一颗火崩崩的心,走出大门口去看。

村道上又黑又静。她正感到有些莫名的恐惧时,头顶上一阵扑哧哧的响动,眼前飞起团团金花来。她镇了镇神,缩回到院子里,才看见土门楼上像老鸹似的蹲着一个人。

"看你这挨刀子的东西哟,叫一声老猪老狗,我总会放你进来的!你鬼似的趴到那上头,差点儿把人给吓死了!"

只听腾的一声,一个壮壮实实的小伙子就竖到了她面前。

"姑姑!"小伙子尴尬地说,"我给你贺喜来了!"

"运红,你半夜三更像瞎鸽子探冷食一样,不怕摔腿折脚的!"唐雪来对娘家侄儿趴沟溜渠地听墙根,感到十分恼火,恨不得照准那瓦沟脸扇去两个巴掌,"你贺姑姑的可怜呢!你没看哪个短三十不要皮脸的,只差把大字报没贴进姑姑的眼睛里!"

"人家刘山宝现在是叫花子弹棉花——成雪雁山上的有功之臣了,谁敢贴大字报呀!"唐运红幸灾乐祸地挖苦着灰透心的姑姑。

唐雪来气得两眼发麻,翻脸骂道:"你当侄儿的也狗撵下坡狼,硬往死弄人哩!"

"我是跟姑姑要哩,"唐运红凑到姑姑跟前,偷声细气地说,"姑姑甭上气,听人说那大字报是雷大头贴的,意见是贫下中农大家的。"

"缺德哟,就不怕到那一世里被拔舌剜眼睛吗?"唐雪来发疯似的诅咒着,过了一阵儿,又松下脸叹道,"唉,能怪谁,就怪你那表妹瞎了眼,摸到崖下面去了!"

唐运红才感受到一丝儿快意,郁结在心头的最大忌恨得到了部分发泄,然而又因为那大字报没能将这一对鸳鸯轰散而感到揪心的痛苦,甚至于绝望。他对自己的表妹香兰简直可以说爱死在心头了。半年前,山宝和香兰私订终身的消息传进他耳朵里时,他像被人掏了心肝一样,只差没死掉——那种单相思的痛苦,在雪雁山上,也许在整个世界上,只有他体验得最深刻啊!即使这一对有情人今日"终成眷属"时,他在香兰身上的心思还没最后死去。他躺在被筒里泪涟涟地思想着,心比越王勾践卧薪尝胆还难熬。中午,有意躲着林家亲事的父亲唐有禄从大队回来,向他透露了县路线教育队进驻东西坡大队的消息,并授意他写几张大字报时,他"绝处逢生",精神大振,一口气写了一大张,托雷大头瞅空子贴到了林家大门上,然后稳稳当当地蹲到屋里,等待着他俩散伙的捷报。他做梦也没有想到男女间的"合金"会是这般的牢固。现在,他只有寄希望于火暴性子的姑姑了。

"我听说香兰和山宝商量好要到地主小老婆家里……"唐运红根据自己捕风捉影得到的情报,又添枝加叶地进行了再创造,把个唐雪来气得一死一活,立马捣着鼓槌似的小脚要去大队告状。唐运红又出主意说:"姑姑先甭那么性急,你叫山宝把头伸进夹脑里再……"他狠狠地咬咬牙,"我先召开基干民兵会,让大家用阶级斗争的观点具体分析分析,会一散,你就把香兰领回来,我再治山宝的病!"

唐运红一走,唐雪来的心境又平静下来了。她仍然一把一把地往灶火里塞柴,总不肯相信香兰会是那样的人。不久,果然又有脚步声由远而近地响来,而且直截了当地到厨房门上来了。她肯定是自己所希望的人,于是故意背过头不去理会。她要稳坐不开船,教忤逆的女儿尝够给娘老子使气的厉害。但火暴的性格不允许她有一点点藏着掖着,终于她还是口不照心地甩去一句铁硬的话:"我当你能不够的上天了,噢,才是……"

"林妈,我没上天,我上贵家来了!"

郑见远一蹦子蹿到唐雪来眼前,两手按压到十分光亮的灶台上,笑得两个机敏的眼睛向下撇。

"你老人家用不着生气!"郑见远笑望着拉脸噘嘴的唐雪来,"我知道那两个缺德少行的年轻人,对老人没点孝道劲,林妈口皮儿一撇,他们就使起牛性子来了,甭说是你,遇上我也气炸了。改日团支部一定熟了他俩的牛皮,给你老人家出了这口闷气!"

唐雪来忍不住抿嘴一笑,但随之又没好气地说:"你少给我灌迷魂汤!我说这门亲事万万成不得的,现在你瞧,大字报贴了满世界,你叫人把脸往裤裆里装吗?哎?"

"哎——"郑见远挺直健壮的身子说,"你管它做甚呢?有个把人气不忿,巴望你来这一下呢!你就把它当双涝池岘那面钻过来的一阵冷风,不就屁事都没啦!"

唐雪来心头怦然一动。她眼前又浮现出这个好媒人搭配的那一对鸾凤和鸣的好夫妻来,甚至于又想象即将在她家出世的既像山宝又像香兰的小生命……

"山宝又不是个蜗牛儿,非要把家背过来不成!"郑见远揣摩着唐雪来思想上最放不下心的地方,极力想把她说服过来,"再说,你也不能尽管用老眼光看人。过去山宝黑得像老鸹,现在他是窗户上吹喇叭——响声在外的人了,你还那么看人家,就显得咱们眼窝子没水了。你说呢,林妈?"

唐雪来因为有民国十八年那一段雪地被弃的经历,向来是以年轻一代的教导者自居。现在,郑见远像开导雪雁山上最顽固的榆木疙瘩那样对待她,她怎能受得了!刚才她脑海里闪现出的那一点转机的苗头,立即又被她好强的性子扼杀了。她从灶火门前气呼呼地站起来,刻毒地使气说:"你说得这么好听,咋给你妹子没招上!"

唐雪来因自己灵机一动说了句使对方回不过舌的话而暗自得意。郑见远毕竟是年轻人,终于沉不住气了:"林妈,今晚我把话说亮清,山宝和香兰是自由恋爱的,又不是我姓郑的像捏泥娃娃一样硬捏到一起的,天王老子也没理由干涉!他俩订婚时,山宝也没锁进箱子里,他大他妈的问题也不是今日才翻出的!如今生米做成熟饭了,你一定要反悔,我今晚叫你把自己屙下的先吃了再说!"

他憋了满肚子闷气,腾腾地走出大门,随手将一张鬼影似的大字报,嗤嗤地撕扯下来,狠命地用脚跐着。"哪个缺德不要脸的,癞蛤蟆想吃天鹅肉就明说,什么阶级,什么路线的,连亏了八辈子祖先都不晓得!"

唐雪来撵到大门口,两手反扳住门框,狠狠地使气说:"你凶个啥?林家的女子我没权干涉,天世下就由你姓郑的摆布吗?你把灯挂高,香兰今晚回不来话难说!"

"我把你的女儿引走了吗?"郑见远在黑暗里送来一句噎死人的话。

刘山宝一进屋就挨了母亲张翠凤劈头盖脸的一顿骂。

"你姨娘打你一顿,你也应该死挨着哇!咱家人猪狗都不如,还顾的啥脸哟!"山宝被骂得冷静了下来,也后悔了起来。确实,多少个夜晚,他在梦里都企盼有一个年轻姑娘,哪怕她像猪八戒一样丑,能走进他孤寂无望的生活中,现在意外的幸福降临到面前了,自己怎么能轻易地用脚去踢呢?他决计约香兰一起去给唐雪来道歉,可刚一走出大门,就碰上唐运红叫他去开会,他眼前一黑,觉得什么都要完了。

会场是1958年雪雁山人吃过"大锅饭"的食堂。现在,这里白天是雪雁山的三年制小学,晚上是庄稼人开会娱乐的场所。

室内很黑,分不清张三李四。山宝悄悄地挤到一个凳子头儿上坐下。讲台上,民兵排长唐运红把瓦沟脸神气地凑到一盏冒着黑烟的柴油灯前,从新近的《人民日报》上翻寻资料。会场乱哄哄的,酷似一群骚蜂围住个脏水坑唱着没头绪的歌。

山宝勾下头闷坐着,心里猜度着唐运红开会的用意和苦心选择的学习文章。这时,一只绵软灼热的手轻轻伸过来捏住他的手腕。他转过脸,就看到那一双泉水般清澈的眼睛在黑暗里灼灼闪光。他心里蓦地一激动,今晚的恩恩怨怨顿然化为乌有。他使劲摇着她的手,意思是问她怎么也跑到这里来了。

香兰把嘴按到山宝耳朵上,说:"我和团支书说了几句话就来找你,半路上被我表兄抓到这里开会,你呢?"

"我也一样!"山宝又咬住香兰的耳朵。

"你好狠心哇,把我一个人丢在那里!"

"我只恨我自己。"

"你就说恨我。"

"真的,我只恨我自己。"

"为啥呢?"

"因为我有一个叫人伤心的家。"

"现在,我也不是有个伤心的家吗?"

……

两个正说着心事,唐运红读毕一篇文章,站起来驴嘶马叫地讲话了:"只要把眼睛没装在裤裆里的人都看见了吧?咱雪雁山也掀起了一股翻案恶浪,其表现形式是把有问题的人树成典型,抬得比谁都高,好在县路线教育队马上要上山来了,不然这山上成这些人的天下了。我们盼望路线教育,感谢路线教育,为了以实际行动迎接这次路线教育,我提议今晚大家一律下刘家滩搞突击,谁也不准有特殊!"

人们迟疑了一阵,就一面说着不满的话,一面磨磨蹭蹭地往出走。有几个武装基干民兵手持缠着红条子的短棒,把山宝反剪了手,从门里推出去了。"你们这是侵犯人身权利!"香兰站起来提出了强烈的抗议。唐运红走下讲台,十分和蔼地对香兰说:"你留下来解决思想问题吧!"

"且慢——"

郑见远急三火四地走进了会场。人们都好奇地随他进来,又坐到了各自的位置上。

"我本来是要挨门逐户请大伙儿喝喜酒的!"郑见远走上讲台,朝大家歉意地笑着,"可啰唆事多没顾上,咱民兵排长替我代劳了,我首先代表新娘新郎表示衷心的感谢!"会场里响起暴风雨般的掌声。掌声刚落,郑见远又把脸转向站在一旁气歪了嘴的唐运红说:"劳驾你了,啊,今晚一定多敬你几杯!"他笑了笑,态度又严肃起来,"大家都知道了吧,山宝是咱东西坡大队也是咱甘泉公社培养起来的可以教育好的子女的典型，他的事迹都在大家眼前头摆着哩，用一两张大字报是盖不住的。再呢，他和香兰是咱雪雁山1949年以后第一对真正冲破家庭束缚、自由恋爱结婚的青年，又是男到女家，确实值得大家花工夫庆贺。现在就举行典礼仪式。第一项——"

话犹未了，唐运红向大家一扬手说："拥护路线教育的跟我来！"他恼羞成怒地走到门口，又回过难看的瓦沟脸，焦躁不安地等待着他的响应者。

"说走就走！"保管员雷宽的闷葫芦声音第一个响应了他。这人头大，手大，脚大，力大，就是大脑皮层构造十分简单，大人小孩都叫他"大头"，他自己也认了这个名。大头有大头的命，打建起农业社以来，他大官没沾，小官没断，是雪雁山上少数几个"官运亨通"者之一。有人说他家坟茔里该出个随声呐喊的蚊子官，也有人说当今这世道这号人就是吃得开。不管怎么说，命运总是偏着他。他一边走一边说："我这么大的头，也觉出不响应路线教育就是反党！"把在座的人惹得差点笑破肚皮。

雷大头还没走出去，郑见远就宣布了仪程的第二项——新娘新郎谈恋爱史。

会场里立即沸腾了。年轻人把山宝和香兰强推上讲台，逼他俩说那最能撩拨人的男女相好过程。香兰和山宝窘得把红如鸡冠的脸不敢再往起抬。

"不说就碰头！"

不知谁出了这么个馊主意，就有两个冒失鬼跳上台拉着他俩碰头。山宝急了，求饶说："我说，我说嘛！"可是，当他被大伙儿推到正堂上时，又慌乱得不知该从哪一头说起了。在大庭广众面前他没少露过面，可除了挨批挨斗，就是交代检查，从未演过一次正面角色，现在受人抬举倒觉得左右不自在了。

"我交代——"他习惯地一弯腰说。这种语调、这种神态，出现在这种场合里，简直比侯宝林、马季的相声还滑稽幽默，笑浪差点儿把屋子掀翻了。

人们还没笑过瘾儿，门里冷不丁冲进了浑身冒火的唐雪来。她不看个东南西北，扯住香兰的辫子就打。

"早晓得你是这么个贱糟儿货，我养下来捣进炕洞，还睡一夜热炕哩！"

年轻人都觉得唐雪来做得太过分了，霍地拥到她跟前，谁个的拳头竟然在她捏辫子的那条胳膊上试验了一下硬度，唐雪来的手才松开。郑见远慌忙用身子隔开他们，然后对唐雪来说："林妈，你嫌这里不好，咱们马上搬到你家里去！"

"我还不信把自己吐倒出来的就没个治了！"唐雪来像烧红的碌碡，谁的话也不听，扯起香兰的辫子就往外拽。

郑见远怒不可遏了，他断喝一声："住手！"唐雪来一时噤若寒蝉。郑见远便给拉香兰和山宝碰头的两个小伙子丢了个眼色，他们俩就将"烧红的碌碡"遣送回家了。会场里的人一个个没趣地散去，唯独留下香兰和山宝，像一对遭瘟的鸡，待在昏暗的教室里，不知如何是好。

"跟我走！"郑见远命令似的说。

香兰和山宝像机器人一样跟着团支书走出空落落的会场。天阴了，月亮星斗隐匿了形迹，整个宇宙模糊成迷迷茫茫的一片。他们三人默默地踏上村道，绕过在黑暗中显得神秘莫测的杏子树，就到了一个茕茕孑立的孤房门前。

这个小屋子是 20 世纪 60 年代中期，雪雁山光阴景气时，拴种公马的圈棚,那时门前还盘着个露天大转槽,一入暖季,这里驴嘶马叫,人来客往,十分红火。拉马的是郑见远的父亲,"文化大革命"时他死在了气裹食①上。他死后,种公马就被赶去犁地务庄稼,因水草不适也起病死了。雪雁山队再也拴不起种公马了,这个马棚便派上了特殊的用场——因家庭矛盾突然激化而在毫无准备的情况下分居的家户,先挤进这破屋里将就,再腾工夫建造住房。开头村上把临时住进这里的主人叫临时户,后来,渐渐就把这个经历不凡的马棚叫成临时户了。

临时户里透出灼灼的灯光。他们仨默默地相跟着走进去。炕上铺着一条七成新的绵羊毛毡,上苫一床梁山伯与祝英台印花布被子。炕也放了火,墙根的细缝里钻出一缕一缕的细烟丝儿,散播着刺鼻的老炕味儿。山宝和香兰不觉有点心酸。

"没啥愁肠的!王宝钏一个人在寒窑里蹲了整整一十八年哩!"

郑见远盘腿坐到冒出热气和潮气的土炕上,用最热烈的话语鼓舞着他们。这位年轻有为的基层团支部书记,在香兰和山宝的婚事上投入了全部的政治资本。去年夏天,山宝在刘家滩的一次抗洪护坝斗争中经受了生死考验后,他就把他作为东西坡大队团支部政治思想工作的出色成果,在全县团支部书记会议上做了详细介绍。省报头版曾以《一个用毛泽东思想改天换地育新人的团支书》为题,报道了郑见远把刘山宝从一个"资产阶级小右派"改造成为社会主义新人的动人事迹。现在,他让刘山宝和香兰结亲,去做中共党员、雪雁山生产队队长林玉山的上门女婿,彻底走出那个粪坑一般肮脏的家庭,就算是割断山宝和旧世界的最后联系,完成了他世界观的根

---

①气裹食:因气而得,也叫噎食病,医学上叫食道癌。

本转变。他因对无产阶级争夺青年有功而得到县委的赏识。今日,他带香兰和山宝去结婚时,县委已将提拔他的通知下到公社,他明天一早必须到县委去报到。因而,他今晚无论如何也要把山宝和香兰的事落到实处。他怎么能在最后脱身之际,在工作上留下令人遗憾的尾巴呢?他想到了与唐雪来谈成、谈不成的两种可能性,在进林家大门之前,就派人在临时户里准备了第二个洞房。

"我俩怎么能用你家的毡被呢?"山宝望着花被上的梁山伯与祝英台十分不安地说。

"咋啦?"郑见远诙谐地一笑,"你怕毛毡把香兰的屁股蛋儿扎起泡吗?"

香兰羞赧地推了一把团支书:"你呀,真是个活宝!"

"甭赶,甭赶!"郑见远诡谲地笑着跳下了炕,"我晓得你俩急着要跳双人舞呢!"

郑见远在这孤独无依的小屋面前伫立了片刻。他很想把自己明日就要远离雪雁山的消息告诉这两个和他一起在那艰难岁月里走过来的知心朋友,但他又不忍心破坏了他俩此时的"最佳精神状态",于是,心里酸酸地离去了。

香兰顿时感到一种刺痛心灵的孤寂。她想起雪雁山人耍新媳妇的热火劲儿,那是把男人们能美死的事,吸"过桥烟"、亲嘴、呷舌头、揣奶头,甚至连女人家最神圣不可侵犯的部位,此时也不属于男人们的禁区了。这种场合,无论怎样粗野的语言也绝不粗野,无论怎样过分的举动也绝不过分。祖先留下这么个不成规矩的规矩,也许是对刚从闺中走出来一无所知的处子,设置的第一节也是最后一节关于性教育的课吧!上过这一课,任你是多么循规蹈矩、羞于见人的姑娘,也会像城墙上的鸟儿经过大炮轰过似的,什么也不怕了。一个女人过了这一关,就算结束了人生的一个重要时期,而进入到另一重要时期。香兰平常觉得做女人最害怕的就是这一关,而现在她因忽然缺了这一课感到很不是滋味……

"你妈万一转不过弯来,你还是回你的娘家……"山宝打断了香兰的沉思。

"你还说这话哇!"香兰苦涩地抿嘴一笑,羞怯的眼睛里闪过湿滢滢的光。

山宝从她的神色里清楚地感觉出那温柔而甜蜜的责难之意。他顿时被一种岩浆一般喷射的欲火所激动,便不顾一切地张开双臂去拥抱那个神秘而又神圣的世界……

夜深了。

## 第四章 初遇工作组

门刚开了一点缝,透进一道淡淡的白印儿,香兰就心急火燎地跨出了临时户。

屋外黑乎乎的,高大的雪雁山已抹上一层清冷的曙色。凉爽的空气里,似乎有种绵密的湿雾像细筲帚芒子扫到她脸上。啊!雨——今年的第一场春雨!雨点儿特别特别小,却十分有力。

她走得非常慢。曙色渐渐地从山顶上描下来,划出脚下的土路。路,模糊成一片湿黑。她也更加感到惆怅和对今日所要做的事没有把握了。妈妈气消了没有呢?她老人家要是干脆不理呢?妈妈是个火暴性子,气头上凶得像只虎,转过弯儿又巴不得掏出心肝给你吃……香兰这样想着,又觉得她们母女俩的心天衣无缝地贴在一起了。于是,她搜肠刮肚地寻找着最能使妈妈高兴的话。她眼前渐渐发亮了,脚下也来了力量,踩出具有节奏的响亮声音。善于幻想的年轻人似乎已经说服了火性子的妈妈,听到妈妈心疼地说:"兰,快从那边搬过来吧!都怪妈妈脾气太躁,性儿太火……"

林家的庄子呈到眼前了。那低矮破旧的院墙,那寒酸土气的大门,那高出屋宇的苹果树和掩在晨霭雨气之中的没有起正脊的土屋顶,她对它们曾是那么的熟悉和亲切,现在却分明涂着陌生的色彩和疏远的意味。

她悲哀地跨上土台阶,轻轻地叩了几下门,没有动静。她使劲捶了几拳,仍然毫无回应。她抹了把蒙在眼睫毛上的水珠儿,才看出铁将军把住"荆州",那么生硬、冰冷和粗暴!她心里顿时又涌起一股痛恨和对抗的力量。她把辫梢儿咬进嘴里狠狠地想:你就把门关上一辈子!她跳下土台阶往回走了。她不愿再瞥那大门一眼,仿佛它就是妈妈那张暴躁、难看的脸。这时,她才真正理解了自己今日的心情,她不是真心实意和妈妈和解来的,她只是为着堵人之嘴:香兰忘不下妈妈!可她往回走了一阵又顿住了步,暗自寻思道:这么早,妈妈……有种不祥的预感压倒了她心头刚刚涌起的那些情绪。她不由慌乱了,又折回来,在路旁的柳树上和附近的水窖里恐惧地侦察着,各种可怕的假说乱哄哄地走进她空白的脑海。

"你要钥匙吗?"丁四老汉提着粪筐走出院畔问。唐雪来离开屋门时,常在他家寄放钥匙,有时还托付丿四老汉守门。

"噢——"香兰如释重负地长舒一口气,又摇摇头说,"那就不用啦！"

丁四老汉早已放下粪筐,把一串细碎的钥匙提到香兰眼前说:"你妈还压下话着哩,她说肉菜和蒸馍都放在给你和山宝准备的那屋里,再甭忘记给猪和食。"

香兰接过钥匙时,心头骤然一热,泪水溢满了眼眶。火性子的妈妈哟,你的心肠总是像六月的太阳!

"我妈呢?"香兰激动地问。

丁四老汉迟迟疑疑地说:"你妈和你表兄天未明就走了,大概是给开会的送吃喝去了。"

香兰像被人突然敲了一闷棍,眼前好一阵发黑。

"你们这些年轻人做事太欠考虑!"丁四老汉善意地指责说,"你妈是个火性子,吃软不吃硬,她发再大的气,你俩不要理,她还能把你两口儿咬死踢出去吗?只要你们一家人团聚了,旁人再放屁也没人闻了。现在还有挽救,甭再卡在那里头,那是站牲口的不是住人的!"

香兰感激地望了一眼丁四老汉,就冒着细雨往回走。丁四老汉提醒了她,她要趁着妈妈不在的时候,和山宝搬过来,给她弄个既成事实,叫妈妈干埋怨去。

山宝早已不在临时户了。香兰迟疑了一阵,就走到张翠凤家门上了。

山宝似乎正和母亲吵嘴。只听张翠凤抑制着女人家的伤心泪说:"你一口一个叫我'甭管,甭管',我咋能不管呢?我咋能看着把林家火燎燎的一家人拆散伙哇!"

香兰被这位善良女人的好心肠深深地感动了。她对自己向来深恶痛绝的张翠凤第一次生出些怜悯和同情来。

她轻轻地推开虚掩着的大门,跨进院子。

"哦……"她对着满脸泪痕的张翠凤,唇瓣儿索索地抖动着,不知该称呼什么为好。往常她对着这个曾经做过地主小老婆的女人直呼其名,今日"张翠凤"这三个字像烧红的三块烙铁,烫口得叫不出。

张翠凤慌乱地抹净泪水,怯怯地望着香兰,不知道该向自己的儿媳妇问句什么话才合适。

"咱姨娘……怎么说呢?"山宝迎过来,惴惴不安地问。

"她……给我大送吃的去了。"香兰心里不踏实地蹦跳着。

"你碰见啦?"

"没,她走得很早。"

"她不是给你钥匙了吗?"山宝瞧着香兰手里的钥匙,眼睛里闪出希望的光。

"钥匙寄放在丁四叔家里。"

"没留下话吗?"

"没……有。"香兰脸红了。她不愿把妈妈只关照自己的话告诉给山宝。

"钥匙就是话!"张翠凤瘦削苍老的脸庞上有了一丝光彩,"她是专给你俩留了条后路,赶快搬过去吧!"她非常为难地走近香兰,怀着无限的爱抚和遗憾说,"我也一定不是眼瞎认不得金镯铜镯的人,像你这样的好媳妇,若换上个婆家,人家肯定掬在手心里舍不得放了,我……没这份福命哇!"她又低声啜泣起来。

"甭难过了,你以后就会慢慢好起来。"香兰胡乱地说了句安慰话,就避开张翠凤对山宝说,"丁四叔也这么说,我想,也只有这么做了。"

山宝闷着头犹豫了好一阵说:"既然已经走到这一步,还是和咱姨夫、团支书商量好了再说吧！"他想得比较长远和复杂。

香兰想了想，也觉得山宝说得不无道理，便说："那我就到大队先寻我大去，你过一阵子趁给郑见远送还毡被，再向他讨个主意吧！另外，你把钥匙原放到丁四叔家里，记着，可甭把我妈关在门外呀！"

香兰往出走时，看见山梅和山定躲在母亲身后，羞怯地瞧着她。他俩的衣裳补丁压着补丁，简直和抹布串儿没有两样。山定脚上的大拇指探出多半个头来，冻得紫红紫红。她心里一酸，赶紧拧身走出大门，踏上村道，向祖厉河的那个方向匆匆地走去。

北风吹得很有些紧了，雨点儿打在脸上像针尖儿扎似的，这分明已经掺着细粒的雪糁儿了，落在地上像油泼蒜一般黏糊。到这个时令了，天上挂起云来就下雪，老天爷的脸真够硬哟！

一涉足于狭长深暗的苦子沟，就可以清晰地听见春天的祖厉河那雄浑有力的咆哮声。这使香兰灰丧的心境中又涌起壮阔的感觉。听老人说，四十年前，红军在会宁地区胜利大会师后，就沿着古老的祖厉河继续北上，沿途同国民党军队进行过几次伤亡惨重的突围战，至今双涝池岘、苦子沟口一带还残留着红军的子弹壳呢。现在东西坡大队的队部，据说是朱总司令和徐向前元帅当年歇过脚的一个小店。香兰每次踏上这块神圣的土地时，就联想起那些美妙的传说和悲壮动人的故事，心头涌起多少豪情壮意啊！然而，今日她心头却装满了无法排解的遗恨。"若生在那个时代，我和山宝一同奔出家门……"香兰在心里这样幻想着。

出了苦子沟口，再下一道笔陡的坡，就是滚滚北去的祖厉河。

眼前的祖厉河像从泥潭里爬出来的一条长龙，又浑又浊，溃散的冰块像可怕的鳄鱼一样，不怀好意地上下翻覆，给蹚水过河者增设了难以逾越的障碍。往常排列得十分整齐的列石，被涨高的河水淹没了,只见一溜溜胀起的水包,像不断眨巴的盲人的眼睛,从河这边迤逦而至彼岸。

"隔山不远隔河远啊!"香兰绝望地叹息着,在泥泞的河畔上徘徊,浊黄色的浪花飞溅到她好看的方口鞋和新崭崭的裤脚上。

这时候,一个年轻干部骑着自行车也来到河边。他是县上派往东西坡大队的工作组组长俞光华。昨晚,他留在公社开会,一大早从三十里之外的甘泉匆匆赶来。这人正处在人生最美好的那段年华上,精力充沛,气度不凡,世界上没有他拿不起放不下的事情,只是一见漂亮女人便连骨头都化成一泡水了。他瞥了一眼香兰的侧影,那一颗淫乱的心早被勾了去。他怕惊扰了她,跳下车子慢慢走着,心里揣测着这位迷人的农村女人是什么地方人,这么早跑到河畔上有什么干头。渐渐地他从她脸上的神色中猜透她此时的心境:她是急着要过河哩!于是,他由不得心花怒放,投石问路似的甩去一句含情脉脉的话:"这位女同志,你要过河吗?"

香兰循声看去,见一个风度翩翩的陌生男子停在离她不远的河边,他一面立自行车,一面正以莫名的惊讶注视着她。她觉得那眼光像锥子一样,能钻进人心里。

"我……要过河,不……我想……回……"香兰被陌生人看得有点不好意思,语无伦次地说着,低下头去看被浪花印上点点斑迹的鞋子。

"我背你吧!"俞光华立好车子,一面脱鞋袜,一面关切地瞧着她,眼光仍旧像锥子一样锐利。

"不不不!"香兰有点恐惧地后退着,"过不去我就不过了!"

"不过你的事情能行吗?"俞光华的目光穷追不舍地盯住她。

"没有啥非去不可的事,听说一个亲戚有了重病,我想……"香兰后悔编了个不干脆的谎。

"那就更是非走一趟不行了。"俞光华把鞋袜夹在自行车后座上,走到香兰面前,半蹲下壮实的身子,"何况现在是春耕大忙季节,时间也浪费不起呀!"

"这……怎么行呢?"香兰既感动又惶恐,撑在她面前的这个被细雨打湿了的宽阔的脊背,几乎和那翻卷着浊浪的河流一样使她害怕。

"你怕我把你扔到河心里去吗?"俞光华转过脸望着香兰窘得发红的脸蛋,觉得她像一朵含露饱绽的牡丹,越发夺人魂魄。"来吧!"他伸出胳膊强把她揽在自己身上,站起来往稳里弹了两弹,两只手像背小孩儿似的从她肌肉丰满的大腿弯子里对插过去,五指交叉地织成一个坚牢有力的网结,托住那弹力十足的热腾腾的臀部,就涉入冰凉刺骨的水中了。他走得很慢很慢。他充分地利用自己敏感的手指去尽情地感受这位女人柔软而温馨的大腿和屁股,并由这两个局部想象到她整个身体迷人的美。对于脚下没入膝盖的冰冷的河水,他感觉不到它的存在——一切因为有了女人而变得出奇的美好。

香兰一走进这个陌生男子的世界,就万分难堪地闭上了发花的眼睛。她不敢去看顶在她鼻尖下的那颗冒着异身味儿和热汗味儿的男人的头颅。她听着奔涌的春水被这个素不相识的男人击得"哗——哗——"作响,就不由自主地扭动屁股,似乎想挣脱那像脚镣手铐一样越箍越紧的"网"。她走脱那个"网"时,浑身湿透了汗,仿佛不是他背着她,而是她背着他。

"有空到我们家来浪。"香兰看着陌生男人把自行车搁过河时难为情地说。

"当然,当然!"俞光华一边穿鞋袜,一边贪婪地望着她。

香兰旋转目光去望立在沙滩上的自行车,"飞鸽,我的……"她眼前骤然一亮,但随即又否定了自己:"车子像车子的多,怎么能认定是自己的呢?"

"家在哪个队哇?"俞光华穿好鞋袜,站起来准备走。

"家……"香兰一想到自己的"家",心里难过起来,"在……雪雁山上。"

"好!我们以后会常见面的!"俞光华走过来强拉起香兰的手握了握(其实是捏了捏),便一猫身跨上"飞鸽"一溜烟去了。

香兰望着陌生人渐渐远去的背影,心头忽悠一动:他是谁呢?也许是工作组吧?"以后会常见面的!"他的话在她耳畔响着。当那人消失在河谷岔口的转弯处时,她就断定他是工作组了,而且他对她留下了第一个好印象:他心肠多好哪!她后悔把自己和山宝的事没向他汇报一下,也许他能说服妈妈,使一家人团聚起来……

她正沉浸在对陌生人的幻想和假设中时,大队的旧式门楼撞进了她的视野。她立即熄了各种杂念,忐忑不安地跨了进去。

院落里静悄悄的,只有侧面文书常办公的耳房里,有人小声说话。她走过去正要敲门,却又缩回了手。屋里的声音突然激烈起来,像是谁跟谁吵架。

"俞组长,我那屎抹到脸上也不嫌臭的百忍老①男人,这次运动中得敲打敲打……"香兰听出来,这是妈妈正在向工作组告状呢,"他常年四季在人前头说话哩,和那样的人结亲,人家社员掌他的下

---

① 百忍老。相传有位老人忍过了九十九件事,一日,他娶儿媳妇,一位道人走进来化缘,给什么都不要,只要求陪新媳妇,老人忍让了,并给他饭吃。道人却背过身一动不动,原来他已化作一个金人。

巴颏儿呢！再呢,我稀男欠女就这么一个……"

香兰把沾着一串雪糁糁的辫梢儿塞进嘴里使劲儿嚼着,想:"别人给我大脸上抹黑,你也跟着抹！你好狠心呐！"

"还要叫我那能不够的傻女子鼻孔里钻点烟呢。"唐雪来又告到女儿头上了,"不然,她还晓不得雪雁山上的天有多高、地有多厚呢！"她沉默了一阵,又以试探性的口气说:"我这个人嗓膛骨浅,心上的话都在嘴皮儿上沾着呢！明说呢,招个丑的、瞎的、跛的、聋的、哑的,我都不嫌弃,但地主小老婆的儿子气眼儿不投哇！"

"山宝和香兰的事,公社书记杨海清同志昨晚跟我谈过。"俞光华十分平静地说。香兰怦然心动,她听出这个带有金属般音韵的声气和背她过河的那个陌生男人很相似,却又完全肯定不下来。旋即,她的心又像接受某种法律裁决似的抽紧了。"不过你反映的这个问题也值得我们认真考虑,也可能会是我们这次路线教育要解决的重要问题之一。但你要明白这点,山宝毕竟和地富子女截然不同。"

"呜……"唐雪来低声地却又是十分悲伤地哭泣着。

"他呀……怎么说呢,地富子女还没人随意贴大字报！"

"你完全没有必要伤心！"俞光华温和地解劝着。香兰从他沉着稳重的口气上判断出这是个很有水平和魄力的年轻干部。"对待大字报也要有冷静态度。现在的事情越来越复杂,有些问题严重的人往往给你来个先下手为强,把好人整倒或把水搅浑。不过,这只是我的推想,雪雁山贴大字报的人也未必就是这个用意,当然也不能排除这方面的可能性。你说呢？"

"呜——"唐雪来又是一声深沉的呜咽,"也许我前世亏苦了刘家,这一世给刘干猴当半辈子牛马还折不了罪,又得赔上我一个女儿啊！"

"我们不能这样看问题。"俞光华仍旧十分平静地说,"他怎么能算上刘干猴的儿子呢?"

"怎么不能算?他是张翠凤隔肚子带来的,就给刘金民硬赖上了!"

"谁生的也不一定就是谁的思想。"俞光华很有见解地分析着问题,"恩格斯曾经说过:人,不仅仅是天然机体的产物,更重要的是成长期间周围环境的产物。就如你和香兰,想法就迥然不同,人家要和山宝好,你呢?这些思想差异都是由你们那个雪雁山的具体环境影响成的。刘山宝假定就如你说的那样,他能隔肚子就接受刘干猴的思想吗?"

唐雪来半晌无语。香兰感到一种近似于报复的快意。她刚想拔脚走开,只听妈妈又问:"雪雁山的工作组是哪一位呢?"

"就是我呀!"俞光华的声调里允溢着自信和坚定的力量。

"你是全大队的工作组组长,怎么去蹲我们那点山顶顶呀?"

"雪雁山队小,又是多少年的先进队,由我兼任就行了。"俞光华好像已经把唐雪来看成自己开展工作的依靠对象了,"早晨我们还要开个简短的党员会,中午就上山。你先回去透个风,叫社员早点吃了饭开会,天一放晴就抢墒播种。"

"俞组长,我把话说在前头,你把我家的这个事情处理不好,你就甭想从雪雁山上下来!"

香兰听出妈妈的话音来,她想要走。这几句软硬兼备的话,既像是和工作组的告别词,又像是向工作组下的最后通牒。不知为什么,她忽然又怕瞧见妈妈,也怕被妈妈瞧见了。难道在这早春二月的一宿之间她和妈妈就隔膜得如此之深了吗?她怀着深深的忧伤不由自主的慌乱走出大队院落,来到河西坡队的村道上。

这时，她看到党员们都聚在供销部门口儿上说闲话，看那神态是等候着工作组叫他们去开会。她偶然之间瞥见了夹在人伙里的父亲。他的脸色十分不好，肯定是知道屋里的事了。"他是生妈妈的气呢，还是对我和山宝……"每一种最不确定的猜测都使她增添着最确定的痛苦和不安。她本来是专意来找他的，但现在她又觉得不能给他再添麻烦。何况妈妈已把这一切端给了工作组，说给他有什么用呢？她慌乱地躲开他，转身往回走了。

风越刮越紧，寒气也愈来愈重。纯净的雪糁子在结实的土路上最先涂上一层刺目的惨白。出了苦子沟，又别是一番天地。雪雁山、双涝池岘隐形于虚幻般的银白之中，那闪烁不定的曲线使人感到恐惧和神秘。树枝儿像铸了一层厚厚的白蜡，沉重地弯下头来，似乎对滋养它的这片土地抒发着无限的虔诚。

走进庄子时，她心里咚咚地跳起来了。她看到家家屋顶上都铸着一片凝重的纯白，界限都分不清楚。炊烟被沉重的雪帘压得抬不起头，四面八方地溃散着，苦于逃不出那恍惚不定的罗网。她努力向脚下使着劲，极力想压住突然袭来的白色苍茫。

她习惯地踅进自家的大门下，身子贴着门楣站着。门扇上残留的大字报模糊成黑乌乌一片。土台阶下面的洼地上，积着一汪清水，映出她的半身像，她早已是"白毛女"了。她取下包巾，抖净雪，重又勒好，仍旧站着。现在，她又恢复了和妈妈和解的情绪。妈妈是福神又是瘟神。爱和恨是那样矛盾而和谐地交融在她的心头，折磨着她的肉体和灵魂。不久，她又没了情绪，于是溜下土台阶朝临时户那面走去。

山宝已经开始忙忙乱乱地做午饭了。案板（临时支起的一块柳木板）上堆着切好的面条，雀儿舌头一般细巧。锅里的水咝咝地响着,好像唱着一支低沉哀婉的歌。山宝蹲在灶火门前烧火,眉梢上挂着细碎的柴屑,手指缝里夹着毛毛索索的面糊糊。他变成地道的女人了。他因承受了太多的痛苦而时时闪烁着理性光芒的眼睛里,此时荡漾着欢悦的浪,映照得那笔直的鼻梁更富有神采。他似乎为自己最初创造的这不成形的家庭而激动。他看到香兰披着风雪走来,就拿上笤帚给她扫雪。现在他确认这位美丽的女人是他真实的妻子了。香兰温顺地朝他笑着,脸颊却很僵硬,像结着一层薄冰。等他的笤帚轻了的时候,她躲开山宝,环顾这个小小的屋子。

锅、缸、盆、桶、碗……炕上也铺了一叶竹篾席,换了毡被。一个藤条小笸箩里装着针头线脑、碎布乱麻——偏僻乡村中,一个普通农家小户所必须具备的基本生活要素,在这个丈许大小的茅草房间里奇迹般出现了。

山宝告诉香兰,家具和临时用度的面,一半是乡亲们支援的,一半是他妈送来的。

"我妈早就为咱俩的事做着准备了。"山宝眼睛里划过一星湿滢滢的光,"八年前,我大死了的时候,我妈就省吃俭用,为我们的事做着计划。她说只要咱俩活成一家人,她吃糠咽菜滚光炕,心上暖和着哩!"

"她过得太苦了!"香兰想到多少年来,张翠凤从鸡屁股里掏钱支撑着一家人的苦情苦景,鼻子一酸,泪水差点涌出来。她若不是曾经给刘干猴做过几天小老婆,该是一个多么贤惠善良的妈妈!

"哟!锅又凉下去啦!"山宝又蹲到沉默了好久的锅台前烧火。

"我烧吧!"香兰说。

山宝洗了面手去扫门前的雪。

香兰一边烧火,一边重新环顾这个小小的屋子。渐渐地她感觉出过去的一切正在和自己做着最后的告别,一种她从来不曾感受过的情绪沉重地压进她心头。

当山宝告诉她,热心肠的团支书已经调离了雪雁山时,她低声地哭了,两行热泪刷刷地倾泻到湿漉漉的前襟上。

## 第五章 精彩的发言

　　林玉山把飞鸽车子推进院子里还没立稳,就狠狠地问:"新人的屋子咋还锁着,唉?"
　　唐雪来的小鼓槌脚颤巍巍地从房门里捣出来。她怯惧地望了一眼丈夫,感到他的脸色比头顶上流云飞雪的天空还冰冷。她两颊苍白,嘴里却仍旧气急败坏地说:"你就不看看门上,大字报连路都挡死了!"她从屋里取出把笤帚,刷扫黏糊在自行车上的泥浆雪团,"瞧,新崭崭的车子糟蹋成啥了!"她力图以此转移话题,缓和气氛。

"叫去！"林玉山话头铁硬，两眼冒火。

"他们自己不来算了，谁叫去呢？"唐雪来火辣辣地盯住丈夫。

"啥？你说啥？"林玉山捏紧拳头向唐雪来跨近一步，那步履像炮臼移动一样沉重和可怕。唐雪来的小鼓槌脚不由向后捣了几下，说："我把咱的先人赶了，你也不能这么凶！"

"日你的贼先人！"林玉山粗暴地骂着，在唐雪来的嘴上啪地扇了一个巴掌。

唐雪来倒在地上，屁股和两胯间沾满了泥浆和雪尘。"你还翻我的先人？"唐雪来翻起身，嘴里吐血沫，眼里冒泪花。

"你做的就是叫人把几辈子先人翻出来的事！"林玉山又把她一掌击倒了。

"呃——我苦命的人哟！"唐雪来被触动了伤心事，侧身跪卧在雪地里，双手蒙住血污污的脸痛哭起来，沾在指头缝儿上的雪尘化成浊浑的溪流，和泪水一起流淌着。

林玉山心里不禁一动。女人的这个举动使他想起了几十年前的一段往事。那时，他已是刘干猴家的得力长工了，父母兄妹早已死在民国十八年的那个苦难岁月里。光棍汉的忧愁夜夜生。每逢夜长昼短、活少人闲的冬季到来时，他晚上无聊得睡不着觉，就跑到雪雁山的土庙里去揭十点子。一个寒冷的雪夜，他走出庙门时，听到隐隐约约的啜泣声，他寻声来到一个偏僻的山湾里，就看到一个人蹲在雪地里哀哀地哭泣。借着微亮的雪光，他认出了她——唐家从雪堆里拾来的苦孩子。"出了什么事？"林玉山走到她面前问。"玉山哥，你给我……做主！"唐雪来站起来扯住林玉山的袖头，浑身索索地抖，"刘干猴逼我……"林玉山既感到恐惧又感到好奇。渐渐地他悟出刘干猴要拿这个出脱得像杏花苞儿一样的少女做什么了。"可……我连擦屁股的一块土疙瘩都没!""那……我不连累你!"唐雪来咬着辫梢朝风雪迷茫的刘家滩下走去。林玉山怔了一刻,就追上她,当晚躲开了雪雁山……

"我十六七跟上你,有过一天好日子吗?"唐雪来悲痛欲绝,泣不成声,"你碰一次运动脱个壳儿,碰一次运动脱个壳儿,眼看运动又来了,难道我就只为了狼老鹕鸽剩的我吗?何况我只是那么絮叨了两句,他们男哩女哩都脖子一拧走了,再没个信息,我有啥办法呢?就这么个样子,你看能团弄成一家人吗?"

林玉山不吱声儿了。他原想从大队回来,就强迫女人把女儿女婿叫回来,他现在觉得尽管女人做得太过分了,可她的那些想法不一定全没道理,在那样一种情况下,给谁的女人遇上也不会相安无事。香兰、山宝也太沉不住气了,他们怎么能轻率地另起一个炉灶呢?他由此而迁怨到已经远走高飞的郑见远:你怎么能动不动就把人家的家拆散呢?他这才觉得昨日撂下屋里的事情去开党员会是极不合算的事。掰开的馍馍合不住。他感到事情比较复杂,决定暂不去纠缠,集中精力去搞春耕生产和即将在雪雁山展开的这场路线教育。

于是,他走出院子,去通知晚上要开的会。

阴天的夜色来得特别早。香兰走出"临时户"时,夜幕早已紧裹了大地。她踏着薄薄的雪,悄然无声地走进会场。会场就是她和山宝那晚举行过婚礼的大教室。人已经快坐满了,满屋笼罩着一片呛人的烟云。香兰忽然觉得自己渺小得像一枚针,不敢在众人前头显面。她使劲抑制着被强烈的旱烟味儿刺激上来的咳嗽,轻手轻脚地顺墙根绕到最后面,默默地蹲到雷大头的女儿雷春玲身后的一个被小学生拐成三条腿的长条凳上,把头埋在黑影里,就不想再动了。

林玉山清点过人数之后,坐在最前排面向观众的俞光华开始讲话了。灼亮的罩子灯照出他年轻英俊的脸庞。

香兰抬起头望了一眼,就觉得臀部和大腿弯里生起一股灼热,仿佛她不是坐在三条腿的小木凳上,而是坐在由这位工作组组长指头织成的网结上。她感到害羞和难受,又觉得十分庆幸:"果真是他!"

"在开会之前,我先做个自我介绍吧!"俞光华的声调清脆响亮,带点金属般的音乐韵味,听起来非常悦耳舒心,"我姓俞名光华,俞是偷人的偷把人抓走,光是三光政策的光,华是十字架上钉一个文化的化。"他说得幽默动听,会场里的空气顿时活跃起来。但他讲到以"反击右倾翻案风"为中心内容的路线教育运动时,又十分严肃起来,每一个人都感到一种无形的压力,"……十年来,每一个人的灵魂受到了影响,但还有些人总是不甘心于自己的失败,时时想翻案……"

香兰听了一阵儿,情绪不再那么低沉沮丧了。开头她以为这次教育运动,就是把有问题的人再查一遍,那样势必会牵扯到山宝家,她也要跟着倒霉,说不定会真像她妈所担心的,连累到父亲林玉山以及成全他俩婚姻的郑见远。可她渐渐听出,俞光华讲"反击右倾翻案风",那只是为了统一宣传口径,跟上大局势走。她从俞光华讲得最动情的部分判断出,他在雪雁山"反击"的主要目标是咂群众血、吃群众肉的"地老鼠"。不过香兰又有些茫然。这"有些人"肯定不是山宝,也不会是张翠凤,那么会是谁呢?他父亲林玉山虽然是雪雁山的当权派,她可以断定他是一尘不染、两袖清风!即使像1960年那么困难的岁月里,她家也从没有占过队上指甲皮大的一点便宜。她唯一的哥哥香成就是那年饿得半死不活时,吃了一把铁萱子①送了命的。"会计我舅呢?"香兰心里暗暗审核的另一个对象,是雪雁山的

---

① 铁萱子:多年生草本植物,宽叶,蓝花,有毒。

要人——唐有禄。唐有禄可以说是雪雁山1949年后翻身最彻底,也是做官最长久、最稳当的老贫农、老党员。他不但在雪雁山有相当高的威信,而且在公社、县上都能说起话。至今雪雁山还有不少人称他为救星呢!他也确实在三年困难时期救过不少人。不过有人提出疑问:他哪来那么多粮食呢?香兰曾经问过她妈,唐雪来也有点犯疑,但她总是偏袒着自己的兄弟,不准女儿打破葫芦问到底。自去年深秋,香兰担任了东西坡大队团委委员,参与过几次安排社员口粮的讨论之后,她不再向妈妈追问这些事情了。若是真正实事求是地报产量,社员一天仅能吃到连衣带土的八两粮,甭说上山下沟干活儿,即使整日里躺着也难撑持住啊!可想而知那风刮得雪雁山呼噜噜转的年代,心里没个渠渠道道的干部会是怎样的结局了。香兰便悟出一条具有无限价值的人生真谛:在粮食问题上,只能心照不宣地去做,绝不能刨根究底地去问。

　　香兰想了一阵儿,便扬起头环顾会场里的情景。偶然之间,她和俞光华的目光相撞了。他似乎早就注视着她了。她从他的眼神里明显地感觉出他对她的器重和倾慕——女人家有这方面的敏感性和观察力。俞光华像一个小偷意识到自己的行动被人窥见了一样,有点尴尬地避开了她的视线。香兰顿时腿弯里又生出一股灼热来,直烧到那娇嫩的面颊上,心里也咚咚地跳,她感到恐怖和兴奋。女人家总是希冀自己的容貌、举止和才干,受到更多的男人尤其是比自己身份高的男人的重视和赏识,即使钟情于某一个男人的女子,也不能完全避免这种心理。她们甚至常常把它作为正常的夫妻生活之外的补充营养和润色成分,就和庄稼人忠实于自己的土地之外,再搞点副业的情形相类似。不然,一到闲暇之日,婆娘女子怎么会打扮得花花绿绿,十分有兴趣地往人多眼稠的街道集市上跑呢?她们常常在买什么东西的掩饰下，充分地向男人们展示着自己的风采和价值。香兰怀着胆怯的战栗，低了头，从前排人的空隙间探望过去，仔仔细细地欣赏这个年轻而又漂亮的工作组组长。

他，有个二十六七，中等身材，穿一身深蓝涤卡制服，披一件米黄色呢子大衣，头发梳理得像女人家一样整齐油亮，使得他那天庭饱满的前额愈加显得具有风度和魅力。他的一双机敏得会说话的眼睛，时时透露出外地干部所特有的威严和持重。他也有一条隐藏着英气、聪明和男子汉魄力的端庄笔直的鼻梁。他十分沉着地坐在讲桌后面的木凳上，整个神态显得既豪放又潇洒，同时带着一种凛然不可侵犯的尊严。他身上所具有的这一切，加上他的权力和地位，有力地威慑和吸引着会场里的每一个人。

香兰有点羞涩地低下头，又饶有兴趣地把俞光华和她的山宝细致地做着比较。她非常遗憾地对照得出结论:这位年轻干部比山宝更要风流动人一些。但女人家固有的嫉妒心立即跳出来替山宝辩护:"山宝若是蹲在凉房子里，吃好穿好睡好，保养他一月两月，肯定比俞光华更……"

香兰心头正活动着这些谁也不知道、谁也无法猜透的秘密的时候，雷春玲回过头，在她的胳膊肘儿上轻轻戳了一指头。她惊慌地抬起头，看到俞光华又在看她。那种男性异样的目光，具有某种特殊的穿透力。香兰的脸立即红得有如杏花苞儿。俞光华是点名叫她发言的。她有点慌乱，便站了起来。

"不要紧张，坐下说吧!"俞光华亲切而又严肃地指示道。

香兰没有立即坐下去，她的两只绵软细嫩的手捏弄着从硬硬顶起的乳房两侧垂下来的漆黑的辫梢，以此掩饰着心房恼人的悸动。

"我……"香兰觉得自己的思想乱极了，"听了俞组长的发言，明白了好多好多以前没有明白过来的事情,以后我一定……"

会场里响起了笑声。

香兰寻声看时,比她前三排的唐运红双手捂着嘴巴,瓦沟脸上做出一副怪上加怪的模样,惹得他的左邻右舍们发出阵阵嘲笑。香兰受到了意想不到的打击和侮辱,那一颗十分脆弱的心像烧红的玻璃罩子泼上冷水,啪地碎裂了。她顿时像被人抽了筋骨,软软地瘫了下去,三条腿的小木凳东摇西摆地蹦跶了几下,却终于没有跌倒。

"肃静点!"

俞光华用领导干部所特有的那种权威目光扫视一眼会场,犹如一阵倾盆大雨压下了纷飞的尘烟,会场里立即鸦雀无声了。

香兰正为自己的软弱感到羞耻,甚至于气愤时,俞光华带有难以觉察的倾向性的"肃静点",重新给了她足够的勇气和力量,以报复和惩罚她的"仇敌"。

"俞组长说,十年来,'文化大革命'改造了每一个人的灵魂。我想了想,这是谁也说不没的事实。就像刘山宝,他是从那样一个比猪窝还脏臭的家庭出来的人,通过'文化大革命'的磨炼,现在成了一个一不怕苦、二不怕死的人。可雪雁山有个把人总想否定他,这不是刮右倾翻案风吗?哪怕大字报把我的脸糊住,把雪雁山所有的路都糊严,我也绝不动摇……"

香兰越说越脆响,连她自己也奇怪肚子里什么时候竟然藏了这么好的文章。她从那么一个无懈可击的角度谈论目前的大好形势,顺便给攻击她的人投出一枪,恐怕要被雪雁山人叹为观止了。发言完毕之后,她又细细地自我回味了一遍,不过有一点使她遗憾的是,她觉得自己说得太快了,也太少了。她有许多新的认识还没有发挥出来,比如刘家滩的建设、雪雁山人的团结等等,也都应该当众发表自己的见解。然而她已终止了发言，怎好意思再开口呢？她斜睨了一眼俞光华，观察他对她的发言有何反应。他现在又用一视同仁的态度启发大家发言。她从他偶尔对她带着微笑的瞥视中，也分明感到俞光华对她的发言也只有美中不足，并没有半点非议的意思。于是，她越加陶醉于自己的发言了。她像所有刚刚踏上社会的青年一样，对自己迈出的每一步总是欣赏不够的。她没有心思洗耳恭听别人的发言，又像清点一串玛瑙珠子似的将自己说过的话从头至尾地回味一遍——不止一遍呀！她终于十分遗憾地拎出几颗假珠子来。比如，她把俞光华的"讲话"或"报告"，说成了"发言"，把"明白了……道理"说成了"明白了……事情"，更使她于心不安的是，把"一不怕苦、二不怕死的共产主义新人"说成了"一不怕苦、二不怕死的人"；人和人不一样呀，怎么能笼统地说"人"呢？下次发言一定得先打好腹稿，或在手心里先划上几条，要叫外来干部也惊奇，在这样偏僻的一个山沟沟里，竟然还有如此出色的女人……

香兰正迷醉于下一次更精彩的发言中时，她听到火暴性子妈妈在前排发言说："纸里包不住火。今晚我不如把我家里的事端到工作组和贫下中农大家面前……"

林玉山立时沉下脸制止说："谁叫你把家里鸡毛蒜皮的事往会场上搋！"

"鸡毛蒜皮？"唐雪来的脾气被点燃了，"世上的事情还能再大过坏人打进贫下中农屋里的吗？"

"谁是坏人？"林玉山站起来问，"你说话得掂个轻重！"

"大字报上就这么写着，还用着我掂轻重吗？"唐雪来也站起来，声气满嗓子跑，"今晚我要大家说个话，看我家这桩事情是不是像大字报上写得那么严重，如果真是那么个样子，我叫他俩迟不如早；如若不是,我也要叫贴大字报的人说个上来下去,猪尿脬打人虽不疼,骚气难闻……"

唐雪来的话还没说完,会场里就争执不休了。一派说香兰和山宝的这桩婚事,是雪雁山冲破包办婚姻自由恋爱的新成果,一派说这是雪雁山两个不同"阶级"的人矛盾的集中反映。两派开始说理,继而击掌打赌,接着相互讽刺辱骂,会场里顿时乱成一锅粥。这时,俞光华站起来,像机敏的篮球裁判,两手做出有力的下压动作,人们才肃静下来,伸长脖子等待工作组的裁决。可俞光华没有表示任何态度,就宣布说:"散会!"

人们很快散尽了,只有唐雪来迟迟疑疑地不肯离去,仿佛还要向工作组索讨那个问题的答案。

香兰走出会场的第一个感觉是黑,其次是冷。在几乎能碰倒人的浓黑里,雪糁儿像细沙一般飞来,密匝匝地扑到她发烫的脸庞上、鼻梁上。她心里一搐一搐地悸动,这是自己对早春之夜凝冷的反应呢,还是对眼前无边黑暗的恐惧?她说不清楚。

她远远地望见临时户里透射出的灯光,是那么微弱无力,而她却感到它像北斗星一样亲切、明亮。

她像飞蛾扑火一样冲进了那道光亮,然后停下来换气。这时,她看到雪粒儿像数不清的蚊阵,向这一点微弱的光明四面八方地逼压而来,似乎全世界都极力想封锁住这个刚刚诞生的新门户。她又想起了会场上那些像这煞神一样可怕的面孔以及配合那些面孔的恶声恶气的语言。她顿时感到沉重和凄凉。

她对着隐藏在深邃无穷的黑暗后面的苍穹,从心灵深处发出一声悲戚的叹息。

## 第六章 不明真相的事故

这场春天的及时雨,给庄稼人带来了最繁忙的日子。雪雁山的男女老少都像经线纬线一样,全织进这幅色彩斑斓的春景图中,他们暂时忘记了由香兰的婚事引起的那场令人烦恼的争论。

香兰,也像所有单纯而富有强烈追求心的青年一样,情绪早已快乐得像什么事也不曾发生过一样。已经有三四个晚上,她趴在那散尽了潮气而变得温暖、舒适的土炕上,描绘着雪雁山的远景图。这是她向这次学习教育所要献的珍贵礼物,她要让工作组和雪雁山所有的人知道她是怎样一个人。山宝也更加勤苦好学了。他一有空儿就趴到炕上写他的《雪雁山纪实》,像赶制嫁妆那样忙活着,脸上洋溢着满足和幸福的神情。

临时户——这个沉寂了好久的马棚,现在充满了令人神往的气氛。

可是,这种平静的日子没有持续多久,就被一场突然发生的事故给破坏了。

那是一个春光明媚的清晨,山宝吆着前年冬季分给他单独喂养的一头黑犍牛,到庄子下面的一块名叫铁萱子的陡坡地里撺①扁豆。香兰刷扫了屋子,就将自己呕心沥血描绘的那张《雪雁山远景图》包在大红包巾里,掮上铁锹,往刘家滩工地走去。

太阳还没有出山。鲜亮的朝霞用它那奇异的胭脂把雪雁山染成动人的橘红色,远远望去,它像个超俗脱凡的圣人,越发显得古老而深沉。

香兰走出嫩草丛生的村道时,听得半坡的铁萱子地里话大得惊人,像谁跟谁吵架。她忽然想到山宝和唐运红就在那块地里种田,心里就有些发怵,便惊慌失措地跑下坡去。

透过淡紫色的薄雾,她清晰地望见两犋牲口都停在地里,牲口后面站着撒籽的人——丁四婶和雷大嫂子。山宝隐在黑黑的牛屁股后面,只能看见他弯得很低的脊梁。唐运红很神气地站在一旁驴嘶马叫地骂着。

香兰不知出了什么事,飞跑到地里一看那情景,心就跳个不止了。山宝家喂养的那头黑犍牛,后腿的一个蹄腕子被犁铧尖儿捅开

---

①撺:一人在前犁地,一人在后撒籽。

一个大窟窿,黑浊浊的血水喷泉一般涌出。

"你就拿上把刀子,把雪雁山人的头剃上两个才算英雄,和四条腿的较啥劲呢?"唐运红走近山宝,把细长的牛鞭在他头顶上甩得"叭叭"乱响。

香兰被瓦沟脸表兄弄得既恐惧又恼火,她抖抖索索地跪到地里帮山宝给牛止血。山宝两个前襟的棉花被掏空了,香兰把自己的衣襟撕开来掏棉花。牛蹄子上砌满黑里稀糊的棉灰,一疙瘩一疙瘩的。血,却仍旧像渗沙水一样流淌着。血腥味儿混着布烟味儿,刺得人透不过气来。香兰忽然想起《农村生活小常识》里的一个常识:头发是止血特效药。她便毫不迟疑地掏出随身携带的小花剪,嚓嚓地剪下两半截辫子来。她弄不清是血淌尽了,还是头发灰实在特效,总算把血止住了。她庆幸似的长呼一口气,凝视着化进湿土里的一片血迹,心头阵阵发寒。

"你是嫌你大你妈给你挣的家业太少了吗?"唐运红掏心挖肺地寻找着最恶毒的语言挖苦山宝,"看这架势,你当了驸马,雪雁山上放不下你了,要去蹲公家凉房,吃公家白面……"

刘山宝忽地从牛屁股下面站起来,身子一挺,两眼血红地盯住唐运红,血污污的拳头砸着自己敞开的胸膛,说:"姓唐的,有糟蹋够的时候没?杀人也不过头点地吧?"

丁四婶和香兰看到山宝脸色不对头,怕闹出事来,慌忙拽住山宝,良言善语地劝解说:"忍让着点,忍让着点吧!骂下的话都被风吹走了!"唐运红的瓦沟脸上立时起了惧色,像煮不烂的驴肝马肺,越发难看。他倒退两步,被一个大土坷垃绊了一跤,翻起身来,错到雷大嫂子身后,仍旧骂得刀凿斧剁一般。

"啊哟,妈妈哟!"雷大嫂子突然失魂落魄地惊叫着,软瘫到地上,豆子撒了白花花一大片。

香兰和丁四婶又丢开山宝,去搀扶雷大嫂子。雷大嫂子脸色蜡黄蜡黄,问死不说一句话。香兰说:"今日这地里人哩牛哩接连出事,牛是不会说话,你该有个喘言吧!"雷大嫂子这才吞吞吐吐地说:"我迷迷糊糊地看见香成从地畔下面走上来,两口角还淌着嚼出的铁萱子水,绿汪汪的……"

"噢——我当是啥,才是……啊哟,你还疑神疑鬼的,想必是眼花啦,青天白日,哪会有……"香兰眼前朦朦胧胧地浮现出她唯一的哥哥香成的影像来。十六年前,他就是在这块地里挖了一把铁萱子,空肚子吃下去,中毒死去了。香兰美丽的眼睛里早已噙着摇摇欲坠的泪珠了。

"他婶子——吃饭啦!他婶子——甭害怕!"丁四婶拉着又细又长的声调给雷大嫂子叫魂。

雷大嫂子揩去眼睑上湿雾一般的泪水,双膝倒在软地里去捡撒出去的豆子,裂开许多细口子的手还像羊角风患者一样颤抖着。

这场叫人伤透心的事故究竟是如何发生的,香兰顾不得细问,就帮山宝卸了牲口,扛上农具,沿山坡小路往回走。黑犍牛一跛一跛地迈着步,顿时显出些老态龙钟来。黑乎乎的伤蹄儿上,不时地甩出一星半点浑浊的血水。山宝一声不响地跟在牛后,掏空了瓢子的棉袄前襟被晨风吹得哗啦啦闪动。雷大嫂子撂下活儿,也跟在他俩后面。她说什么也不再跟着唐运红撺扁豆了,丁四婶只好顶她的杠。铁萱子地里还响着唐运红恶毒的咒骂声。

太阳出来了,柔和的光芒像淡淡的金粉,洒到刚刚顶出地皮的草尖儿上,显得生机勃勃,令人倾心神往。这儿那儿点缀着一星半点的迎春花,像火光一样耀眼。

"哟——"雷大嫂子在半山坡又惊叫了一声,香兰当她又见鬼了,吓得心咚咚地跳,好一阵不敢去看她。雷大嫂子从山坡的蒿草里捡起一条包巾,递到香兰面前说:"瞧,谁的头巾叫牛蹄子扣了个大印儿!"

香兰才觉察出自己的红包巾不知什么时候不翼而飞了,两条又黑又粗的长辫子也像兔儿尾巴似的缩回到圆圆的两腮后面。她不觉伤心起来,把包巾从雷大嫂子手中接过来。山宝说:"恐怕得赶快叫个兽医来。"香兰把自己掮的犁轭交给山宝说:"你看着牛,我去叫人吧!"

香兰走出透出绿意的山坡,踏上平阔的大道,才小心翼翼地打开包巾,检点包在其中的《雪雁山远景图》。图被坚硬的牛蹄甲儿扣了个很重的"钢印",还污着几点散发着奇异味道的血迹,血色淡化为暗紫,使她所要表示的主要部分模糊不清了。她眼前一打闪,一颗灼亮的东西像流星似的滑下来,在牛蹄钢印上敲出响亮的声音。

"稀货,为这点事淌泪!"

她折叠好图纸,狠骂着自己,急三火四地朝前走。前面就是柳林环抱的双涝池岘。柳枝绽出灿烂的新绿,清亮的阳光照射着,像涂上一层渗发油一般闪光发亮。林子深处荡漾着山雀儿嘤嘤成韵的合唱。多么醉人的春光哟!

香兰没有心思去欣赏神奇的大自然创造的韵味无穷的春景图,她只希望自己能生出两条长长的腿,把眼前这几十里山路,三步两步跨出头。

她来到两个涝池中间时听得有人叫她,抬起头一看,见俞光华仪表风流地立于池畔,从柳树缝里正向她送过来一张不知深浅的笑脸。香兰不觉脸红了,怀疑他正笑她的"兔儿尾巴"。

俞光华有点痴呆地望着这位雪雁山的第一美人儿,简直着了迷。今天,香兰仍旧勒着大红包巾,泉水般动人的眼睛,被长得很整齐的带有微细光泽的睫毛密密地遮住,间或眨动时,才钻出使男人醉心荡魂的柔和光芒。她的鼻翼向两侧适度突出,弯曲成非常动人的蝴蝶结;和它处在同一条水平线上的两个笑窝,即使深忧焦虑时,也如埋在深水里的涌泉,隐约可见。只有嘴角的线条略显粗硬却又不失俏丽。

她的整个面部表情时时显示着深山沟里姑娘的那种腼腆而又粗悍、善良而又泼辣的特殊性格。

她向他走近了。他从她那隐含着忧郁的眼睛里窥探出她心中有事。"俞组长,出事啦!"香兰在离俞光华丈把远的地方留住步,没等俞光华回话,她又把黑犗牛事故一五一十地说了一遍。

俞光华吃了一惊。这种情绪暂时压住了他在这位农村漂亮女人面前涌起的无数幻想和难以抑制的情潮。

"不知啥东西把牛惊吓了,也许是——"她把雷大嫂子见鬼的情形摆出来说,"我哥确实是在那块地里殁的……"她把话说出口了,又觉得自己太迷信、太可笑。于是,她第一次感到,自己在这位年轻的工作组长面前矮下去一大截。这时,她腿弯里生出的一股灼热,又像毛蚰蜒一样爬上来,直爬到她难堪的脸上。她像要甩开它似的,赶紧拨开脚朝林子那面没命地走去。

俞光华那如饥似渴的目光,在她那合体漂亮的水红的确良罩衫上凝住了。他欣赏着她那富有弹性的柔软的腰和臀部的曲线,觉得她在明丽的晨阳里,像柔韧的金带一般灿烂迷人,尤其是她那一前一后蠕动着的屁股蛋儿,浑圆浑圆的……他不由向她追了两步。

"停一下!"

香兰迷惑地站住了,但没有回头。她忐忑不安地等待着俞光华的吩咐。

"你上哪儿去？"

"请兽医——到公社！"香兰仍旧背着身。

"我给你在电话上叫个兽医来,以工作组的名义。"

香兰实在铭感至极。她转过身朝俞光华笑了笑,却找不出一句适合感激他的话,只是眼眶里转动着莹亮的泪珠,这使她像饱含朝露的牡丹一样,越发秀姿迷人。

俞光华退回到涝池畔,向香兰亲切地招着手,意思是让她也走到池畔来。香兰迟迟疑疑地踅回去,在离俞光华四五步的地方站住了。碧清的池水里倒映着深远明净的天空和她忧郁含羞的面容。

"从明天起,运动就进入第二阶段。这个阶段的中心是揭发问题。"俞光华向香兰挪近两步,屁股悬空地蹲伏下来,要她谈谈雪雁山存在的主要问题。

香兰嫣然一笑,也在一棵碗口粗的红心柳下蹲下来。她面对着池水,从池水的倒影里,从容地判断着这位年轻干部询问她的真实用意和目的。

俞光华一面耐心地等待着她的回答,一面细细地欣赏着她那绿枝青叶一般的姿容。她,右膝屈平,左膝竖直,左肘曲折成一个小小的尖角,支到膝盖骨上,鲜润饱满的手掌托住多半个脸庞。柳树枝杈间斜射过来的一缕光带,倾泻到她圆实的肩头上,然后富有生气地反射进脚下清澈的池水里,平静幽蓝的水面上便闪烁着一片姹紫嫣红的光团。她低下眼睛,手指头在脚下的湿地上一下又一下地拨划着,十分明显地反映出这位农村女人第一次与外来干部单独对话时所表现出来的羞怯和不安情绪。

"你什么也别怕,啊?知道什么就说什么!"俞光华揣摩着香兰的心思,热情地鼓励着她。

"我就先少说一点。"香兰像在会场上发言一样,感到心跳气急。她恼恨自己死猫扶不上树,却又无法稳住自己。"我们婆娘女子家只晓得些婆婆妈妈的家常事,说了也怕是白说。"她看到俞光华十分认真地注视着她,那意思再明白不过了:你只管往下说好了。她的神态渐渐自然了,语调也和平常一样流利动听了。"俞组长,你现在该看清楚了吧,这个光梁梁上,多的是放不住老爷、挂不住献饭的陡坡坡地,一场大白雨就把人多少年的血汗剐走了,如果确确实实把工夫花在刘家滩上……"她完全陶醉于对雪雁山未来的向往和憧憬中去了。她揭下头巾,仔细地绽出那张用铅笔描得疏淡相宜、工整美观的《雪雁山远景图》,双手呈到俞光华面前。

俞光华双手接过图纸一看,脸上就露出了一种惊讶不已的神色。香兰很兴奋,竟忘了男女之大别,将时时激荡着春情的身子挨近俞光华,伸出因长期劳作而骨结粗壮却又显得十分漂亮的手指头,指指点点地说:"雪雁山顶上,是一片造林的好去处。刘家滩,是雪雁山人的粮仓。双涝池岘下面的梯田里可以栽培果树,就栽我家院里的红元帅,它结的果子又大又甜又好看,凡到雪雁山上来过的干部,都捎话带信地要……可惜这个地方叫牛蹄子踩没了,你怕是看不清……"香兰偶尔抬起眼睛,瞥了一眼俞光华。其实,俞光华并没有注视她的图,也没用心去听她那津津有味的讲解,而是在痴迷地盯着她那把水红衫子绷起的两个小山似的乳房,那乳房热腾腾地拖垂到他的胳膊上,挤压出一个迷醉人的不规则形状。香兰见俞光华心不在焉,立即就把心灰了,暗自说道:人家工作组才是真正的临时户,蹲个三五个月,顶多超不过半年,上头说一声撤,屁股一拍就走,哪有心思管你的什么"远景""近景"呢?"这图黑脸乌膛,扎人眼睛哩!"香兰把身子挪开来,收起图,重新掖进红包巾里去。

俞光华沉吟了一下,又把图索了去,说:"你的这个计划还不错,为我后一个阶段的工作提供了很有价值的参考。"

俞光华确实对这幅远景规划图并没有多大兴趣,却又舍不得放弃它。他从那细腻秀丽的笔体中,可以揣摩到一个他所向往(简直是崇拜)的女性的通明透亮的心境。同时,这张小小的图纸,也多少触动了他几年前曾做过不止一次的好梦。年轻人谁没个雄心勃勃的阶段!他最初投入这项塑造农民灵魂(他自以为如此)的巨大工程时,曾把远景规划摆在第一位。人的思想建设成什么样子,他觉得是个无法把握的东西,而改变一个地方的面貌才是最实在的工作。雁过留声,人过留名。凡留名者都是替后世人做了实实在在事情的人。小学课本上《西门豹治邺》的故事对他印象太深了。他希望他蹲过点的地方,就像西门豹治过的邺地——不,应该像当年红军开辟的革命根据地,"地下开红花,天上出彩霞"。但不久,他就发现他们工作组像纳鞋底一样针扎实密订出的建设规划,有时工作组还在做"巩固",队干部们却当成了卷烟纸。同时,上级领导还批评他是个十足的"唯生产力论"。他是聪明人,自然就不再去干那吃力不讨好的事了。不过,他又是个不甘寂寞的人,总想显山露水,出人头地。于是,他就把精力集中在打击欺压百姓的那些"土皇帝"身上。渐渐地,他对那脚踏实地的山乡建设,由不注重到不感兴趣,又由不感兴趣到"隔行如隔山"了。如果不是令他垂慕的香兰,他就会冷淡地说:"那不是我们工作组管的事!"可现在,他正需要这种媒介,这种能够使他深入到她心灵里去的媒介……

"拿你这样好的条件……你怎么跟刘山宝?"俞光华把"人品"换

成了"条件"。他非常满意自己用词的巧妙。他觉得"条件"这个词的内涵实在太丰富了。祖先创造这个奇妙的词时,一定用尽了所有的心思。

香兰沉默地垂下了头,分明表示出一种敢怒而不敢言的不满情绪。

"也许我还不大了解你们!"俞光华也觉得自己问得太唐突了,他采取了挽救措施——让香兰谈谈她和山宝的恋爱史。

香兰抬起头,脸上又放射出动人的光彩。她向俞光华不好意思地笑笑,便埋下头,深深地沉醉到她和山宝曾经历过的神话一般引人入胜的故事里去了。

## 第七章 洪水才是月下老

香兰和山宝很小的时候,就是十分相好的小伙伴。那时,雪雁山到东西坡小学念书的只有他们两个。山宝比香兰高一级,两人都是班上的尖子学生。祖厉河涨水的季节,山宝多时背着香兰过河。人们瞧着这对亲密的小伙伴说:"你瞧,多像梁山伯与祝英台哟!"那时,他们两个把梁山伯与祝英台理解成纯粹的朋友,尽量努力做得"像"一些,谁有好吃的共同享受,谁有困难两人分担。友爱在他俩纯净的心田里默滋暗长,连他们自己都没能觉察出来。当他们俩清醒过来,梁山伯与祝英台并不只是单纯的朋友，而是一对心心相印的恋人时，"无产阶级文化大革命"之风已刮到了古老的雪雁山。山宝一家人因历史复杂被批斗，香兰因和山宝有过"梁山伯与祝英台"的关系，连入团也拖了三年。她害怕了，动摇了，后悔了。于是，她开始躲山宝，躲山宝家所有的人……

爱情的红丝线被扯断了，在那样的岁月里。可是，在一个偶然的事件中，他俩的红丝线又重新连接了起来。月下老是谁呢？谁也不会想到是一场令人毛骨悚然的洪水。

那是盛夏的一个凌晨，整个世界还浸泡在浓稠浓稠的黑暗里，香兰就操了把铁锹，风急火紧地往刘家滩下走——他们一帮年轻人在暗暗比赛谁来得最早。

刘家滩上一片漆黑，一道道拦洪坝像巨蟒似的埋伏在浓重的夜色里。滩下面的深涧沟里，狐狸、野猫子、猫头鹰们怪异的叫声，此呼彼应，更加显示出这荒僻山沟里黎明之前的阴森可怖。香兰禁不住心跳耳炸，头皮发麻，暗暗埋怨自己那一双比所有的人都勤快的厚实脚板。她定了定神，就从山根下的虚土中摸出一把沉甸甸的铁杵子，在漫着一层浮土的坝基上，哼哼哧哧地杵起来。迟缓沉钝的杵声，掩住了涧沟里那些野物们不怀好意的夜半对话，她不再感到那么恐怖了。她正做得来了兴致，忽觉得脖颈里嗖地一下，接着又是一下。她伸手摸了摸，湿漉漉地沾手。"啊，雨！"她轻轻地叫着，抬起头仰望天空，几点冷冷的雨星乒乒乓乓地灌进眼睛里。她勾了头揉眼睛，鼻子里钻进去一股湿重的雨腥味儿。转眼间，雄浑有力的雨，就从雪雁山上倾泻下来，打破了刘家滩上最深沉的寂静。她一手提了杵子，一手拿上铁锹，向山崖下临时掘开的土窑里走去。

窑里黑洞洞的，像什么大怪物张开的血口。她的头即刻胀得像背篼一般大,但她迟疑了一刻,还是硬着头皮走了进去。

"啊哟——妈呀!"

她刚踏进门,就没命地叫了一声,一步又蹿出了窑洞。原来她一进门,就踩上了一个软柔柔的东西。狼?狐狸?蛇?……她惊得魂飞魄散,锨杵坠地,咔嚓作响。

那个软柔柔的东西受到突如其来的惊动,忽地翻了起来。

香兰恐惧极了。幼年时候,她从妈妈讲的故事里听过的魑魅魍魉,现在似乎全隐藏在这漆黑的土窑里,一个个张着血淋淋的大口望着她。她想一错身逃走,脚却像钉在地上,怎么使劲也拔不起来。而那个软柔柔的东西却在黑暗中问:

"谁啊?甭怕!甭怕!是我!是我!"

这声音好熟哟!

香兰终于听出声气来了——睡在这个土窑里的人,是她平素间最爱而又最不敢接近的刘山宝啊!

"谁叫你半夜里藏在这里头呢?你想干什么?"香兰心有余悸地问。

"谁也没有叫,是我自己来的!"山宝的话头也铁一般硬,"你说我想干什么?你的警惕性也有点太高了吧!"

刘山宝的这句话大大地伤害了香兰的自尊心。在她的想象里,像山宝这样出身的青年,一定是而且应当是对任何人都百依百顺,只能被人教育而不能教育人,没想到他今天说话还带刺。

他深更半夜一个人在这里干啥呢?香兰的心不禁一抖,头又胀大了,但她此刻并不怎么慌乱了,只是暗暗地提高了警惕,向后退了两步。

香兰的行为和态度,也刺痛了刘山宝的心。这个出身于一个一贫如洗的家庭,却又比地富子女更身贱位卑的年轻人,自他父亲死后,常常有两种心理在他身上相持不下:一种是虔诚的赎罪心理,一种是恶毒的复仇心理。当人用亲切温和的态度鼓励他前进时,一种替上辈人赎去罪孽的诚意,促使他把队上分给他的脏活、苦活、累活,当作对他的特殊恩赐,恨不得把这条不值钱的命也搭进去。一旦人们拿他当弱小动物来歧视时,他心里就想:一个堂堂正正的男子汉,如此窝窝囊囊地活着算啥呢?活上一百岁能值一个老牛老驴的价吗?不如剃了仇人的头去供奉父亲……这就是他对香兰的质问分毫不让的真正原因。本来,他和香兰青梅竹马,两小无猜,是雪雁山上真正的"梁山伯与祝英台"。"文革"后,虽然表面上划清了界限,但爱的情思如缕如麻,却始终未断。有时,他晚上一个人想:半崖上的花,能摘上的摘,摘不上的也摘,我何不去试一试呢?可当他白天看见她时,却又觉得她并不是"半崖上的花",她对他说来简直是遥居于广寒宫里的嫦娥……此时此刻,他真想和她共同毁灭在这漆黑的雨夜里,像梁山伯与祝英台一样,变一双鬼蛾,在雪雁山下双双飞舞……然而,他必须恪守这样一个原则:只有对方毁灭他时,他才能去毁灭对方。

他在"一级战备状态"中熬过了足足能吃一袋烟的工夫,仍不见对方再有任何挑衅的表示,方才悟出她和他一样,也处于"消极防御"地位。他的勇气陡然消失了,一腔五内俱摧的悲哀使他有点窒息。他想起了他俩涉水过河去上学的那些难忘岁月。"最好的朋友怎么成了仇人啊?"他伤心地提起杵子,走出窑门,在哗哗的大雨里,来来去去地杵着泥浆四溅的坝面,以此平静自己郁愤痛楚的心。

天色渐渐地破晓了,窑外的一切景物从朦胧的夜色中绽出最初的轮廓。借着这些轮廓,香兰看到雨点儿像银针一样插进松软的黄土里。山宝的单衣湿透了,紧裹在茁实健壮的身躯上。帽檐下散落出来的几缕短发,拧成一股一股的细绳,雨水顺着它们流淌下来,再喷溅到脏兮兮的脸盘上,闪出明晶晶的光。此刻,香兰对他的敌对情绪像黎明前的黑暗一样退去了。她心房里涌起对他的同情和爱怜。她想:山宝若没有家庭牵连,早已远走高飞——起码是个英俊的解放军战士,雪雁山的姑娘想和他相好,恐怕还相好不上呢!然而现在谁眼里有他呢?不是没人去爱,而是那样的人谁敢去爱呀?把悠长得像黄河一样的一辈子交给他,不就等于填进坟墓里了吗?要不是这样,香兰怎能和他划清界限呢?可由那奔腾不息的祖厉河灌注在她心田里的爱情,是多么残酷地折磨过一个少女的心啊!眼前在雨地里泡成落汤鸡的这个不要命的人,又在这个二十二岁的姑娘心中搅起了永远无法平静的波澜。她不敢再去看他,旋转目光去望那像刀切过一样齐整的坝沿,那里闪现出一撮撮新栽的芨芨草,在轻风细雨中摇曳着翠绿的长叶。她心头骤然一动,真想大声问一句:"那西胡①是你栽的吗?"但她怎么能说出口呢?一则刚刚土窑里那场舌战留下的痕迹,还在她心头隐隐作祟,二则……不知为什么,她忽然觉得有点"小曲儿好唱口难开"。然而她又怎么能让山宝老泡在雨里呢?于是,她复把脸对准他,送过去带有试探性的目光。她希望山宝能明白她的意思。山宝也不时地侧过头斜睨香兰,他俩的目光透过清晨透明的雨帘吻合在一起,各自似乎都不期而然地感受到对方重归于好的微妙心理,然而谁都不便启齿,不便把这种思想和感情的潜意识交流,用语言或手势明白无疑地表露出来。

"雨,这么大,你……"香兰终于鼓起勇气说,但她立即又羞怯地垂下头去,仿佛自己说了一句有损尊严的话。

---

① 西胡:芨芨草。

山宝看起来把心思全用在那个向土地虔诚地磕着头的杵子上,其实,他是在它的掩护下,一丝不苟地捕捉着这位美貌姑娘的心理运动轨迹,因而即使香兰说得那样低,他仍然听见了,而且清晰地!也许是心领神会到的,恋爱中的男女双方都有这种神秘的感应功能。不过他没有立即领受她的情意。他像所有处于社会最底层的人一样,别人越是关照他,他越不会爱惜自己。

雨,越来越大。透过密密的雨丝儿,可以望见对面山坡上有团团水雾腾起。香兰终于看不下去了,她走到山宝面前说:"你……怎么这……"山宝不理她。香兰没奈何,就从他手里夺回了杵子。

山宝愣了一下,又从山根下取出一把笨重的石杵子,继续嘭嘭地杵着,泥浆溅得他湿淋淋的裤子花花点点,像是画家的一幅油画初稿。

香兰把嘴一努,也跟在山宝身后吭哧吭哧地杵起来。冰凉的雨珠儿浇洒到她梳理得十分好看的秀发上,又顺着长长的辫子滑落下来,吧嗒嗒地摔在单薄的衣衫上。

"你不能像我……雨会淋起病的!"这回轮到山宝关照香兰了。

香兰不吭声,泥浆浆的铁杵在她脚下越发点得疯狂,她好像非要把在山宝面前损失的自尊心加倍地捞回来不可。

山宝觉得有些好笑,同时也觉得他和她之间的距离缩得很小了,便诙谐地一笑,说:"我看你一口气能打多少杵子?"香兰这才扑哧一笑,扔下杵子跑进土窑里去了。

山宝没有立即来躲雨,他在坝地上拾了一小抱水嗒嗒的冰筋①放进土窑后脑里,用手指去捋各节子上的冰草叶儿。衣襟上渗出的

---

①冰草的根,又细又柔韧,可以搓绳子。

水,一点一点地滴到潮湿的窑地上,钻开几个小小的"酒窝儿"。香兰站在窑门口上,望着夜色渐渐退净的碧草茵茵的山坡,心里回味着刚才和山宝的一系列"冲突",觉得非常有趣。不久,洗山水从窑门口倾泻下来,遮住了她的视线。她便怀着一种无以名之的兴奋,回转身蹲到山宝一旁,也呲儿呲儿地捋起冰筋来。

"那西胡是你栽的吗?"香兰终于把早就藏在她心里的那个问题,非常有趣地端到了山宝面前。

"嗯。"山宝非常感激她的询问,回过头,报以羞赧和谦卑的微笑。

"你一个人?"

"嗯。"

"为啥不叫大家来栽呢?"

"我……能叫动谁呀?"

"你怎么不叫我来?"

"你……"山宝不知该怎样回答,腾地把脸红了。

香兰也觉得自己问得有些好笑,丰满的两颊飞起鲜艳的红晕,就改变话题说:"你捋那么多冰草做啥呀?你该不会再……"她记起"农宣队"进村的那一年,山宝拿着绳子在双涝池岘的柳林里上吊的情景,一阵苦酸滚过心头。

"队上哪里不是用绳子的地方呀?"山宝说着就改变姿势,吭吭哧哧地搓起绳子来。他搓出来的绳子,又紧密又匀称,既耐用又耐看。

香兰的手指头儿上捋起几个细泡来,她用手绢护了再捋。她一边捋,一边给山宝供着。山宝的这个举动使她想起了自己年迈的父亲林玉山,他老人家每逢落雪降雨,就蹲到地上搓冰筋绳儿。雪雁山农具上所用的绳子,多半都是他的"业余作品"。这些勤俭持家的传统品德,她不曾在政治条件优越的表兄唐运红身上看到,却在这个臭得像狗屎一样的人身上出现了,这使她陷入了深深的困惑和矛盾之中。她的手绢挦破了,泡也破了,血水把冰筋染成了紫红。山宝吃了一惊,把冰筋踏到脚下,说什么也不让她再挦了。香兰站起身,想到外面再拾一些来,却看到山宝睡过觉的地方,铺着一件十分破烂的薄棉袄。她捡起了它,一股男子汉的汗腥味儿,唤醒了她多少美好的记忆哟!她记得过河去学校时,她从他脏兮兮的脖颈里常闻到这种味儿。那时,她觉得十分刺鼻,就把头拧向一边避它,而现在这味儿却使她感到近乎有些神圣。她一面挑出扯开缝的地方,一针一线地补着,一面饶有兴趣地想:哪一天,我手中的针脚走到自己的男人身上呢?

山宝看到香兰给自己缝补烂衣裳,慌了,犹如自己身上最保密的那个部分忽然裸露到了外面。他立即撂下绳子去夺它。香兰却像抓到一件稀世珍宝一样,说什么也不给他。于是,两个年轻人在这小小的土窑里,又一次"冲突"了起来。

刘家滩上响起了震耳欲聋的咆哮,山洪暴发了。两个年轻人立即"停止内战",奔出土窑。只见气势磅礴的洪峰,披着白麻蛇一般可怕的"外衣",向这道即将竣工的拦洪坝冲来。山宝和香兰刚把乱弃在外面的杵、夯、镢、锹等家具拾进土窑,拦洪坝里就变成白花花的一片水滩了。随即,洪水又像一群桀骜不驯的野马,狂悍地扬起头,向那还没有扎稳根基的芨芨草上呼啸着践踏过去。

香兰看到出水口留得太小,洪水翻了梁,坝基面临着被冲决的危险,心里着了急,就扛了把镢头,扑通跳进泥浆浆的洪水里,拼命往宽掘水口。山宝把她拽出水,夺了镢头说:"女的蹚水不好,我来!"

香兰又从土窑里取出一把铁锹,从水口上面往下铲。为了能使足劲,她像深翻土地一样,把一只脚踩在铁锨的一翼,将全身所有的力一股脑儿压上去,一次就翻下牛头大一块土。大概她把劲使得太猛了,身子向前一倾,哧溜滑进水里,马上就被一个凶猛的浪头卷进沟滩里去了。

在浑浊湍急的洪流里,她拼命地与死神搏斗着、搏斗着……她知道死神不会放过她,绝望窒息了她的灵魂。在她与雪雁山、与整个世界即将永别之时,她才觉察出有个人占满了她的心房。

——啊,山宝!

在距离刘家滩口丈把远的地方,一个意想不到的力量,把她推出了激流。她立即抓住一朵泥浆浆的猫爪刺,爬到一块地势较高的荒草滩上。

在淤积着一层黑泥的荒草滩上,她撑起铁一般沉重的身躯,回头寻找那一股把她从死神手里夺回来的力量。

——一个身影,一个撞碎了她心灵的身影,在汹涌的浪峰上,在刘家滩下的崖畔上,最后一闪,便消失了!

"啊,山宝!"

香兰对着激流涌去的方向,泪水像山洪一样奔腾……

泪水梗住了香兰的喉头,她只好作暂时的停顿,以平静自己过于激动的心情。这时,俞光华站起来,向她使了个"就此止住"的眼神。香兰不知发生了什么事,也忽地站起来,茫然环顾四周。

唐有禄倒背着手,一步紧似一步地走来了。他穿一身皂青衣服,秃着头,紫铜色的长脸上罩满黑云,遮得两只本来就不那么大的眼睛,像瞎鼠一般,几乎包进松软厚长的眼睑里去了。只有从后脑勺一直蔓延到耳畔下的牛皮癣,越发癞巴巴地显眼。他踱着几乎接近一百八十度的开门脚,老远就拿腔捏调地说:"这还了得昧,没耕上三垧地,就把一头齐口子牸牛糟巴了昧!"

香兰望着咄咄逼人的舅舅,禁不住倒抽一口凉气。她看到舅舅走近了,就惴惴不安地问:"舅,你看伤着筋了没?"

"筋?命都到伤着的时节了昧!"唐有禄似乎意识到在工作组面前这么放肆地"叮人",有欠妥当,于是又改换成一种软中带硬的委婉口吻,"现时的年轻人失了牛一样大的察昧,把牲口弄得一死一活的,还懒得叫先生看,众人的老子没人哭昧!"

"你现在要去请兽医吗?"俞光华仿佛有意要碰一碰这个态度恶劣、目中无人的土皇上,话头严厉而冷酷。

"不不不!"唐有禄尴尬地眨巴着小眼睛,"我是想给你汇报一下,这是个大事昧!"

"老唐同志!"俞光华换上不冷不热的语调,"你是这山上的老党员、老干部,希望你能配合工作组搞好第二阶段的工作。另外,你有什么问题,你自己心里是清楚的,得先争取个主动——用你们雪雁山人的话说,就是自己揩自己屁股上的屎不疼。你说对吗?"

"对昧,对昧!"

唐有禄毕恭毕敬地应着,脸色很有些灰暗,像被猫堵在窟窿里的土老鼠。他极不自然地挠着爬满牛皮癣、粗糙得像荒草皮一样的脖颈,不知是那里面确实包藏着他一辈子挠不尽的"痒",还是想以此掩饰别的什么。

香兰觉得舅舅在场,怪别扭的。自她和山宝订婚之后,她就有意无意地躲着舅舅,心里却又觉得很是对不起舅舅家,究竟在什么地方亏了他家?她又说不清楚。她悄没声息地离开柳林环抱的双涝池岘,走进了村里。

## 第八章 牛不会说话

　　山宝把黑牸牛赶进圈棚时,自己也像受了致命的创伤,瘫痪到粪便狼藉的圈地上。他越来越清楚地意识到,黑牸牛事件将又一次导致他命运的倒转:有可能它进屠宰场,他进牢房。

　　"哞——哞——"

　　黑牸牛深沉地呼叫着,伸展出紫青色的长舌头,在山宝额头上舔了几下。它似乎在用自己特有的方式安慰着这个沮丧透顶的年轻人。黑牸牛的这一举动,使山宝确实受到了鼓舞,他挣扎起来,揻来一碗油渣,用净麦衣拌了一背篼料,让这个"伤员"吃着。他站在槽根下,抚摩着被春天的日光晒热了的牛脖子,又从头到尾地回想着出事情的前后过程。

"……雷大嫂子哇,你肯定看出唐家的那三角眼使什么鬼了,可你为什么又不说实话呢?我姓刘的把你又怎么样了呢?"现在,他觉得世界上所有的人都抱成一团捉弄他一个人……

林玉山扑嗒扑嗒地走进圈棚。山宝慌乱地站直身子,准备应付老丈人的盘诘和责骂。然而,林玉山却一言不发地走近黑㸰牛。他先用庄稼人粗大结实的手掌,拍打着黑㸰牛因剧痛而微微颤抖的脊梁,强迫它走了个月牙形,然后轻轻拉起跛蹄,用手指抠挖铸在伤口上的棉灰疙瘩,直抠得老黑牛嗖地把蹄子抽了去,他才把严峻得令人生畏的四方脸转向山宝。

这时,山宝油然生出一种把黑㸰牛的"冤屈"诉之于人的急迫愿望,于是,避开老丈人的目光说:"姨夫,我犁了多少垧地了,牛一直走得顺顺当当的,今日个不知咋了,我提出犁铧回牲口时,黑㸰牛忽然吹了两鼻子粗气,嗖地向后一退,铧尖儿就戳进蹄腕子里去了。你说怪不怪?"

"马惊鹰飞总有个起因呢,我不信牛好端端地胡跁蹄子!"林玉山的脸色十分难看。

"真的,姨夫!"山宝低垂了头,"不信你去问跟我撒籽的丁四老婆子去!"

林玉山埋下四方脸沉思了一刻,又启发似的问:"你看见前面有人使怪没有?"

"没!"

"天上飞过啥鸟没?"

"没！"

"雷婆儿是怎么回事？"

"她说看见鬼了，谁知道看见啥了？"

沉默。

"你仔细想想！"林玉山忧心忡忡地在牛槽前踱来踱去，"这头牛是雪雁山最好使唤的牛，刚调的时候都没出过偏差，现在地耕老了，怎么会出这号事呢？"

"那……"山宝无可奈何地说，"那只有让黑犉牛自己说了！"

"你是做尿啥的？"林玉山火了，转过脸死死盯住女婿，"都像你一样把铧往牛身上插，雪雁山上的庄稼还务不务了？这一天八两粮的吊命汤还有喝的没？"

山宝被骂得蹲到槽根下再也翻不起身。

"即使屋里死上个鸡娃儿，人总得查究个原因！"林玉山走出圈门时，又掉过头教训女婿说，"出了这么大的问题，你一问三不知，能向雪雁山一百八十多号人交代过去吗？你还能算个人吗？"

山宝被骂火了，他站起来想顶一句："我是有意破坏总该行了吧！"但他还没说出口，林玉山已经走远了。于是，他只好又蹲到槽根下，整理刚才被盘诘得乱纷纷的思绪。这时，他觉得林玉山说得很对，出了这么大的事故，说不出一星半点原因，能讲得通吗？何况他同林玉山已经有了这种非同一般的关系，即使没有这种关系，出了不明真相的事故，他也向社员难交代啊……

他的情绪完全平静下去的时候，又听到扑嗒扑嗒的脚步声。他抬起头，就望见了那一张叫他恐怖的脸。

"姨夫……我实在不知道……"山宝沉浸在真诚的忏悔之中。

林玉山径直走进牛圈窑里说："你进来一下。"

山宝惴惴不安地走进去了。

"我寻了两百块钱,你今日下午或者晚上交到队上,要对着工作组交,再做个口头检讨,就说地陡牛乏,回牲口时,老牛向后一打卧出了事,先赔上这些,等队上处理以后,该赔多少就赔多少。"

"这……"山宝看到钱,不由向后挪了一步。

"听话!"林玉山把钱强塞给女婿说,"你是个明白人,要争取个主动!"

"万一治不好了再……"山宝把钱又往回退,林玉山却已经扑嗒扑嗒地走了。

"再熬些透骨草水,把牛蹄子洗一洗!"林玉山隔着圈墙大声吩咐着山宝。

山宝一个人蹲在骚哄哄的牛圈窑里,捏着那两百块钱,想了好久好久。他承受不住林玉山对他慈父般的关切。阳光从圈窑门口斜伸进来,温柔地接近了他蹲得麻木了的脚。他站起来,活动了一下脚腕骨,就找了把铲子,向刘家滩涧沟走下去。

下了坡,他掏出手绢,把二百块钱包裹好,装进破棉袄的内襟兜兜里。那手绢还是香兰送给他的定情信物,他把它当作幸福的符咒,时时刻刻带在身上,却从未使用过它,因而仍旧和新的一样。

去年深秋的一个清晨,他往双涝池岘后的陡坡地里担稀糊糊粪便,有一趟被溅在坡路上的粪便滑倒了,裤子整个儿糊满了脏污。他没换的多余衣服,就将身子泡进冰凉的池水里去洗,不巧被一群割谷子的女人碰见了,他慌忙躲进林子深处的一棵大柳树下,不敢再露脸。秋风一阵比一阵紧,湿裤子紧裹着他的腿肚子,冰块一般凉透了他的心。他不住地打着牙战,期待着阳光照进林子里来。太阳像是"晚点"了,总是不肯出来,女人们又死鬼一般嬉笑着不肯离去。"这些讨厌鬼们……"他贴着树身狠骂着她们。

不久,可厌的笑声飘远了,一个叫人难以理解的脚步声却闯进林子里来,凭着他的直觉,他猜出那人是向他走来的,并且已经接近了他。他探头望了一眼,禁不住"啊——"了一声。"香兰,你……"他猜不透她的用意。她在离他四五步的地方站住了。他正想往林子深处再躲一躲,只听呜的一声,一条绛紫色的条绒裤子飞到他脚下。

香兰背过身去,用脚尖不住地踩着飘落的枯树叶儿,把系着红头绳的辫梢儿咬在嘴角上,那意思已经十分明白了。

山宝望着这条姑娘家的裤子,感到神秘而又恐怖,仿佛眼前突然掉下一个不明飞行物似的。他的心咚咚地跳着,急速地进行"飞碟探索"。

过了一阵,香兰回过头,把那弯弯的眉头微微蹙了一下:"你怎么还……我等着洗脏裤子呢!"

"这……"山宝瞧瞧被强劲的秋风张起大包的裤子,又望望两颊飞红的香兰,"要是让割谷子的女人看见……"

"只要你爱……不嫌弃,她们爱怎么说就怎么说去!"香兰迅速地用双手蒙住了红得像染了胭脂一般的脸蛋,"裤兜里的手绢儿是给你的……"

歇响的时候,山宝从裤兜里掏出一条花手绢儿,只见上面用彩色丝线绣着一棵树,树上一对山雀嬉戏,旁边是两行秀丽的仿宋字:

我是山雀儿你是树,
哪有山雀儿不攀树。

山宝心里怦然一动,只觉得一股热流像山洪一般在他血管里奔涌……

　　刘家滩下的深涧沟里，现在连一株透骨草的影子都很难找到。阳光照不到的阴面坡上，新草尚未出土，上一辈植被经不住严冬的残酷摧残和牲口践踏，早已断茎弃叶、无以成形了，哪里分得清"透骨"不"透骨"呢！山宝失望了一会儿，恍然记起小时候挖过白马肉的一个叫鬼见愁的阳面山坡上，羊和牲口都上不去，透骨草或许可以捡得到。于是，他轻轻舒了口气，就把破棉袄脱下来，架到一株长得很粗壮的兔儿条上，然后用铲子挖台阶，攀上一段陡壁，再翻过一截十分危险的马鞍形山崖，便到了一个近乎九十度的山坡上。

　　这里虽是"鬼见"了都"愁"，却早已暖意融融，燕唱雀鸣，一派生机，仿佛春天首先把她那轻盈的脚步踩在了这片陡坡上。今春第一代新草从冬天留下的枯枝败叶中，十分显眼地钻出头来，绿得生辉。善于思索的山宝，很有感触地把它们跟雪雁山当前的情形做着有趣的对比。他觉得在关系微妙、复杂、多变的人世间，新陈代谢的更替有时比没有意识的生物界更艰难、更缓慢，但它毕竟也是必然的，无法抗拒的。

　　但是，要捡到透骨草仍然不是十分容易的事。它们夹在长在很密的麻秆儿刺中，不付出血的代价是捡不到的。不一会儿，山宝的两只手被划开了密密麻麻的血道道。不过他心里很愉快，那些扎入手脚的麻秆儿刺倒使他生出了一个十分美好的主意。

　　太阳搭到西山畔上时，他捡了足足有二斤透骨草。这时，他肚子空得咕咕叫，方才想起一天来什么东西也没吃一点，便挖了一把白马肉，咂了咂那甜丝丝的汁液，就颤着两腿，慢慢溜下陡壁。

　　他在涧沟里歇了一口气，又去捉潮虫，潮虫是乡间人最好的消炎药。于是，他重新鼓起勇气，钻进一个深水洞里。那洞叫雪雁洞，里边已经黑得什么也看不见了,他摸索了好一阵子,才攀上半洞壁的那块石头,那块对他有永久纪念意义的石头。

相传很古的时候,一只全身洁白如雪的大雁,在一个沉静如睡的黄昏,翩然降落到这个小山头上。山里人感到十分神秘,就把它当神鸟,无限虔诚地供奉起来。春秋更替,日月递嬗,转眼间过了七七四十九年。就在这一年草木落叶归根的时候,雪雁突然会说话了。它对山里人说:"我原是玉皇大帝的传令官,因私改圣旨,向人间多赐了九十九场甘雨,触犯圣上戒律,被玉皇大帝贬职降罪,打入凡尘。我也正想遍尝人间疾苦,便幻形为雪雁落于此山。现在,我的罪期已满,玉皇召我回宫。我下凡时,从金殿里带了一颗护身的宝石,这宝石能消灾灭祸,我就把它留下来,以报答人间的洪恩厚泽。"雪雁说罢,果真吐出一颗雪白雪白的宝石,转息之间,化为一股白气,飘然升天。诚实的山里人把这颗宝石放进山神庙里,供之以香火。从此,这一带风调雨顺,五谷丰登。人们为纪念雪雁就把这座山叫成了雪雁山。过了若干年之后,这块宝石的名声传遍了祖厉河两岸,一位豪强恶霸便带了数百人马上山夺宝,雪雁石猝然之间由舌尖儿大变得像一座挺拔的山峰,将那一伙强盗压进刘家滩的泥土里去,雪雁石也从此消失了。又过了若干年之后,刘家滩下面开了一道深涧沟,涧沟的水洞壁上露出半块石头,雪白雪白,跟传说中的雪雁石一模一样,只是边缘上有血一样的花纹……

山宝被洪水卷下涧沟后,正好摊在这块石头上。正是这块神奇的石头,使他廉价的生命延续到了春光明媚的现在;正是这块神奇的石头,使他暗淡无光的生活充满了富有诗意的幻想!

他双膝跪在冰凉潮湿的石头上,一面从湿漉漉的石缝里往出摸潮虫,一面很有兴致地回味着去年那一场惊心动魄的洪水,心里不断地涌起令他激动的感叹:"没眼蜂儿天照应啊!"

渐渐地,石头把它那潮湿阴冷的气流注进了山宝虚弱的身体,他感到肚子鼓胀鼓胀的,脊梁骨上如浇着雪水一般冰凉。他怕着凉,慌忙把潮虫一个个捏死,用卷烟纸包了,夹进透骨草里,然后卷了一支结结实实的喇叭筒烟,一边吸一边往他放衣服的那里走。

衣服还架在兔儿条上。他把它取下来,抖净落在上面的尘土,就披在身上往回走。他一边走,一边想着晚上向工作组交钱时该说的话。他把这些话一句一句仔细想好之后,就掏出一张比较大的卷烟纸来,他要用它替换手绢,那手绢是定情之物,怎么能随意让别人去看呢?

"吔——钱呢?"

二百块钱不翼而飞!他仔细检点衣兜时,底里开了一条细缝。他慌死了,又折回去,在架过衣裳的兔儿条下面一遍又一遍地寻找,后来他用铲子把兔儿条齐根刹下来,捏在手里抖了几十次。

太阳仿佛不忍心再看到这个人世间最不幸的生灵,便收回了那血一般惨淡的目光,躲进西山那面去了。

顿时,冰冷的夜色十分迅速地模糊了这个叫人永远无法理解的世界。

## 第九章 香兰妈病了的时候

唐雪来卧病不起,足足半个月光景了。

这次她失去自己的爱女香兰,比1960年失去她唯一的儿子香成还要伤心痛苦。香兰在屋里时,像个会说话的雀儿,使家中多么富有生气!她呜的一声飞出去,林家小院里像没了人,整日里悄没暗声的,怎么不叫人苦闷呢?然而,唐雪来是要强的女人,她除了向人们一遍又一遍地诉说民国十八年那一段苦情之外,别的什么心事从不轻易向人吐露。就是这次,她那么大闹了一番之后,也咬住牙硬忍着。她的脾气禀性决定她哪怕死了,也绝不会向人低声下气地乞怜求哀。只有她一个人的时候,才默默地淌着无尽的泪水。她为自己这一生不幸的命运哭泣着。她的不幸除了香兰出走,还有一个十分重要的原因是工作组俞光华对她不信任——这种被组织、被社会抛弃的痛苦,在某种特殊的环境里完全可以毁灭掉一个健康的人!唐雪来因为有一个极苦的出身,历次运动都是上级理所当然的依靠对象,并且这个女人根本就不是死猫扶不上树的那种窝囊女人。她聪明、能干而又热情积极。互助组、合作化不消说,即使1958年那阵子,她丈夫林玉山的皮都被剥了一层时,她仍旧没黑没明地拼命干。她这个人有股疯魔劲儿,一旦信仰什么,就信到骨髓里去了。旧社会她信的是神,就是雪雁山背阴处土庙中的那个雪山太子。那时候,即使大人孩子少吃一口,少穿一寸,也要把神供奉欢喜。她一共生过四个孩子,两个在1949年前就死了,其中一个死于天花,一个死于中毒性痢疾。因为雪山太子登着"法轮"拯救过他们,她心里也就安然了——神仙救不活就不该活啊!1949年后,她看到共产党说啥就是啥,做啥啥成功,尤其使她佩服透顶了的是,共产党把人们敬奉了几千年的"神",也像对恶霸地主刘干猴一样打垮了,破除了。她亲眼看着人们把雪山爷从土庙中"押"出来,砸成一堆碎渣儿,当肥料上进地里去了。而雪山爷老人家并没有像她所想象的那样,当机立断把雪雁山人一个个捏死,雪雁山反而比以往任何朝代都人丁兴旺——若不是国家实行计划生育,人多得早把雪雁山挤破了。于是,在这个女人的心目中,对组织的信念高出了对雪山太子的信念——岂止是高出,简直是彻底取代!有时候,她甚至这么想:也许雪山爷是刘干猴一伙地主恶霸的神,而党才真正是穷苦百姓的神。响不过铜,灵不过神。神之所作所为哪会有阴差阳错呢?有人要拔林玉山的"白旗",

那不仅说明他有,而且应该立即拔掉!香成饿死的那些日子里,她红肿的眼里一泡一泡地掉泪疙瘩,心里却想:为解除党的困难,儿子的性命都搭进去也值得啊!她常常这样想:世界上有两个人的恩情她永远报不上,一个是把她从雪堆里拾回来的唐有禄的父亲(现在转嫁到唐有禄身上了),一个是毛主席他老人家;唐家的恩一辈子报不上,而毛主席的恩几辈子也报不上啊!尽管如此,1960年的灾难还是在她那比一般女人宽阔饱满的前额上,无情地刻下了数道生命衰落的沟纹。当她的丈夫从千里迢迢的引洮工地回来,走进这间空堂堂的屋子时,她禁不住失声痛哭了一场。林玉山一声没响,眼泪仿佛全填进饥肠辘辘的肚子里去了。他只是压扁头地睡觉,好像发狠要把那无限的忧愁和苦闷,埋葬到缥缈虚无的梦境里去——人,除了死亡能容纳下一切之外,就是那得天独厚的梦境了。它不仅可以暂时隐匿往昔的一切,而且可以展开未来的一切,给沉沦绝望的灵魂以喘息的机会和挣扎的力量。唐雪来眼巴巴地看着自己的丈夫越来越像死了没埋的人,心头骤然掠过一丝可怕的战栗:他该不会叫香成拖到那一世去吧!?眼看着这个家庭的生命像一棵伤了主根的老柳树,一天天枯萎下去的时候,唐雪来从民国十八年积攒下来的苦水,像饱含营养的汁液,有力地滋润了它的生命之根。"她大,起来吧!过往了的事就忘了吧!旧社会跌个年成,常死一层人,我和你都是针鼻子眼里修了一条命……1960年那么大的年馑,才……你不是常说给共产党干事,搭上命也还报不上恩吗?咱的香……就算……"唐雪来尽量控制着自己,泪水仍旧把她的话淹没了……林玉山终于从那没有温暖、没有欢乐的土炕上爬了起来,他又鼓起勇气,去走他应该走的路……

俗话说:路遥知马力,日久见人心。经过这九曲十八折的考验,雪雁山人也好,上头来的干部也好,都对唐雪来有了极高的评价,有人开玩笑说,她是"党外的布尔什维克"——其实,这个评价一点也不过分,东西坡大队女党员不下十个,谁能比得上她呢?本来按她的表现,早在20世纪50年代她就该是党员了,但她从未提出过申请。大队党支部书记李宝祥曾在这方面做过许多转弯抹角的启发和暗示,她却明确告诉他说:"我一个小脚女人怎么敢轻易走进党的大门里去呢?那是党啊!要是党不嫌弃,我给她做个耳目,这辈子就活足了哟!"瞧,仅此一点,就比党员还党员哪!

但是,这位久经考验的党外人士,在这次运动中却感到茫然不知和无所适从了。往常不管搞什么都是先让她"忆苦思甜",接着是以她为榜样轰轰烈烈地去干。而这次运动的领导者,却对她十分冷淡,竟然连一次"苦"也没"忆",对她这个如此出色的女人也没做出任何评价。"难道我的历史不如过去亮了吗?"唐雪来每想到这一层时,对忤逆了她的香兰格外气愤。"生是你把妈的脸抹黑了!嗨!跳崖的不怕,我瞧的人怕啥呢?以后上天入地由你去,妈和你一刀两断!"可她只顾及自己的时候,仍然像被扣到黑锅底下,眼前一团漆黑。这次运动要结合雪雁山的实际,但她很迷茫,不知从何处下手,她突然想到了丈夫林玉山。他在三年困难时期带领雪雁山人恢复生产时,推行过"按组承包",还开过不少荒山……眼下,他只是把牲口按体力强弱分开来喂养,这算不算犯错呢?娘家兄弟唐有禄呢?他是雪雁山的老功臣啊!在那灾难深重的1960年,若不是唐有禄接济得及时,雪雁山不知要死多少人啊!树靠根,儿靠娘,老百姓靠的共产党。唐有禄就是雪雁山人的恩人啊!谁会对他不满呢?不过有时候,她觉得唐有禄私欲太重了。一样都是农村"跑烂鞋"的干部,唐家高门深宅、猪肥狗胖,她家呢?……马无夜草不肥,人无外快不富,唐有禄不刮雪雁山人的"油水",日子能过得那么赢人吗?但转而一想,唐有禄是雪雁山人的再生父母,多吃一口,多穿一寸,有什么可咬牙的呢?于是,她对他的一切都谅解了。她只记得他的好处,就像对待她无限信仰的党,只记着她母亲般的温暖和恩情。接下去,她又数到雷大头了,他是1968年接替刘金民班的。他这个人四肢发达,头脑简单,用雪雁山人的话说,头脑里装的猪脑髓。他所用的全是唐有禄的思想和主意,有人骂他是唐有禄屁股上的响铃铛。响铃铛就响铃铛吧,有何不好呢?

这一连串的问题,像魔鬼一样,把这位经常用自己的"苦水"给别人治病的女人缠起重病了。她记不清她的两只鼓槌似的小脚多少天没敲过大门外那新鲜的土地了。家庭本是烦恼的窝,常人蹲得太久了都有些受不了,何况唐雪来这样一位经历不凡的"党外布尔什维克"!她多么需要有一个人,对着她翻肠倒肚地倾吐出这一切哟!可是,找谁呢?根据她的特殊身份和地位,只有跟工作组谈心才"门当户对"。但她能向眼里就根本没有她的俞光华去诉苦衷吗?这个性子刚直得像松木椽一样的女人,甭说区区一个大队的工作组组长,即使县太爷驾到,如果真瞧她不起,她绝不会卑躬屈膝地去"朝见"的。她丈夫林玉山本来属于那种寡言少语的男人,也没有平常男人对女人所有的那种"狗狗蛋蛋"的温存之情,加之因香兰的婚事,他俩早已成"仇人相见,分外眼红"的冤家对头,哪里会有谈心的可能呢?她一见他——不,只要一想到他,就觉得手心里都冒气!同时,她又觉得自己非常惧怕他。她永远忘不掉那天在"红元帅"下,他向她逼近的眼神、步态——从那个时刻起,她仿佛才真正领教到男子汉的脾气和权威,不然她说不定会把屋里弄成什么样儿呢。于是,她控制住了,用吃奶的力气控制住了自己那一触即发的火暴性子——也许这是她憋出大病的直接原因吧！她常自己公开承认自己是个狗肚子里装不住酥油的浅薄货。往常有针尖儿大的一点心事，就向她的心肝儿香兰絮叨半夜，而这次呢？正是她的心肝儿在绞杀她！孙悟空钻进了铁扇公主的肚子啊！有时她暗自嘀咕道：铁扇公主也有向孙大圣讨饶的时候，我何不和香兰……可那个忤逆贼，自那晚出了门，再到林家门上没踮一脚啊！莫非她真要学王宝钏，宁蹲一十八年寒窑，也不登娘家的门？她愈来愈深刻地感觉到这种男女之间的合力，是世界上多么可怕的力量……她现在对自己那天的过分行为颇感后悔了，她盼望那一对鸟男女回到她身边来。为什么没人说合说合呢……

"唉——我算把人惹尽了……"唐雪来有生以来第一次对自己的境遇，发出一声无可奈何的悲叹。

这天，风和日丽，布谷声声。地气渐渐地回升到正常的温度了。双涝池岘那面腾烟起雾，一片嫩杨翠柳，仿佛那儿早已埋伏着春天的绿色大军，现在将要以横扫千军如卷席的气势，一举光复被残冬侵占的土地，把明媚的春光洒满雪雁山。

雪雁山的庄稼人都在田间地头忙碌着，他们充满了无限的信心，他们要在这一年一度的黄金季节里，深深地埋下自己希望的种子。现在，只有唐雪来一个人躺在土炕上，蒙住头想心事。她像相思刻骨的人，现在临近死路一样的悲凉和绝望。人，在这个时候，才能准确地掂量出周围人在她心目中的"比重"——自然最有分量的还是香兰，而且山宝也亲近了。如果此时此刻，两个年轻人来到她眼前，她会亲得哭一场的！

忽然，屋里一暗，似乎有人进来了。她怀着期待和侥幸，坐了起来。进来的人并不是她现在所希望看见的，却也像照见阳光一样，心里顿然一热。"啊呀,我只说这屋里永辈子没人进来了!"唐雪来对着刚闪进门的娘家兄弟,哭泣一般说。

唐有禄弯着腰,偏着头,左里右里把唐雪来看了几遍,然后才坐到炕沿头上,很有些惊讶地说:"昧——我一点晓不得他姑病得这样重昧!害的啥病昧?"

唐雪来没有立即回答他,她抬起昏眩的眼睛,吃惊地望着唐有禄。他的颧骨像石头棱子一样凸起来,似乎快要从那灰黑的皮肤上钻出来了;两只豌豆颗般的小眼睛像被老鹰啄过一般,深得有些古怪和可怕;脖颈转动时,也仍旧弓起一道道褶纹,却不再像蛇一样蠕动,而是如系在那里的麻绳一般呆滞和枯瘦。只有后脑勺的那一片牛皮癣,像菌类生物,长得十分起劲,仿佛他身上的全部血肉,都被它当作上等肥料而毫不客气地吸摄了。

"她舅哟,你前一向肥肥胖胖的,怎么一时三刻就消磨成一把干柴棍儿啦?"

"昧,没怎么昧!"唐有禄张开缺牙的嘴巴,疲惫地打着呵欠,"生是叫大家的事情把人的心操干了昧!"

"现在有工作组哩,你还费那么大的心机做啥哟!"

"我看工作组现时把蛇捉到拦腰了昧!"

"咋啦?工作组出问题了?"

"问题也没出个啥,反正雪雁山他们问不动,揭发问题的会都开哑了昧!"

唐雪来顿时觉得自己心头像熨斗熨着一样舒服。"我晓得他们撇开我们这些老基本,哭都没个好声气了!"她简直有点幸灾乐祸了,不过这只是一刹那间的事,转念一想,又在心里谴责自己说:"你一个苦大仇深的老贫农怎么能袖手旁观地看着工作组把戏唱冷场呢？"

"会上参加的尽是些啥人，咋把会开哑啦？咱这山上早哩还没开过一个哑会哟！"

"不知道昧！"

"噢——"唐雪来像嘲笑某些笨拙女人把人和猪狗食煮在一个锅里一样，"他们是安心要开哑会喀！"

"谁晓得人家安的啥心昧！"

"俞光华没跟你商量商量，看啥时把这冷锅烧开呢？"

"昧，我从气色上感觉出人家好像对咱不信任昧！"唐有禄像从雪雁山上往上爬，显得非常吃力。

"哟，我的妈妈呀！对你不信任要信任谁呢？"唐雪来有些抱打不平了。

"这个俞光华不知道葫芦里装的啥药，到如今我没摸透昧！就说香兰和山宝的事昧，明明是张翠凤当调货包儿，把你们一个好端端的家庭拆散伙了，俞光华上山一个多月，连个响屁也没放过昧！还有比这更看不过眼的事昧！"唐有禄垂下头，挠着后脑勺的牛皮癣，显出伤透了脑筋的样子。

"哟，还有……"唐雪来把两只瘦骨嶙峋的手箍到胸前，使劲压着因极度体虚而节奏紊乱的心跳。

"刘山宝割断黑牸牛的懒筋好多日子了昧，这事放到雷家的那大头手里也能掂出个轻重昧！俞光华却对他大气没呵一下，还替他打电话，叫先生……"

"啥时候？"唐雪来惊得半晌回不过神来。

"怕十头八天了昧！"

"白天还是晚上？是刀是斧？"唐雪来禁不住摸了摸由于一向未

梳理而乱得像抱窝鸡一样的头,检查它的存在是否有假。

"他姑确实病傻了昧,现时的人精鬼得像什么似的,取你的头也像搔痒痒舒服昧!"他替黑柠牛诉了好一阵子苦,自己忍不住滚下几颗小小的泪珠儿。

唐雪来听着听着,紧张得快要爆炸的心倒是宽松下来了。"噢——我当是故意,才是……"唐雪来的锐气消逝了。

"那牛稳得像一座山,没故意咋能把铧插到牛蹄子上去昧!"唐有禄从唐雪来的一声"噢"上已经听出她把这个事故看得过轻了,"肯定没安好心昧,不然他为啥逃跑昧?"

"他逃到哪儿去了?"唐雪来又吃惊了。

"想上天屎拽着昧!"唐有禄十分轻蔑地说,"躲了半日又来了,光把运红和大头寻得差点儿跑断了腿昧!"

"工作组咋说来?"

"山宝使了个掩目计,说他给牛挖透骨草,工作组也就信了昧!"

"噢——"唐雪来的情绪又一次平静下来了。

"他姑昧,往常讲这斗争那斗争的,人头脑里总是没个缝儿,这次事故把人教育好了昧!尤其这党员……"

"党员又咋啦?"唐雪来的神经又绷得很紧了。

"咋啦?"唐有禄递了个诡秘的眼神,"听说他姑夫给了山宝两百块钱,支使他跑,山宝跑到半路上把钱丢了,又……昧!"

"他哪来那么多钱哟?"唐雪来摇了摇乱蓬蓬的头。

"你不知道昧,前一些时候,队上研究叫他姑夫进县试验站兑换些良种,拿去两百块钱,路线教育开始之后,良种再没兑换,钱也没交昧!"

"他根本不是那号人!"唐雪来又摇了摇头。

"人是会变的昧！"唐有禄用自己的担心警告着固执己见的姐姐，"要是往后被人晓得了，揭发到会上……昧！"

"给时你看见了吗？"

"听人说昧！"

"噢——"唐雪来又舒出一口轻松的气来。

"姑娘家的辫子，小伙子的分头，那是年轻人的流气昧！"唐有禄无限苦恼地搔着牛皮癣叹息着说，"可惜香兰的一双长辫子了，生生叫山宝给牛止上血了昧！"

"啊哟，我苦命的娃呀！"唐雪来这才伤心地哭了，"你跟上那个龟子王八，日后非把头搭上不可呀！"现在，她因山宝损害了她女儿而恨死了他。

"昧——"唐有禄才有了心思吸烟。他一只手慢腾腾地装烟，一只手"卡卡"地扣着打火机。"还有一件事昧——"唐有禄停住打火机，做出些鬼眉鬼脸来，"人对俞光华和香兰的议论不太好昧！"他觉得有些牙碜，忙把烟嘴塞进缺牙的嘴里，吧吧地空吸着。

"她舅哟，旁人瞎说，你可不能跟上瞎说呀！我的香兰就不是那号前门里拉和尚，后门里放道人的娃！"唐雪来最忌讳人给香兰说闲话。

"这号话本来不是当舅舅的说的昧！可实在太碍眼了昧！"唐有禄把那天在双涝池岘碰见香兰和俞光华的情形，又加进不少自己创造的情节，端到了唐雪来面前。"我心里实在明不开，一个国家干部跟党员、贫下中农筛得远远的，一天尽跟那些年轻女人有说不了的啥悄悄话昧！"

"你不会照准香兰脸上扇上两巴掌吗！"唐雪来眼睛里开始冒火星儿。

"为父不捉女奸昧，我做舅的咋管这号没大没小的事昧！"唐有禄非常为难地说。

"你当舅的不管叫谁管呢？你晓得她大是有名的百忍老，别人把屎抹到头上也不揩一把。我呢，现在自己管不得自己了。天呀，我前一世亏了人，生生叫自己吐倒出来的把人糟蹋死了哇！"唐雪来想放出声痛哭一阵儿，却又没一点气力，于是两手胡乱地去抓乱蓬蓬的头发。

"甭生气咪，养了人养不了心昧！"唐有禄劝解的口吻中隐含着十分强烈的挑唆味道。

"不行！我今日就得走公社寻杨书记去，我要叫他姓俞的把咱贫下中农貌够哩！"唐雪来憔悴而苍白的面颊颤抖着。她完全被唐有禄挑逗起来的疯狂情绪所左右，就像被一阵龙卷风抛到半天空一样，再也控制不住自己了——她也不想控制自己，她希望这种情绪把她支持到甘泉。她抖抖索索地从板箱里取出衣服，把全身换得焕然一新，然后"嗞——"地溜下光亮的炕头。这时，她觉得头重脚轻，天旋地转，如腾云驾雾一般。她抬起小鼓槌脚刚要迈出去，就一个趔趄，差点儿倒在地上。

唐有禄慌忙跳下炕，一把扶住唐雪来说："用不着生这么大的气昧！真要是向上头反映，还得有个真凭实据昧！"

"还要多少真凭实据来！"唐雪来急促地喘息着，她的话好像不是从嘴里说出来的，而是从气管里扇出来的。

"馍馍不吃在盘里放着，理不说在肚子里装着。咱不急它昧！"

唐有禄一面搀扶唐雪来上炕，一面给她宽心，"再熬上一半个月，这次运动的眉目肯定分出了昧。若到那时节，俞光华还用偏刃子斧头劈，还和香兰……昧，你站出来按住多半个口，也不怕打不赢官司昧！上头信任你胜过我们这些党员昧！我们给他稳稳当当地耍个

'狮子滚绣球,好的在后头'眛!"

　　唐雪来慢慢地从云天里降落下来,站到实地上了。她这才觉察出自己穿的是香兰的花衣服,不觉有点可笑。于是,她咬住牙嗤嗤地撕下来,胡乱地窝进箱子里,瘫到炕上喘气。她的情绪渐渐冷静下来了。她不得不服从娘家兄弟的这番教导,而且也不得不佩服这个生了半头牛皮癣的普通庄稼人谋事看人的深刻见解。她眼前突然开了扇窗,展开一片新天地。

　　"她舅,那你就有啥事情透个风啊!"

　　"那自然眛!"

## 第十章 不见兔子不放鹰

唐有禄从林家小院走出来时,日头偏到苦子沟口那面去了。雪雁山的庄稼人都集中到刘家滩的一块坝地里散粪。轻淡的尘埃,在干燥的空气里疲惫地飘飞。

立夏高山糜,小满透土皮。唐有禄掐指一算,播种大秋作物的日子迫近了。庄稼活儿一环套一环,一年四季没得闲啊!他从林家院里顺手挑起两个竹篾筐子下了坡。他像迟到了的学生,闷着头,一霎时就担得连后脑勺的牛皮癣也走汗放红。这时,他才敢抬起头去看像避瘟神一样躲他的人。他用近来因深陷而显得更加阴沉逼人的眼睛，搜寻了好一阵子，不见他家里的一个人渣儿，也不见雷宽的大西瓜头在阳光下发亮。他心里不免有点急躁发毛，咬住干渴的嘴唇，心里恨道："这有老子养无老子教的龟子孙，眼睛都不睁昧！你不看现在是啥时候，还敢拉二慢昧！"

于是，他又借口结算种子账，挑着空筐上了山。他没有向唐雪来打一声招呼，就把筐子扁担隔墙撂了过去。他身上没有了负担，那两只穿着老式牛毛鞋的接近一百八十度的开门脚，像打土块的榔头，在尘土飞扬的村道上乱点起来，整个身影，纵看过去，活像一个变幻不定的"互"字。他的眼睛扑棱棱地死盯住高耸在村子中间的堡墙。堡墙越来越高大，越来越清晰，终于挡住了他的全部视线，掩护在这个古老建筑物下面的新式庄子，便陡然呈现在他眼前了。他老远地甩出石子一般粗硬的话，仿佛想用它砸开那关得极不合时宜的大门。

"往黑里窝着睡昧！"

"石子"似投进了一潭深邃无底的死水里，毫无声息地沉没了。

"人该没死绝昧！"他几步飞到大门上。

大门倒扣着。唐有禄用庄稼人那粗硬得像铁锤一般的拳头砸了三下，又是三下，仍旧没有半点动静。他终于按捺不住心头的怒火了，便用庄稼人气头上惯用的那种最粗劣最能发泄私愤的气话骂道："日你八辈子祖先昧！你娘儿们就是死硬了，现总还没埋昧！"

大门轻轻地开了，运红妈背着竹篾大背笼，一面怯怯地往出走，一面絮絮叨叨地埋怨着男人："啊呀呀，我的天老人家，你多少行点善，吵得松一点，谁还晓不得你的那声气！"

"我声音尽大着叫了个日头偏西昧，再小一点的话，恐怕我今晚还得在这门上站一店昧!"唐有禄眼睛睁得像铜铃一样,狠盯住自己那一脸怨气的女人。

"你知道把门上得这么紧,总多少有个啥做头呢!"

"有个屎做头昧!"唐有禄的唾沫星子从那没有"大门"的嘴巴里飞溅出来,像雨似的落到运红妈乌得十分难看的胖长脸上。"人家运动里头积极上加积极,争着落好昧,这家的娘儿们个个像吃了三年文秀才的屎,门里生叫不出来,到时候吃上个冷亏,就把你一杆子的懒病看好了昧!"

"人家等死你了,你还有理不够啦!"

"谁等我昧?"唐有禄的声量缩小了一千分贝,瘦削的脸上掠过一丝惊恐和灰丧。

"晓不得!"现在轮到运红妈"杀回马枪"了,"你黑天白日像没魂人一样,饭碗一戳就不知游到哪里去了,一来尽你的路数儿!"

唐有禄的心顿然下沉,头一低,跨进了大门,鼻子眼里哼哼着:"墙上挂磨扇,不像画(话),不像画(话)昧!"

院子里一片寂静。唐有禄悻悻地登上堂屋的七层砖台阶,背了手走进去。屋里空荡荡的,只有那只胖墩墩的大黑猫,懒洋洋地熟睡在白云一般厚软洁净的新毡上。他照准它狠狠地砸两拳:"黄鼠出窝的那么多,你懒得去捉,就这样躺着昧!"他的声气非常大,专门是用来打黑牛惊黄牛的。

"哇——哇——"大黑猫抱屈号叫着,从窗户里逃出去。唐有禄捏着烟杆儿,追到院子里时,北房门开了,雷宽探出多半个大西瓜头,打着手势说:"他唐叔,快——"

唐有禄从雷大头不鬼装鬼的脸上看出他们确实没有睡大觉,于是气消去大半,但他仍旧阴沉着脸,慢条斯理地跨进了北房。

北房地上铺了一层大字报，总有七八张，字有核桃那么大。唐运红还趴在炕沿头儿上龙飞凤舞地写着，他似乎正逢笔酣墨饱之时，连屋里进来人也没留意到。唐有禄眯着深陷的眼睛看了几张，爬满牛皮癣的头便摇得像犯了摆子病的人了。"使不得，使不得，使不得昧！"

唐运红这才搁住笔，回过头，诧异地问："大，啥使不得呀？"

"就这使不得昧！"唐有禄气得自己也顿了一下。

"给地主小老婆和小'右派'写大字报使不得，给谁写使得？"

雷大头把几乎比唐有禄大一半儿的脑袋伸过来，粗声闷气地说：

"给他娘儿们写有啥错呢？我这么大的头也……"

"大，你常说不管啥时候，糊里糊涂揪住有辫子的人打没错儿，他们是死靶子，不怕打死，也不怕打不死；打中了有功，打不中也无过。今日个又……"唐运红对自己最知己的老子也摸不透了。

"此一时彼一时昧！"唐有禄以老通世故的口气，俨然教诲着站在他眼前的这个大头和自己尚未经事的儿子，"那时刘家和林家没瓜葛，郑见远一家也和咱气眼儿通着，眼下昧……"

"我揭发的就是那狗日的的这些罪恶呀！"唐运红一提起这事，恨不得把一口齐崭崭的牙齿都咬成碎渣儿，咽进肚子里去，"我叫他刘家的这只癞蛤蟆吃一只天鹅肉，屙下个大月亮哩！"唐运红又埋下头，挥舞着近来写大字报写秃了的老毛笔，沙沙地往下写。

"甭写了，甭写了，听我说昧！"唐有禄一把捏住运红使劲握笔的手腕，使他的笔在白有光纸上"蹾"了个大污点。唐运红甩了窝得四面开花的秃毛笔，努着嘴，狗蹲儿闷在炕沿头下，背靠住冰凉的炕壁，翻白着三角眼出粗气。唐有禄佯装未看见，继续教导着他们："这次运动的水深得没个底子昧！到如今咱还没摸来人家俞光华的心眼儿偏左还是偏右昧！再昧，你看雪雁山人多半对我气愤不过，恨我超过了恨地主老爷昧，恐怕暗地里往我身上瞅目标昧！你们乱点火，弄不好就是孟良放火烧葫芦，一烧烧到自己身上昧！"

"哼，哪个狗日的不要命了，敢给大寻不是！"唐运红忽地跳起来，叉住腰逞威。

"谁敢在太岁头上动土，我这么大的头也……"雷大头一手叉住粗壮的腰，一手捏成拳头挥舞着，拿出与人同归于尽的勇猛气概。"你就是雪雁山人的大救星、大恩人，我这么大的头也……"雷大头十分满意自己这一段发挥得出乎自己意料之外的惊人之语，自鸣得意地抬起头去看唐有禄脸上的反应。

"你们哪知当干部的难处昧！"唐有禄深深地叹了口气。

"打1958年以来，我年年从土衣烂草里吹出几把秕粮食，给社员接断顿续烟火，有人就说我用大家的血汗之财……昧！"

"谁放了这么臭的屁？"雷大头一拳击到炕沿头的毡边儿上，激起一团团带着毛骚味儿的土烟，呛得唐有禄咔咔地咳个不停。

"昧，这年月上人对人气不和，鸡蛋里头也能挑出骨头来昧，就连运成当脱产干部，有人也说是我溜沟子溜上去的昧！"

"哼，我这么大的头也……"雷大头在炕沿头上擂"大锤"，唐运红在地上半疯半癫地转圈儿，屋子里的气氛顿时紧张得叫人透不过气来。

"不过暂时一点不要声张昧，声张出去人家还说咱隔山打炮，捉弄工作组昧！"唐有禄的声音忽然低得像从气流里曳出来的，雷大头和唐运红凑到那没有"大门"的嘴巴跟前，才能听得个半清。"刘山宝闯的祸端,放到秋十四年的闰腊月,碌碡曳蔓马长角的时候①,仍像秃子头上的虱子,明摆着昧……你不说我的豁豁,我不说你的背锅,咱……"

"要是人家按兵不动,香兰就白……"唐运红沮丧得几乎要哭了。他最急迫的斗争目标,就是把得而复失的香兰,从刘山宝手里夺回来,以结束自己刻骨的绵绵无期的单相思。

"豁不住娃娃拉不住狼,香兰这么一跳腾倒好昧!"

"还好啊!"唐运红气得跺脚。

"这么一来——"唐有禄的话又从牙缝里往出挤,"给这山上最能带起土的几个人都戴上了一辈子抹不下来的紧箍儿,万不得已,咱就给他念紧箍儿咒昧!"

"那天,你听说工作组来了,叫我快快贴大字报,今日怎么又这样?"唐运红对这件事总是不能安心。

"我说此一时彼一时昧!那天我想,工作组刚到来,人都紧张着昧,你用大字报在外面攻,你姑在屋里闹,香兰和山宝哪怕是用金绳捆到一起的,也保准要散伙昧!谁晓得倒把你姑撂到冷炕上了昧!现在可要三思而后行,三思而后行昧!"唐有禄龇着口,使劲搔了两把奇痒难忍的牛皮癣,"你想过没有昧,香兰连亲生母亲都翻脸不认,还怕你写的几张这吗?兔儿不急不咬人,你攻得太紧了,人家反咬一口,咱受不住昧!"

"她咬?鼻子大得怕把口压着!"唐运红始终不愿放弃自己这个最急迫的目标。

---

①农民常说:"十四年等一个闰腊月。"实则闰月之中没有腊月。碌碡不生蔓,马也不长角,这句话是指无论到什么时候都不可能。

"癞蛤蟆没牙,一口一个疙瘩昧!"唐有禄的话音只在舌根下面的那一点点空隙里打转转,"你不看这些年的事情,经常上上下下地翻,谁人早上说黑,晚上就黑透了。山宝是通灵透顶的人,他若借香兰的口……工作组偏着她昧!"

唐运红和雷大头都埋下头不作声了。唐有禄这才长长地吁了口气,但低沉阴暗的语调里,仍然无法抑制地流露出对自己命运的担忧和失望:"先把劳动抓紧,不要给工作组种下个不好的印象,再骑驴看唱本——走着瞧昧!"

"我非要戳穿刘山宝的'通灵'不可!"唐运红翻了翻大字报,三角眼又冒火了,"那天明明是逃跑,半夜里又偷摸回来,还说什么是挖透骨草!"

"这事你们也不能想得那么简单昧!"唐有禄怀着深深的忧虑告诫儿子,"那天你们张罗抓刘山宝时,俞光华要把雷大嫂子叫来询问情况,我当时哄他说,她犯神经病,一紧张就发作昧,不然从那妇道人家嘴里套去一半句有破绽的话……昧,俞光华这人头脑里渠渠道道多得很,他好像总是怀疑谁在这里头捣了个什么鬼昧!"

唐运红心里剧烈地一震,三角眼里冒出许多虚虚幻幻的金花。出事的前三天,他在刘家滩打坝时,挖出一条指头粗细的黑麻蛇,就灵机一动,生出一条小计来。于是,他把蛇悄悄捉到屋里,用湿毛巾拔了毒牙,养进一个圆铁皮盒里。那天,山宝吆喝住牛,提出犁铧回牲口时,他也在前面吆喝住了牲口,但没有提出犁铧来,而是把那装蛇的铁盒打开,在黑牸牛眼前一晃……出事之后,他还不过瘾,在香兰和丁四婶阻劝怒火中烧的山宝时,他掩在雷大嫂子身后,又向黑牸牛使出了那毒毒的一招,不料被雷大嫂子看见……

"不过你们也不必过于怯阵,咱们有一个人就敌几十个昧!"

"谁?"唐运红忽悠提起了精神。

"你姑昧!"

三人同时自我安慰地一笑。

"还有一个人昧!"

"还有谁?"唐运红精神更饱满了。

"你姑夫昧!"

"我姑夫……"唐运红迷惑地瞪圆了三角眼。

"你们不是说山宝丢了二百块钱吗?"

"百分之百丢了!"唐运红向雷大头挤了个眼。那天下午,山宝前脚去挖透骨草,唐运红和雷大头后脚就跟定了他。他们断定他要逃跑。可当山宝脱下衣服上了陡坡时,他们又失望了。但唐运红并不甘心一无所获地折回来,就去搜他的衣服。他原想弄到个笔记本什么的,若能查出一半句"有破绽的话",就不虚此行了,哪料到收获如此之大!他把200块钱和雷大头二一添作五分了,临走把山宝的衣兜撕了条细缝,给他留下一个无法纠正的错觉……

"你们听谁说昧?"

唐运红给父亲撒谎说:"大概是香兰传出的话,这一向山宝慌得睡不着觉,半夜三更跑到涧沟里挖刺皮,驴日的用刺皮变够二百块钱,怕得半辈子!"

"那钱肯定是从你姑夫手上拿去的兑换子种的钱,可能你姑夫的意思是叫山宝把牛赔了,先把身子腾开昧!现在好昧,二百块钱拴了两个人昧,哼!到了清理财务的那一节……昧,就有好戏看了昧!"

唐运红慢慢地领会了父亲的苦心指教——碉堡要从内部去攻。他痛快地划了根火柴去点大字报,唐有禄的豁牙嘴又"扑"地吹灭了。

"烧它做甚昧!我说他不说咱的豁豁,咱不说他的背锅昧,他若……昧,吃酒还席,吃土还泥昧!"。

"对,你叫放着,货放百日自醒哩!"雷大头糊里糊涂地响应着。

"不但不能烧,还要再写一条昧!"唐有禄站直身子,"你们还记得山宝结婚时写的对子吗?"

"大地遍披北国雪,小屋独藏江南春。"唐运红大声背道。

"'大地遍披北国雪'是啥说思味?"

"噢——"唐运红恍然大悟道,"大,这怕是对现在的形势……"

唐有禄点了点头:"不见兔子不放鹰,暂时打得哑哑①个昧!"

平素间对老人忤逆粗暴的唐运红,今日十分温顺地依从了父亲,他把大字报折卷起来,藏到他家最保密的地方,就挑了粪筐,和雷大头匆匆地下了山。

---

① 陇中方言,意思是不要声张。

## 第十一章

## 雨天

山宝曾把香兰看成是自己幸福的象征,可那幸福对他来说,却在那遥远渺茫的彼岸,可望而不可即。现在,他已经登上了这个神秘的彼岸,可并没有如愿以偿地逮住象征幸福的青鸟。这时,他才真正感到,对于一个不幸的人说来,一切追求幸福的努力都是枉费心机。他所步入的仍然是一片望不到头的苦海。"也许幸福之地原本是很幸福的,是我把倒霉带进这片天地了。"他觉得这实实在在的生活,忽然变得像虚虚幻幻的梦境,叫人捉摸不定。

不过,有一点他是十分肯定的——他又变成了一个囚徒,一个没有监禁起来的囚徒。他白天像老牛一样默声不响地干活儿,夜晚一个人到鬼见愁那儿去挖刺根。他挖的刺根已经剥了三四十斤皮子,可变腾十几块钱。他要按路线教育结束,挖够一百五十块钱的刺皮,再让妈妈卖鸡蛋攒些钱,就可以凑够那个庞大的数字了。他干这些活儿时,一直瞒着香兰,香兰为黑犙牛把那么好的两根辫子都搭进去了,怎么还能让她再分担这些苦恼呢?

无论多么严重的困难和障碍,一旦探索到突破的途径和办法,人就不再那么消沉悲观了。渐渐地,山宝倒像执行着某种严酷的任务,只是一字一板地做着,并不感到有什么不愉快。他所苦恼的是,这两大事件都出得不明不白。黑犙牛事件他还怀疑唐家的三角眼使坏,而二百块钱他实在弄不清丢在何处了。死了的哭不活,没了的寻不着。现在他只希望老天爷给他能常准假——多下几场雨啊!

这日中午,收工回来时,乒乒乓乓地下起雨来。雨点儿虽稀稀拉拉却像豌豆颗那么大,下得十分起劲,不多时辰,灰尘滚滚的村道上发光闪亮,接着小溪微流就像刚出窝的蚰蜒一样,顺着草皮儿乱窜开来。

山宝见此情景,喜从中来,便翻开已经中断了好多日子的《雪雁山纪实》,趴到炕上写起来。他现在已经写到当前形势这一节了。他不知该怎样描绘这复杂而又惊心动魄的现实,又咬住笔杆儿沉思。

这时候,香兰正系上围裙弯着腰擀面。她不时地回眸睇视一眼山宝。她觉得他瘦得多了,连那曾经使她心醉神迷的棱鼻梁也似乎失去了往日的光泽,像冬天里的雪雁山一样没有生气了。这使她十分不安的心境上挤进去不少疑窦。那天夜里她看到山宝满手伤痕地挟着透骨草回来时,她对唐红运散布的谣言和对他的猜疑全部消除了,而最近山宝的异常行动,又使她产生了许多不信任因素。人,一旦对自己最亲近的人产生怀疑,像一条常走的路突然发现下面有陷阱一样,就会感到格外惊异和可怕。她早就想和他摆一摆心事,但山宝似乎有意回避着她,一直找不到一个较好的机会。今天,她看到外面下起了雨,心里就有些高兴,便盘算着和他要说的话。恰巧,山宝打了个很响的喷嚏,香兰便找到说话的茬口了。

"还觉得头疼吗?"香兰切着面问。

"我啥时候头疼来?"山宝抬起头反问道。

"你从来没头疼过?"

"没。"

"呗——你编谎连眼都不眨哟!"香兰有些可笑了,"那天晚上从刘家滩下的涧沟上来时,浑身烧得像火疙瘩,这些天又总没得歇缓。"

"病是闲人害的,忙人哪顾得上害病!"山宝又埋下头写字了。

"你甭写了,咱俩说一会儿话吧!"

"你说,我听着呢!"山宝仍旧写他的字。

"那晚你拔了才一股股透骨草,咋来时半夜了?"

"我说透骨草不容易拔,你信不过吗?"

"人都乱猜疑呢!"

"保准又说叫迷魂子把我迷在那沟里了!"

"不是的。"

"是啥?"山宝不由坐了起来。

"说你逃跑了!"香兰有点紧张地转过脸观察山宝的反应。

"谁说的?"山宝气红了脸。

"人都这么议论着。"

"你也信了吗?"

"我当然没信,可……"

"人都根据啥一天给我说这些哩?"山宝感到有些奇怪。

"大家是根据那么个情况分析的。"

"哪个情况?"山宝愤怒了,"还不是说我大我妈如何如何,我曾经如何如何!"

"啊呀,你想到哪里去了,"香兰因惹恼了山宝而有点慌乱,"他们只是这么猜想着,说你跑了半截,又觉得不大合适,就拔了些透骨草作掩护。"

"这是谁放的屁?"山宝粗暴地骂着,黑黑的眼睛里射出愤怒的光,"我看清楚了,像我这样的人腔子里把菩萨心换上,在雪雁山人的眼里永远是一只恶狼!"

"谁这么看你呀?"香兰感到委屈和气恼。

"你就是这么看我的!"山宝自那天出事之后,心里窝着一肚子火,今日一股脑儿向自己的女人抖搂出来了,"黑犉牛出了问题,你们都挤眉弄眼,说三道四,不晓得给人栽个啥脏得美!我告诉你,黑犉牛是我故意戳伤的,你也晚上睡觉把眼睛睁得大大的,阶级敌人正睡在你的怀里!"

"你那么说话,不怕伤人的心吗?"一丝泪光闪过香兰忧困的眼睛。

山宝忽然觉得自己情绪失控,话说得有些过分了,便埋下头不再作声。

饭熟了,小屋里充满苞谷面饭的新鲜香味。

山宝胡乱扒拉了两碗,就披上那件撕空了前襟的破棉袄,腾地跳下炕来。

"下着雨,你往哪里跑?"香兰端着半碗饭挡住山宝。

"我……给牛添草去!"山宝伸脚去穿那双补丁撂补丁的黄帆布球鞋。

"我知道草还没吃空,你现歇着。"香兰用一只脚把山宝的鞋勾过来踏住了。

"我还要拔些透骨草去呢。"山宝望着屋外越下越响的雨,憔悴的面颊上显出焦灼和痛苦的神色。

"瞧你那身体,一天不如一天……"

"我心上起火了,到雨里淋一会儿就好了!"

"你心上有个鬼哩!"香兰嗔怒地盯住山宝,"男人家心沉得很哟,有话宁肯烂在腔子里,也不给女人说!"

"黑犉牛眼看成残废了,我哪有心思和你说亲热话呢!"

"谁要你亲热哩咻?"香兰扑哧一笑,"只要你把心事说出来,咱俩给你担上,你少受点折磨,我就够了。"

"我心上的事都在雪雁山上堆着哩,还用得着说吗?"山宝被香兰的真诚关切感动了,他在她白皙光洁的额头上亲了一下说,"我的好狗狗,快放开我吧,我拔一点透骨草就回来!"

香兰这才把鞋让出来说:"你今日不早点来,叫雨泡起病,我非罚……"香兰不知该怎样惩罚他。

"非罚我上三趟奶头山不行吗?"山宝诙谐地一笑,就跨出了门,呱叽呱叽的脚步声很快地消失在淅淅沥沥的雨声之中去了。

香兰端着碗,轻轻地走到门口。雨点儿似乎比先前小了,却格外稠密。高大的雪雁山在轻烟般的雨雾中显出幽深而纤秀的轮廓。村道上的微溪小流汇集成一股具有冲击力的小河,卷着冬季里残留下来的污渍积垢,向刘家堡子那面流淌过去。男人们戴着紫黑色的旧草帽,往村道两旁的水窖里挖渠引水。水流倾泻进水窖里激起的轰然巨响和外界的雨声连成一气,奏出晚春季节最迷人的交响曲。

香兰洗了锅,就坐到炕上闷闷地做针线活儿。平日里,老天落雪降雨,对她一个姑娘家来说,就像过盛大的节日一样,有着说不尽的愉快和欢乐。她可以趁老天爷赏赐给的节假日,和妈妈悠闲地坐到窗前,一面做针活儿,一面絮絮不休地唠嗑着繁忙日子里积攒下来的琐碎话。有时节,她们也像男人家一样,饶有兴趣地预测着这场雨(或雪)给靠天吃饭的庄稼人带来几分益处、几分灾情。而现在,她被塞在这个远离妈妈的小屋里,多么孤独啊!

不久,屋子里漏起雨来。她起初躲着,后来没法躲了,就卷起铺盖,用破塑料布苫了,走出屋子。

雨下得很小很小了。村道上的溪流消失了,留下许多带着云纹的黏泥,十分耐看。香兰朝娘家走了几步后,又拔脚往张翠凤家走。她心里奇怪,自己和山宝一结婚,怎么就觉得张翠凤和往常不一样了。

张翠凤家老远地传出一种沉闷迟钝的响声。香兰觉得有些奇怪,便蹑手蹑脚地直走进传出响声的那屋里去。

屋里很暗,香兰定了定睛,才看清地下放着一大堆刺根,张翠凤绑着厚重的烂护膝跪在地上,垫着一块扁平的石头,用斧背砸刺根。山梅和山定在一旁把妈妈砸得"脱了骨"的刺皮,用手剥下来,放进筐子里。整个屋里弥漫着刺皮的苦涩味儿,很是刺鼻。香兰觉得有点受不了,忙把两个指头尖儿塞进被刺得生疼的鼻孔里。

张翠凤见香兰进来,慌乱地撂下斧头,让香兰坐到炕上去。香兰本不想在这里久留,可一想到"临时户"里没个干处,就勉强挎到炕沿头儿上了。

"你寻山宝吗?"张翠凤往护膝上抹沾在手指头上的黄色汁液,"他一会儿就来,你就在这里等着吧,雨天一个人蹲在屋里心烦得很呀！"

"他做啥去了呀？"香兰瞧着刺皮问。

"他拔透骨草，再带挖些刺皮！"

"噢——"香兰这一声"噢"里流露出明显的不满和恼恨。好哇，你给你家里挖刺皮卖钱，还把我瞒着！她感到受了欺骗的痛苦和耻辱。"招个丑的、瞎的……地主小老婆的儿子气眼儿不投啊！"也许妈妈的话是对的……

张翠凤看到儿媳妇不高兴，又解释说："他要按运动结束挖够两百块钱的，靠它赔牛哇！"

香兰努了嘴说："赔牛的不是我大给了二百吗？牛又没死，一头老牛能值多少钱哩？"

"那怎么能用你大的钱哟？"张翠凤愧悔不及地说，"山宝和你成亲没花一分钱，都承接不住呢！"

"那怎么不能用？"香兰越发感到心事重重了，"山宝招到林家，就算林家的人了，不能用林家的用谁家的去呢？"

张翠凤不敢再说什么，重又跪到地下砸刺根。香兰没了意思，就走回临时户，把炕早早地烧上了。

傍黑的时候，唐运红走到门上问："今日全队男人挑渠改水，咱的驸马到哪儿去了？"

香兰脑海里立即浮现出那一大堆刺人鼻子的刺根，就又气着山宝了，于是便没好气地说："你问人家的妈去！"

唐运红走了两步，又折进这小屋里说："听表妹的口气，好像你们俩闹不到一搭了！"

香兰厌恶地说："猪没食吃，甭把狗的心操烂了！"

"猪和狗，老两口，不然我怎么老想着兰妹呀！"唐运红两口角淌着扯不断的涎水,猛扑过来,把香兰拦腰抱住,一只手从衣襟下面倒插上去,摸索那面团一般绵软热和的乳房。"兰妹,你和那个东西离了吧,咱俩……我保证叫你日子过得比谁都好!"

香兰没了法儿,就在唐运红的那个部位狠狠地捶了一拳。唐运红"哎呀"了一声,就把香兰放了,却仍然涎着脸说:"你把我那东西打折了,你将来用啥过日子呢?"

"和你没说的!"香兰把运红搡出了门。

过了一阵儿,唐运红又来了,他背着一"2号"背篓刺皮,立到炕沿头下说:"兰妹,你瞧,山宝家和咱们走的根本不是一条路。你和他迟早要分手,我看迟不如早!"

唐运红骂了一会儿山宝的思想不纯洁,又涎着脸来纠缠香兰。香兰正不知该怎么摆脱这个像驴一样粗野的表兄时,她父亲林玉山走来了。唐运红慌忙撒开手跑了,连刺皮也忘了背。

林玉山把一卷新毡放到炕上。香兰激动地问:"大,你咋把从未铺过的毡抱到这屋里来了?"

"你妈说这边屋里一定漏得厉害,就把新的取出来了。"

"我妈还生我的气吗?"

"你妈就是那么个没意思的人!"林玉山吸了一袋烟说,"这一向她为你掉的泪满捏一个她!"

香兰不觉难过起来。她对自己这么长时间没去看一眼妈妈,感到十分惭愧。

"你该趁雨天去看看的,扑到怀里的雀儿捏不死。"

"我准备去哩,大!"香兰想把山宝最近的反常情况说给年迈的父亲,但一看他的四方脸变得瘦长了,两鬓又添了根根银发,又不忍心再烦恼他老人家了。

林玉山临出门时,又问:"山宝呢?"

"他大概走张翠凤那面去了,最近他常往那面跑,有时半夜不回来!"香兰终于还是发泄出了自己对山宝的哀怨。

"兰,你咋张翠凤长张翠凤短的,那名字是给儿媳妇取的吗?"林玉山十分严厉地责备着女儿,"张翠凤和你妈一样,一跌地就泡进苦水坑里去了。十七八时,刘干猴又强迫她做了小,土改后她才从刘家堡子里解放出来,跟着刘金民过了几天舒心日子……将心比心,都一个理!"

"大啊,你……"香兰受不下父亲的指责,"你太没斗争性了,人都背地里叫你百忍老呢!"

"兰,你张口斗争闭口斗争的,你晓得该从哪一头子斗起!"林玉山又折回来,教训着浅薄单纯的女儿。他心里想说:"刘干猴这些人早化成灰了,现在骑在雪雁山人头上拉屎拉尿的是你舅唐有禄这一把子人。他们把集体当作自己的私产,把社员看成是自己的伙计,拉上嘟嘟,骑上嘟嘟①,根本不当人看。要说斗争,这才是最现实、最严峻的斗争啊!"但他忍了忍,又把这些话咽回到肚子里去了。那是他们班子内部的事情,怎好随便向外说呢?他把这一沉重的思想,压缩成一句严肃的叮咛,说:"兰,以后说话做事要检点着!记住!哎?"

香兰吃过晚饭,还不见山宝回来,就赌气把锅洗了,铺开新毡,熄了灯睡觉。但她又久久不能入睡。香兰对父亲今日的这一顿教训总是想不通,因而觉得十分委屈。委屈了一阵,她就把这一切又归结在山宝身上了。不是他偷偷摸摸地给他家挖刺皮,她怎么会在父亲面前提起张翠凤呢?于是,她越发恼着山宝了。她越恼着他时又越想

---

① 嘟嘟:唤驴的声音。这句话的意思是把人当牲口对待。

着他。她想他的破棉袄一定湿得像从水里泡过的一样,浑身沾满了泥巴,像滚在骚泥坑里的一头猪……当她想到他背着刺皮走进屋里,看到多少天的血汗白流了时,她心里又觉得颇不是滋味。

山宝回来了。他悄没声地走进门,把湿衣服沉重地搭到门背后的一道铁丝上,就疲惫不堪地躺到香兰身后了。

香兰佯装熟睡,不去理他。她听到他不断地叹气,似乎心里很沉重,鼻子也像塞进一团棉花,半日出不来一口顺畅的气。她又十分可怜着他了,伸过手去摸他的肚子,那肚子瘪得塌了腔。她不由得又冒上些怨恨来,说:"你天天给那边屋里挖刺皮,你妈就没给你饭吗?"

"你不知道我又给自己脖子里套了个绞索哇!"山宝满腹忧伤地说,"现在,我给你说实话吧!那天咱姨夫给我的那两百块钱,我拔透骨草时丢了。我想挖些刺皮把那些钱按路线教育结束垫起,可今晚回来一看,刺皮都当成'资本主义尾巴'……唉!"

香兰勾住山宝汗腥腥的细脖颈说:"我就觉得你心里好像有事,你生是不说,男人家心沉得很哟!"

"我还要你怎么样呢?"山宝摸着香兰的"兔儿尾巴"伤心地说,"你跟上我哪有好过的日子哩!"

"只要咱俩永远在一搭就好着哩!"香兰把头埋到山宝胸脯上喃喃地说,"你也甭太伤心,你挖的刺皮都在这屋里呢!"

"你从你表兄手里要来了?"

"嗯。"香兰撒娇说,"可你不能再在大雨里拼命了,不然我就和你离婚!"

雨,又下起来了。屋顶上漏下的水,吧吧地打到毡被上。

那多像辛酸的泪珠啊!

## 第十二章 转娘家

这天晚上,香兰急急草草地吃了两碗饭,就将洗锅刷碗的差事甩给山宝,扯下头上的红包巾,包上她中午就烙好的两个又白又酥的锅盔,轻轻地出了门。

农历三月上旬的月牙儿,看上去只有指头那么宽的一溜儿,还远远比不上一颗启明星的亮度大。四周的山野像重病初愈的人,非常恬逸地酣睡在沉静的夜色中,南风从双涝池岘那面轻凉地擦过来,像鸡毛掸子似的拂扫着她微微发烧的面颊;在她的头顶上,非常深远地闪烁着稠密的星星的光芒。

山村的春月夜,充满着多少富有诗情画意的宁静和令人惬肠醉心的凉爽啊!

香兰一面急急地走,一面回味着那好像已经十分遥远而又陌生的"闺"中生活。这时候,她觉得林家小院里的月光也比临时户这边的温柔和亲近些,仿佛还带着微微的热气。记得月圆的时候,她常躲在苹果树后面,从树叶枝杈间窥视那文静和悦的月姑,回味着嫦娥奔月的美妙传说……月姑也像是很激动,将那浑圆饱满的脸庞贴近树梢儿,仿佛急于要和她对话似的,也许要告诉她什么秘密。每当这种时候,她就动情了,迫不及待地伸出手指去摸她的脸,她却像受了惊吓一般,突然一缩身,退回到遥远渺茫的广寒宫中去了……而这边的月亮却像和她有隔阂,显得有些疏远和冷淡,于是,她心里涌上许多忧伤和苦酸来。

她的脚步渐渐地放缓了,几乎是没有声响地移动着,不久又有一种新的感触像这阳春季节里苏生过来的萤火虫,在她心里微微蠕动——她生平第一次品尝转娘家的滋味——在一般农家女人的心中,那是多么新鲜而舒心的事啊!她们娶过来第三天就去娘家回门,一月刚满又转对月。香兰离得这么近,而又是招女婿,却把娘家的门撇冷了。而且,她即将要转的这趟娘家,又像是去吃带刺的食物,总是放不下那一颗提起来的心。这怎么不叫人感到格外伤心呢?

一股浓郁的杏花味儿钻入她的鼻腔,又沁入她的心脾,她站住了,迟疑地望着在微亮的月光下显得静谧神奇的杏子树,眼前又浮动着她和山宝新婚之夜所演的那一场悲喜剧来……妈妈呀,若不是你那么心狠,咱母女俩咋会像一个人头上长的两个耳朵,贴得那么近而又难得见面呀!她很想对着这棵杏子树痛哭一场。生活中常常有这样的情形：别人的残酷折磨反而会使你产生百折不挠、永进不退的意志,而自身的过失往往使人陷入无法摆脱的困惑和懊悔。香兰和母亲闹掰之后,有意无意地躲着妈妈。这并不是她不想见妈妈,而是她的倔强性子不让她比妈妈提前一步踏进和解的大门——这种因赌气而积累下来的悔恨,一日重似一日地迫压着她屡受创伤的心。爱和恨永远是一对孪生姊妹。对于自己爱得最深的人,有时恨得也最深。人,何必制造这么多的烦恼来折磨自己呢？她暗暗问着自己,却又回答不了自己,就像回答不了她头顶上繁花一般闪烁的星星是从什么地方跑出来的一样。

风,渐渐地变得有力了。杏花瓣儿飘落下来,落在她的头发和脖颈上,冰凉冰凉的。她突然像被什么人惊醒似的,脑子里翻上来一种原先不曾有过的思想：人生是个谜,永远猜不透！

香兰猛然之间觉得自己对人世间的见识深化了一层,然而她又说不清深化在什么地方,也不知道是杏花儿指点了她,还是自己心里领悟到的。她迈开步往前走。她的心情和临出门时很有些不同了,似乎从临时户到杏子树之间的这一点短暂的路程,是她人生的某一个阶段,而现在她要跨进的是另一个未知的世界。

她仍旧走得很慢。她揣摩着火暴脾气的妈妈惩罚她的各种可能和她应该相应采取的各种态度：骂——静静地听着；打——忍痛挨着；赶——耍赖不走……让妈妈把气消尽了,我再跟她老人家和言顺语地谈……

她不知不觉地站到娘家的门前了。

多么熟悉呀,那没有起脊铺瓦的寒酸土气的大门！那低矮破旧的院墙和高出院墙的"红元帅"迷人的倩影！那被墙壁隔成三角形的静静的屋子……虽然是夜晚,她像白天一样看得清楚啊！

她的心咚咚地跳着,走上那滑了边的土台阶,轻轻地伸出手去叩门,仿佛要去的是人类尚未涉足的一片禁区一样。

大门虚掩着。她走进去,没有声响。

小小的院落啊!这里珍藏着她的童年,珍藏着一个姑娘家最美好的憧憬……现在,所有这些都像雪雁山的传说一样,变得遥远、模糊和不真实了。

正屋的窗户里射出暗淡的灯光,将苹果树的枝影,模糊地投射到冲门的半个院子里,像虚幻的梦境一般。香兰一猫身闪到苹果树下,无限亲昵地搂住了它,把脸颊贴到那光滑的躯干上好久好久不愿离开,像两个恋人约会一样。她和山宝离开这个小小的天地时,它——也像她一样,正做着甜酣的春梦,此刻它满身洋溢着春情,正期待着处女般的爱情和幸福。时间——在这个低级生物身上刻下了如此美好的印记,而在这个美丽多情的姑娘身上刻下了什么呢?

她多么希望父亲从房门里走出来,无限慈爱地说:"兰,我和你妈正盼着你!"可惜她从屋里的动静上听出他不在家啊!他有时晚上查看牲口圈,看草料添足了没,或许是开会去了,路线教育开始之后,党员干部几乎晚晚泡在会里……

天上布满星,
月牙儿亮晶晶,
生产队里开大会,
诉苦把冤申。①
……

---

① 当时农村最流行的歌曲《不忘阶级苦,牢记血泪仇》。

妈妈一个人在屋里唱歌。歌声像受了风寒的倭瓜丝儿一样颤抖,多么哀婉凄切哟!香兰的眼睛湿润了。在她的记忆屏幕上,只听到妈妈用这样凄凉的调子唱过一回歌,那是1960年香成死了的时候,她晚上难过得闭不住眼,就守住一盏孤灯,一边做活儿,一边凄凄切切地唱,泪水一把一把地往下淌着。不过那时她唱的是《孟姜女哭长城》《我给王哥上新坟》之类的民歌和花儿。后来那些曲儿都当"四旧"破除了,她不敢再唱了,一有愁肠事,她就让香兰给她教唱这首歌……一种自我谴责的力量排除了香兰脑海里纷纭沓至的各种思绪和杂念。"这回妈妈的不幸一半是我制造出来的……"一个有良心的人,没有比自己的过失给别人造下难以愈合的创伤再苦恼的事了。她的视线模糊了,只能隐约地看见不久前她裱糊的花窗格儿纸上,一个蓬乱的头,一前一后地晃动着,像节拍似的吻合着那含泪带血的歌。她再也无法使自己平静了,便从那斑驳离奇的枝影中走出来,掀起门帘,走进了屋里。

唐雪来坐在窗下纳着鞋底,两行热泪挂在瘦削的面颊上。

"妈——"香兰对着做着机械运动的妈妈机械地喊了一声。她本来是想扑进妈妈怀里,不知为什么又临时改变了主意,而且眼泪也出乎意料地被控制住了。接着,她就像朝对方射了一枪似的,立即抽紧筋骨,全力以赴地应付即将来临的还击。

唐雪来像从睡梦中刚惊醒过来,迟钝地转过泪水汪汪的眼睛,诧异地凝视着站在她眼前的这个人。在昏黄的灯光里,香兰看到妈妈的椭圆脸变得狭长了,新添的纹沟把稀疏的雀斑切割成细碎的扇面,她仿佛在这短短的两个月内老去了十岁。蓦地,她两颊松皱的肌肉缓缓地向上耸起,推起一层一层的纹浪,渐渐地把那因瘦削而显得格外深陷的眼睛埋没了,泪水像喷泉似的涌流出来。

她哭了。

对于关系非同寻常的女人来说，常会有这样的情形：她们相互之间的龃龉没法沟通时，哭——是一把万能的钥匙。一个哭，一个劝，或者两人合哭一通，一切积仇累恨、猜忌嫌疑都会顷刻间云散冰释，化为乌有。

"妈——"香兰心里乱了。她没有陪她去哭。

唐雪来越哭越伤心，整个虚弱的身子，像机磨上的罗斗一样抖动。这种情形，也只有在那灾难深重的1960年，香成死了的时候，香兰才看到过。

"妈妈……"泪珠儿终于从香兰的面颊上滚下来了。

"你还晓得这世上有个妈妈，你……"

唐雪来开始说话了。那话像是五脏六腑被剧烈的抽噎揉搓成碎渣儿，从嘴里一点一点地呕了上来。

香兰再也控制不住自己了。她将锅盔放到正堂里的那个柳木桌子上，鞋也顾不得脱，就趴上炕，一头扑进妈妈怀里了——这是以往她惹妈妈动了大气，妈妈抄起笤帚或者擀面杖要打她时，最能使妈妈消火解气的传统验方。

窗台上的煤油灯被扇灭了。黑暗独吞了一切。母女俩的哭泣格外响亮和深沉。

这种有声无言的交谈高潮退去之后，香兰才把那毛茸茸的头抬起来，像牛犊一样抵到妈妈的下巴颏儿上。平素间，妈妈气得快要爆炸时，她只需这么一下，甜甜地说一声："妈，你就照你能打疼处打吧，甭把妈气出病！"妈妈会立时消了气，嗔怨道："你当我舍不得打么，生是没处放棍哟！"然而，现在香兰再也说不出那么甜稚的话了，她的举动也没有先前那么自然和亲切了，连她自己都觉得起码有一半儿是装出来的,并没有多少真情实感——原先的一切失去了,令人悲哀地失去了!她感到失望、伤心和难过。于是,她自动放弃了一切必要的努力,一任时间和事态去摆布。妈妈的手触摸到了她的"兔儿尾巴"上。她觉得她的手抖着,眼泪吧嗒吧嗒地落在她的头发里,就像细雨落在绵软的土壤里一样无声无息。忽然有几个温热的吻落到她的额角上,希望便像流星般划过她的心头。她恨自己平常灵巧得像八哥儿一样的嘴,这时竟然连一句能使妈妈消忧解愁的话也说不出来。

唐雪来终于抑制住哭泣,撇开女儿,重又点着灯。屋里亮了,一切又恢复了先前的老样。唐雪来溜下炕,从厨房里弄来一碗肉菜放到炕上。香兰心里一动,泪水又涌上来了。

"吃吧,自你走后,咱的肉缸缸再没揭过!""妈——"香兰做姑娘时的那种感情在她心里开始沸涌——失去的一切仿佛又要回来了!但她怎么能吃下去呢?她只是无限深情地注视着那冒着热气和香气的碗,它仿佛是妈妈那颗慈善的心。

唐雪来掏出一串钥匙,打开一个木板箱,一边往出取着零星东西,一边叹息说:"唉,娘老子的心在儿女上,儿女的心在石板上!"

"妈——"香兰抑制住哭泣,把肉碗放到桌子上了。

唐雪来却像眼前没有人一样,只顾自言自语地倾诉心事:"我打跌到地上就没好挨过一天哟!五岁上被撂到双涝池岘的雪堆里,狼老鸹鸹烂了屁股蛋儿……我的救命恩人呐,那时节你心一横把我撇了,如今也就没有这么多的揪心事了哟!"

香兰心里准备了很久的说服妈妈的话,不知为什么她忽然觉得没有必要再说了。她茫然地望着妈妈像拨火棍一样在地下盲目乱动着,眼睛里网满了怜悯的泪水。

"人常说黑头蛆救不得,实在救不得哟!我满以为我养的女儿心和我一样,谁晓得1960年她舅从死路上拉扯过来,人家今日翅膀硬了会翻脸不认人,跟上仇人跑了!"

"妈!你——"香兰怜悯的心境上已经罩上恼恨的灰雾了!

唐雪来翻腾出半笸箩女人家时常不能离手的一些杂七碎八的东西,端到炕沿头上。"先把这些拿上,缺啥了再……"

"我不要,妈!"香兰挡住妈妈的手。她觉得妈妈的手腕像麻秆儿一样细,心里又不觉难过起来。

"人家的闺女过门子了,娘家里缓一月,婆家里歇仨月,保养得白处白,红处红,我的女儿喂进狗口里……"

香兰的心"咕嘟"地冒上一股火来。她想撇开妈妈扭头就走,可转而一想,自己今晚转娘家的一项重要使命尚未交涉,于是她又尽量温顺地说:"妈,我想把飞鸽卖了……"

"我和你大半辈子就给你置了个铁驴,你没骑上三天就踢蹬了!"

"先把黑牸牛赔了,等以后……"

"哟——你还没搭够吗?那你干脆把你卖了去赔牛!"

"我走啦!妈!"

香兰终于忍不住自己憋了好久的气了。她绽开包巾,放下锅盔,准备走了。

唐雪来愣怔了半会,忽然将笸箩啪地摔到地下,杂七碎八的东西溅了满地。

"我喂上一只狗,到时候还给人摆个尾巴!滚吧!滚吧!妈妈没有你这么个狼心狗肺的女儿!你不是妈妈奶头上吊大的,你是墙缝里蹦出来的,是炕旮旯里立大的!滚滚滚!"

唐雪来嘴里骂得越狠的时候,是她越迫切地希望和女儿和解的时候。这时候,如果香兰告一声饶,说:"妈,你甭生气,只要妈愿意,我和山宝今晚就搬过来!"唐雪来一定会没好气地说:"搬,搬,自己不动手,还叫我给你们效劳吗?"火暴性子的人大都是这样,他们的心与口是极端矛盾的,这和口蜜腹剑的人语言和心灵的矛盾是一样的,只不过性质截然不同罢了。香兰也是个毛躁性子,哪里会去理会妈妈此时此刻如此微妙的心理呢?她只把嘴努了个长。唐雪来眼看着她们母女之间的关系越绷越紧,心里十分痛苦,却又说不出直接和解的话,只是一味地宣泄着自己心中的郁愤。

"我可怜的香成呀,你不该离开妈呀!你若今日还在世上,她香兰跟着风去,妈没这般伤心哟!"

香兰拧身出了门。黑娃忽然从大门外跑进来,扑到她身上,两条细长的前腿紧紧搂抱住她的腰,在她的下颏上、脖颈里无限亲昵地舔着、嗅着,仿佛用它那特有的方式劝告着她,挽留着她。

唐雪来走出来了,哭着说:"你要车子就推上,当娘老子的还把啥舍不下呀!"她走过去要开放车子的窨门。

"甭,过天再……"香兰心里又沸腾着感激的泪水。

"那就把面装上些,我晓得那面吃用紧巴!"唐雪来捣着鼓槌似的小脚往厨房走。

"甭,甭,缺了再……"泪水涌出了香兰的眼眶,"妈妈,我的好妈妈!"香兰心里呼唤着她记忆中的妈妈,两只脚却向大门外移动着,仿佛有个无形的力推着她一样。

她终于沉重地跨出了大门。

这时候,她忽然涌起一股惆怅、悲凉的情绪,那么深切,那么沉重,她似乎觉得自己将要和这个小院落里的一切永别了!

啊,我亲爱的"红元帅"!
啊,多情多义的黑娃!
……

## 第十三章 寂静的夜晚

村道上一片漆黑。

香兰像要极力摆脱什么,又像是想要追赶什么似的,匆匆地撑了几步,又陡然站住了。从那小小的院落里飘出来的悲戚歌声,像铁钳一样夹住了她的心……

一道刺目的手电光老远地射到她身上,像猎人套住猎物一般,紧"咬"住她不放。那光愈来愈亮,也愈来愈刺目,预示着"光明"的拥有者愈来愈靠近她了。香兰觉得有点蹊跷,又有点怯惧,一动不动地默立着,任凭什么人来"猎取"。

"光明"突然消失了。香兰的视线也被撞碎了,眼前一团墨黑。她凭着自己的直觉,知道有人已经走到她身边来了。

"哈!真是踏破铁鞋无觅处,得来全不费工夫!"携光带亮者在香兰跟前站住了。香兰听出他是俞光华。她轻轻地"嗯"了一声,用力揉着昏花缭乱的眼睛,极力想整理好自己模糊成一团乱麻的视线。

"你找我啊?"香兰由于刚刚动过感情,音韵有些嘶哑。

"你怎么啦?"俞光华诧异地问。

"没怎么!"香兰侧耳细听时,妈妈的哭泣止息了,"手电照花了眼睛,没认清你是谁。"

"我想寻个僻静地方和你单独谈一下队上的工作。"俞光华从丁四老汉庄后的岔道里走出去,上了山坡。香兰默默地跟在他身后。

"只要我晓得的,我全告诉你!"

他俩一面走,一面谈些无关紧要的事,后来在一块龟背形的坡地畔上停了下来。夜风深有含意地掠过万物复苏的散发着异香的田野。西沉到苦子沟口那面的月牙儿,像一个弯着身子睡觉的裸体婴儿;星星不说话,只是一刻不休地眨动着银亮的眼睛,仿佛怕惊动什么人似的,抑或是用眼神交换着当今雪雁山人还莫能理解的思想。高大的雪雁山在清凉的夜色里静静地沉思着,它是在回顾自己那悠久而又不平凡的历史呢,还是正醉心于未来世纪的幻想呢,还是对于人世间悲剧、喜剧往复无穷的递嬗感到深忧不安呢?香兰没有工夫去想这些本该属于哲学家思考的问题。她感到有些害怕,似乎那无边无涯的夜色里,无处不隐匿着可怕的怪物,它们会随时跳出来,把她和山宝,把雪雁山所有的人一口吞噬掉。

"有啥事儿你快说吧!"香兰低声地催促道。

俞光华在黑暗里转过身子,斜对着香兰的脸,一只脚踏实到酥软的地上,支撑着多半个身子,一只脚立起来,使全身有节奏地抖动着,就像初次幽会的恋人,驱赶着心头的羞怯和尴尬一样。

确实,这位从县城里来的年轻干部,心里早已恋上雪雁山里这个土生土长的美貌女人了,尽管他知道她是有夫之妇。世界上再没有比男女之间的爱恋更容易使人产生非分之想的事情了。俞光华初见香兰,就为她的姿容所倾倒,要不他怎么会背她过河呢?那一次他和她肉体的接触,虽然隔着一层衣服,但给他留下了经久不衰的回味。他每回忆起他的两手勒在那富有弹性的屁股蛋儿下面和那两砣热腾腾的乳房拓到他肩背上的情景时,浑身就像触了电流,那是多么的叫人醉心啊!这些日子的接触,他更加感到她超乎他所见识过的所有女人。她似乎有一种男子汉永远也欣赏不够的特殊味道。他总想时时看到她,哪怕是一个毫无意义的神态或举动。因而,他总是借工作组的特殊权力向她靠近——这就是他老找她谈工作的实质所在。他曾经自己警告自己:越美的女人越是一口深深的陷阱。但他的理性控制不住他的感情。人的感情像是一种液体,具有顽强的不可压缩性!他为她长得这样美而惊叹,也为她地位如此低微而惋惜。在他的眼里,她既不应该嫁给瓦沟脸的唐运红,也不该嫁给不干不净的刘山宝,她应该嫁给——他——他把自己常常想象成她最理想的丈夫。这个窈窕女人使他改变了目前所流行的世俗婚姻观——与吃商品粮的姑娘结为伉俪,建造一个温暖舒适的双职工家庭。他在恋爱观方面的水平,现在和雪雁山一带的庄稼人拉平了——若能和香兰……死了有棺材没底子也就足!依照眼前的现实,一个拿国家固定工资的脱产干部找一个农村姑娘,那是神仙下凡寻平常女子,姑娘家哪有不舍弃一切去追求的呢?他要挫败雪雁山的竞争者,不是比雄鹰击败麻雀还容易吗？何况香兰对山宝也曾怀疑过、动摇过……

"俞组长,你想和我谈些啥呢？"香兰又不安地问道。

"你说,现在……我该怎么办？"俞光华仰起头,心神不宁地问着,好像他不是向香兰说话,而是向那遥远的闪烁着无数星斗的太空探求着什么。

"你做得挺好！"香兰望着被浓烈的夜色涂成一片墨黑的田野,好像不是回答俞光华的问话,而是对负载着万物生灵的大地抒发的深沉的叹息,"你的工作一针压一线,横里竖里没可挑剔的！"

俞光华蓦地意识到自己的走板离辙,便灵活机动地顺着香兰的话意问:"那怎么开会无人说话呢？"

"这……"香兰窘得脸蛋发热了——她自己觉得是这样,俞光华并没有看见。

"是不是群众怕打击报复？"

"不会吧！"香兰心中无数地说。

"听人说,你妈是个老积极分子,怎么这次做了藏头橡呢？"俞光华对这些问题根本毫无兴趣,他是无话找话地要和眼前的这个美人儿纠缠。

"说不清啊！"香兰低沉地说。现在她对妈妈的怨气消尽了,又设身处地地为她着想:她一个人趴在那土炕上哭泣、唱歌……她的心里压过一阵沉重的痛楚。她自责地说:"也许是我和山宝的事把她怄倒了。"

"香兰——"俞光华的兴致被提起来了,"你和山宝的这门亲事,弄得队上风风雨雨,家里也没个宁日。你是不是当初想得太简单了些,这是一个人的终身大事,不该那么仓促从事！"

香兰又像那天在双涝池岘上俞光华提到山宝时一样,沉默地低下了头,心里感到不胜酸楚。她和山宝的关系经历了那么曲折的道路和那么漫长的时间,怎么能说仓促呢?但她又无法否认俞光华所说的那些事实,那些越来越严重地迫于她眼前的事实,在这无法否认的事实面前,她有时也有种"不该那么仓促"的念头纷扰着她,折磨着她。但这只是一种念头——与其说念头,不如说是隐私,不该让任何人知道的隐私。因而,当俞光华这么明确无误地在她面前说出时,她立即感到一种被触犯、被亵渎的恼怒。随即,这种恼怒又被工作组的特殊权力压缩进无声的沉思中去了……

俞光华像钻进她心里一样,已经知道她在想些什么,便提出些其他的问题来打断她的思绪。他说:"听人说,你妈是从雪地里拾来的,是真的吗?"

"真的!"香兰的沉思被打破了,"我妈是唐运红爷爷拾来的,原先姓董,叫野花,拾到唐家后,就改成现在的这个名字了。"

"现在,你妈的思想是不是跟不上形势了?"

"我妈从来还没跟不上形势过,人都叫她党外的布尔什维克!"

"党外的布尔什维克?"俞光华好奇地问,"为什么不做党内的布尔什维克呢?"

"我妈想得很可笑,不过也很实在。"香兰把唐雪来没有入党的秘密告诉了俞光华。

"噢——"俞光华深深地感叹了一声,"世上竟有这等怪事!"香兰觉察不出俞光华对她妈是褒还是贬。

"香兰——"俞光华的声调里饱含着无限的亲切和信赖,"我想在这次运动中接受你入党,也许再过半年,你就是雪雁山第一个中共女党员了!"

香兰觉得一股热血蓦地冲到自己冰凉的面颊上来了。一个人——尤其像香兰这样执着地追求理想和事业的青年,当她处于山重水复的困苦境地时,多么希望得到组织的信赖和帮助啊——哪怕一个关切的眼神也好!香兰出乎意料地得到了,在这宁静的夜晚!她激动!她幸福!如同一道阳光突然降临到她眼前,照亮了她今后所要经历的全部路程。她抑制不住自己的狂喜,用异样的声调问:"俞组长,你也认为我和山宝……没啥错处吗?"

"啊……"俞光华有点作难了。他想,山宝家庭虽然复杂,但他本人早已用舍生忘死的不凡行为宣示了自己像金子一般闪光的思想和情操。然而,他考虑到自己和香兰未来的关系,又吞吞吐吐地说:"山宝毕竟……而且那个叫人头疼的事故到现在还是一个谜……"

香兰听出俞光华的意思来了——他对山宝持怀疑态度——她还没有也不可能理解到俞光华隐蔽在语言背后的那层意思。她一下子从暖气融融的温室里掉进零下几十度的冰窖里去了。她的血液凝固了,思想停止了,年轻的生命在那美丽的躯壳里休克了。

俞光华像感受到高寒山区春夜的凉气一样,异常敏感地觉察出香兰"温差"极大的思想起伏。他非常同情她,甚至可怜她,但他在这方面不愿给她更多的温暖,只是很委婉地提醒她说:"凡牵扯到政治路线方面的事,要三思而后行,一失足就成千古恨哪!"

香兰慢慢地清醒过来了。现在,她感觉到脚下的土地,正向一个无底的深渊里沉下去,沉下去!

"啊哟!"香兰惊惧地号叫了一声。

俞光华吃了一惊,忙用胳膊揽住了她:"你怎么啦?"

"我没怎么,没怎么啊!"香兰羞愧地挣脱俞光华,呆呆地望着苦子沟那边黑苍苍的山野。

夜深了。月牙儿像一缕轻淡的云彩丝儿,终于从苦子沟口那面的天际上消逝了。四周越发显得黑暗和寂寥。刺人的寒气在夜色的掩护下阴森森地袭来。俞光华裹紧了自己的大衣,他似乎再没有什么可说的了,但又不想马上回去。

香兰心里仍旧十分恐惧,恐惧得神思有些恍惚。她似乎觉得眼前的这位年轻干部是一匹发狂的野兽,在这月黑夜里,会随时扑过来把她摁倒在地……她深悔自己深更半夜跟着一个不知底细的男人远离村庄……她想跑,脚跟却像钉死在地上,怎么也拔不起来;她想大喊一声,嗓门里像堵满了东西,气都喘不过来——她像猎人的获取物,无可奈何地等待着最坏的厄运,像石头一样啪地砸到她头顶上。

"你冷了吧?"俞光华脱下自己的大衣,在黑暗里向她递过来。她又受了很深的感动,却没有去接——她不愿意随随便便就接受别的男人的爱抚。她下意识地躲开了他,而且掉回头慢慢往回走。俞光华兴犹未尽地随在身后。

香兰又觉得自己对这位热心肠的外来干部太绝情了。她越来越明显地感觉到,俞光华刚才被她拒绝了的那个举动——给大衣,使她浑身洋溢出一股微微的暖意来。她感觉出他对她已经或多或少地有点"意思"了,但她把它尽量理解成同志之间的友情。不过她脑海里却不住地冒出许多平常所没有的古怪念头:男人为什么尽恋女人呢?接着她又反问自己:女人就不恋男人吗?她回想起自己十五六岁时,心里就隐隐约约地萌动着对男性的渴望,她不知多少次地偷觑过与她年龄相仿的年轻小伙子啊!在她眼里钻过的年轻小伙子,难道她只喜欢山宝一个吗?不,她只能这样回答:山宝是她最喜欢的一个!现在,她不得不承认俞光华背她过河时,她心里曾涌起过一股使她羞赧的情浪。俞光华的鼻子没有山宝的端直,也没有山宝的那么富有英气,但他那一对炯炯有神的眼睛和那浓重的眉毛,却时时倾泻出使女人无限着迷的神采;相反,山宝的眼睛里所流露出的神情,总是掺和着忧郁、胆怯和带点奴性的卑微。俞光华的整个身躯显示着一个男子汉所特有的雍容大度的气魄和慑服人的威力,而山宝却总是带着一种受过创伤的畏缩和沮丧……她曾不止一次地这样想过:山宝若像俞光华那样,该多好啊!但每当产生这些念头时,妈妈灌注于她骨髓里的贞操意识,就立即跑出来谴责她,她便像犯了罪一样,暗自红一会儿脸……

俞光华默默地跟着香兰,芬芳的夜气抚弄着他的眼睛和面颊。他望着在茫茫夜色里袅娜多姿地走在他前面的这个新婚少妇,心全钻到揣摩女人的遐思里去了。他时而张大鼻孔,饱吸着从这位女人身上洋溢出来的令人沉醉的气息,想象着他和她的灵魂与肉体完全交融在一起时的无限美妙和无限幸福;时而他又仰起头凝望苍茫的夜空,似乎在向那繁花一般稠密和灿烂的星星探询:男女之间的"引力",是否也包含在牛顿的"万有引力"之内呢?

灰暗狭窄的村道伸到眼前了,两旁的小院里发出几声单调而苍凉的犬吠,愈加渲染出暮春之夜的静谧和深沉。

## 第十四章 访问临时户

那晚上,唐运红虽然把山宝的"资本主义尾巴"割断之后,又撂到了临时户里,但山宝再没有深更半夜到那鬼哭狼嚎、阴森可怖的深涧沟里去拼命。不是他不想去,而是香兰不准他再拿性命开玩笑了。人,在其奋斗的一切目标中,总是掺和着"活得更好一些"这一最基本的意义,把命都不要了,赔牛有什么意义呢?山宝觉得在这方面香兰考虑得比他更周到、更深远。于是,每天晚上他又继续着他多年来的习惯——看书,写字,在那香头一般微弱的灯光下。这是他横遭打击、备受折磨时修身养性、磨炼意志的唯一途径。他时时想从早已被世人忽略了的知识里，不断地汲取砥砺奋进和自我完善的力量，以此来适应雪雁山对他的不平等待遇，或者说，他在苦苦寻求着一种与之对抗的力量。

然而，今晚他的一双疲惫的眼睛虽然仍旧投射到那灰暗的书页上，心里却被纷繁错综的往事所笼罩着。

他——是甘泉公社出类拔萃的年轻人。他14岁就进初中。那时他反应敏捷，精神饱满，所学功课远远满足不了他极强的求知欲，饥不择食，所以就胡乱地阅读课外书籍，抓到什么看什么。后来，他从班主住老师那里借到一本马克思、恩格斯、列宁、斯大林的《论共产主义社会》，如获至宝，一有空儿就如饥似渴地去啃它。那时候——直到现在，他不能完全理解马列主义原理的精髓到底是什么，他只是被书中的那些哲理性极深却又十分优美引人的语句所吸引，有时他把那些含有"否定之否定"意思的逻辑推理长句，画上数学的正负号去理解，并由此把理论与数学结合起来，对数学进行理论的解释，他认为数学公式是理论高度抽象化的结晶。于是，他成了班上理解数理化原理最透彻、最快当的尖子学生，有时连老师也暗暗惊讶他的理解力。渐渐地，他对自己把马列主义理论仅用在功课上有些不满足了。他从马列主义学说中领悟到的毫不妥协的批判性和战斗性，似乎是对整个世界宣战的檄文，每一句话都含着对现实世界极强烈的蔑视与否定。人在青少年时期最容易被斗争的火焰所点燃。于是，他不知高低地在作文、周记和墙报上，大胆而尖锐地发表自己对社会的初步见解。初三时，他在周记上写了一篇《驳"左"倾机会主义》的短文，引用的例子是雪雁山1958年的浮夸风事件。班主任老师一看吓坏了，把他悄悄叫去，严厉地批评了一顿，然后几乎是用勒令的口气教他立即烧掉了事。他对自己老师莫名其妙的恐惧和缺乏理论根据的批评,怎么也想不通:用马列主义观点分析问题,怎么会错呢?他又把这篇短文呈给学校理论水平最高的一位政治教师。"你疯了吗?你怎么胡乱攻击雪雁山的形势呢?"山宝得到的是比班主任老师更惊诧的态度和更严厉的批评。他呆傻了,茫然了。马列主义怎么会把人引向犯错误的迷途呢?是自己领会得不够正确吗?

以后,各种运动被牵引到这块古老的土地上。山宝和祖国所有天真热情的青年一样,怀着热烈的追求和美好的幻想,投入到这排山倒海的潮流中。他怎么会料到像魔鬼一般的厄运会降临到他眼前呢?由于他的那篇文章,他成了甘泉公社第一个资产阶级"极右派",同时,他可怜的父母也受到了牵连。于是,他家成了甘泉公社最典型的黑窝窝。这个小小的贫困的家就这样被压在雪雁山下,再也抬不起头来。1968年,甘泉公社的第一场风就把他父亲刮倒了。那天,散会后往回走时,刘金民昏迷不醒,死人一般。一路上山宝把他用架子车拉着,幸而有丁四老汉和香兰相助,不然遭受身体和心灵羞辱的山宝,怎么能把父亲从那漫长而又陡峭的苦子沟坡拉上来呢?

那天晚上,山宝一个人忍着钻心的剧痛,守护着不省人事的父亲。他无限哀伤地哭泣着,呼唤着父亲那似有似无的灵魂。交过子时后,刘金民才慢慢清醒过来,他抿了一口水,不胜凄楚地告诉山宝说:"恐怕以后……这雪雁山上不会再有你这个可怜先人的踪迹了,他们有意要害我呢!"

"谁啊?"刘山宝吃惊地问。

"唐有禄啊!今日用铁尺打破我头的,就是唐运红和雷大头,他俩……"

"为啥呢?你们不是在一起当了那么多年的干部吗?"刘山宝盯

住父亲死人般的脸,以为他说胡话呢。

"就因为这个啊!"刘金民闭上眼睛,回忆着1958年他当队干部的一段历史:

……男人们都大炼钢铁、引洮上山去了,刘金民因腿跛不能出远门。雪雁山只留下他和唐有禄了。当时独揽雪雁山大权的唐有禄指定他当保管员。那年甘泉一带大丰收,雪雁山粮食多得堆成山,可公购任务紧得如催命符。唐有禄和刘金民两个人在刘家堡子下面的土窑里偷偷藏了三四万斤粮食。

唐有禄当时说:"人都这么闹腾,将来非饿死一层人不行昧!为人不亏自己,咱俩把自己的婆娘娃娃到时候总得顾活昧!再昧,有了年馑,社员会把口张得像塌窑门一样向你要,你总不能看着把他们往死硬饿昧!这事天知地知,你知我知,千万不能叫别人知道。"1960年,那些粮食确实挽救了雪雁山一庄人的性命,但从此以后,唐有禄每年总要弄去三五千斤粮食……

"大,你为啥不揭发呢?"山宝愤怒极了。

"唉,鼻子大得把口压着啊!"刘金民微弱的声气里流露出无限的委屈和悔恨,"我是见你妈历史上不干净,一直把人家干部的尻子当吃饭碗舔,只盼过个平稳日子就行了……我知道没有不透风的墙,唐有禄那个老狐狸也知道这个理。他早就想除掉我,灭了这个活口,我早觉出来了,所以事事处处小心……唉,谁想到今日我会落到这个地步上啊!"

"明日我告他一状去!"

"不行!像咱家这样的人,说出的话谁会信啊!"刘金民喘了口气,"窗子正上方的橡花眼里有个牛皮纸小本子,你取下来吧!"

山宝爬上窗台,果然就从灰尘蒙蒙的橡花眼里,摸出一个非常陈旧的牛皮纸小本子。他凑到灯下看时,里面密密麻麻全是数字。

刘金民告诉他,那里面记着1958年以来,唐有禄贪污的粮食数字,和他与唐有禄两人在刘家堡子下面合窖的粮食数量以及唐有禄私自挖走的粮食数。"你现在不要看了,小心有人来,等将来有包爷那样的干部上山来……"

山宝慌忙把它放回原处,问道:"大,你没沾一点吗?"

"我前接后续用了一千来斤。"

"你何必……"山宝对着生命垂危的父亲,一股怨恨的情绪涌上心来,说,"你何必给人家垫背哇!"

"为了拉扯你娘儿们啊!"刘金民深沉地叹息说,"要不,咱家1960年能从平路上走过来吗?连林队长家都把人饿死了啊!"

"唉——"山宝只感到无限的悲哀和沉痛。

"我死了,你妈虽然给地主当过小,但她也是穷苦人出身啊……你要把你妈当人哩!"刘金民忽然睁大无光的眼睛,用一只手撕住山宝的袖子。

山宝哇的一声哭倒在父亲身旁。

"甭哭了,宝娃!记住,唐有禄的粮食窖在刘家堡子下面,从堡门出来,顺墙根往左走,五步一窖……"

刘金民昏迷过去了,再也没有醒过来……

刘金民的死,对山宝的打击太沉重了。那时候,他觉得雪雁山上再不会有光明降临了。他凭着为父亲复仇的悲壮力量,消磨着那像漫漫冬夜一样冷酷的时光。在那些日子里,每搞一次运动,他都盲目地涌起一阵希望,然而每一次的希望都孕育出更大的失望,使他受伤的心灵遭受到更深的创伤。在那些人们都喜庆日子里,他曾兴奋过,狂喜过,他企盼有人能够把压在雪雁山之下的冤魂解救出来,然而人们在狂热中渐渐将他和他那可怜的妈妈当作是雪雁山上心灵最龌龊的人,欺凌、羞辱,甚至抛弃。这个世界没有比冷漠更残酷的了。山宝在这个冷漠中变得麻木,直到雪雁山上来了一批"农宣队",他们中间多半是戴着深度近视眼镜的"臭老九",雪雁山人把他们叫"安眼窝的"。"安眼窝的"倒是对人十分和善友好,没有行政人员的死人架子,和庄稼汉们挺"合群"的。他的希望又像三九天探头发芽的马莲草一样复活了。

在一个月光明媚的夜晚,他偷偷地摸进一个"安红边眼窝的"住房,倾吐自己装了多少年的苦水。起初,"红边眼窝"还仔细地记着笔记,当知道了他的底细时,"红边眼窝"万分感慨地说:"山宝兄弟,你就死了这份心思吧!像你这样遭际的人,我们农宣队中也一层子哩,要不怎么被弄到你们这样偏僻的穷山沟里来了呢?"山宝还有些不大相信,"红边眼窝"取出他的单位证明,山宝一看,才知他原是省文联的专业作家。作家说:"我们都是因为在作品中反映了一些真实的事,而被当成有问题的人下放到农村接受改造的。"作家拿出他的改造心得让山宝看……山宝仅有的一点希望破灭了。从此,在他悲观透顶的思想里,觉得要盼来像包拯那样的清官,就像希望雪雁山上长出金银,纯粹是一种幻想。"孙大圣在五行山下压了五百年,我在雪雁山下要压多少年呢?"……他觉得在这个冷漠如铁的世界上,再也没有活下去的一点必要了。

在一个风高月黑的夜晚,他腰里缠了根细细的冰筋绳,悄悄地走进双涝池岘的柳林里,在父亲的坟堆前沉重地跪下来,默默地磕下三个响头,然后站在坟前的一棵大柳树下,涕泪交流。

"大啊,你原谅了你这个没出息的儿子吧……"

他慢慢地爬上树,把沾满泪水的脖颈伸进自己制造的绞索里

……

不知什么时候,他又恢复了意识,似乎躺在一个温馨的怀抱里,同时一个受了惊吓的声音,正温柔地呼唤着他在黑暗里游荡了好久的灵魂:"宝娃——醒醒!"

香兰!

"谁叫你把我放下来的?"山宝火了。

香兰说:"是我大把你放下来的。他看到你缓过气来了就回去了,队上等他开会呢!他叫我一定把你叫回来,不然他没法向你妈交代哩!"

山宝心头骤然一热,泪水涌了出来。他想到这位诚实得像老牛一样的庄稼人,自己被撤了职,每天晚上还得上会交代问题,却仍旧时时关心着别人的命运,而自己……他心里倒感到惭愧无极了。

"世界上只要有一个人把我看成是人,我就要为这个人活下去!"

这个被现实推进十八层地狱的幽灵,又挺起身子,踏上了那没有尽头的苦难历程。

这是无声的宣战,是生命不屈的挣扎啊!

他不再敢拿马列主义的"望远镜"和"显微镜"来看自己所处的世界了,那不适合他。他只是埋头苦干,极力想用最具体的行动来证明,他并不比雪雁山的党团员们低下多少,他渴望遇到黄继光、董存瑞所经历的那种场合,他甚至希望世界大战马上爆发——一句话,他想用自己廉价的生命做实验!然而,在这地图上找不出痕迹的雪雁山上,"英雄"确是无用武之地啊!

——他终于碰到了千载难逢的绝好机会——1975年夏天的那场暴雨,洗去了他多少年的污秽和耻辱啊!

——而且,那场暴雨,把他和香兰这两个曾经倾心相爱的年轻人卷入了热恋的漩涡……

但是,他救她,完全出于一种人类本来的良知,一种舍生取义的冲动,除此之外,还有挽救自己尊严的意味,并不像郑见远当时向上面汇报时所说的,树立了"完全""彻底"为共产主义事业献身的"无产阶级世界观"。不过从此之后,他觉得自己比雪雁山那些举着拳头在红旗下庄严宣誓过的人更有权利属于党,他们只是在形式上成了党的"可靠"人,而自己才真正是把生命注进了党的旗帜里。

然而,在他与党之间,永远横着一堵看不见的高墙。

严酷的现实和无情的命运使山宝养成了对一切都冷静思考和反复分析的习惯,甚而至于热烈而甜蜜的爱情也不能完全迷醉他。他爱香兰,但他从来没有想到要娶她——那简直是癞蛤蟆想吃天鹅肉!当香兰意想不到地扑入他胸怀的时候,他感到惊讶和突然,那种程度并不亚于一个星星突降到他眼前。他怀着一种胆怯的希望涉入爱河时,立即又被数不清的矛盾和层出不穷的是非纠缠住——命运指示给他的道路,永远是那么曲折,那么坎坷!

这次路线教育运动呢?山宝想到这次路线教育运动时,心里更是忐忑不安,希望和恐惧同时折磨着他那备受创伤的心灵。确实,俞光华和以往任何一个脱产干部都不同,他似乎不带什么框框,有一个注重实际的头脑,也许他像小时候的山宝一样,啃过马克思和列宁的厚本本,具有无所畏惧的战斗精神。他似乎把目标已经放在唐有禄身上了。他希望俞光华千万再不要转移目标,他愿意把自己所有的"武器弹药"全部供给他……

有人临近临时户门口了。山宝慌乱地跳下炕,走了出去。

俞光华披着大衣,站在门口。

山宝紧张得有些手足无措。他和他之间像隔了一层"动物心理障碍"那样,简直没有什么可以沟通的地方。山宝把他让进屋后说,要给牲口添一点草,就又出去了。其实,他主要是想暂时躲开他,调整一下自己突然乱了节奏的心律。

俞光华盘腿坐到露出竹篾席边的炕沿头上,怀着一种近乎猎奇的心理欣赏着这个孤独无依的小屋子。它,坐北向南,开一偏门。门是用破柳木板凑合成的。前壁上开着一口尺许大的窗户,用旧报纸裱糊着,昏黄的灯光给它涂抹上万般柔情。窗台下盘着一台独锅灶儿,西面墙壁下紧挨灶头支起一块不够尺码的柳木案板。后面满盘着炕。头顶上的"天花板"是葵花杆和柳木棍的混合"床铺",中间垂成一个锅底形,给人一种不久就要倒塌的危机感。屋里出乎意料地弥漫着一股幽幽的花香味儿。俞光华调动自己嗅觉和视觉的全部力量,才挖掘出那个不易察觉的香源:锅灶后壁的碗板(用葵花杆编缀而成)上摆着几个小花瓶——小药瓶和墨水瓶,插着几朵刚刚绽开的迎春和一些不知名的野花,尽管灯光照到那里已经非常暗淡了,俞光华仍然感受到这些花朵的俏丽,枝叶的碧翠。它们给这小屋里添上了一种异乎寻常的气息,这种气息加上女人家酿造出来的那种生气,勾起了俞光华对这恬淡安逸的农家生活的无限向往。俞光华忽然想到,自己在这雪雁山上也是个"临时户",但缺少这些撩拨人的气息,缺少一个倾心相爱的女人……

山宝进来了,身上沾着衣土草屑,脸上铺着一层恍惚不定的困惑。当俞光华的观察点移到这个临时户户主身上时,不禁一惊。谁会相信这样一个仪表堂堂的英俊后生身上竟然背负着那么一个可悲的命运呢?俞光华惋惜他,妒恨他。他对男人都有如此巨大的魅力,何况女人!他从他的眼神里感受到一种坚韧的隐忍力量和深沉的积仇幽怨。他认定他是属于农村中那种长期受压而悒惶无告的庄稼汉,同时,他也认定这种人是埋进土里的夜明珠,迟早会有出土显光的一天。

"你就叫刘山宝?"俞光华尽量说得毫不在意,但还是掩饰不住满脸惊讶的神色。

"嗯!"山宝的态度很冷淡,似乎对这位外来干部的惊讶和欣赏有点不满。他靠住灶头墙,蹲到撒着柴屑的地下。

"你父亲是怎么死的?"俞光华开门见山地问。

山宝的思绪被打乱了!这是他万万没有预料到的!在他的预想中,工作组一定是逼他交代问题,或者是警告他在这次运动中要老老实实,不许乱说乱动,怎么会突然问起这个问题来了呢?自打父亲离开人世之后,不用说外来干部,即使亲友同窗都有意避而不谈他——也许他们把他看成山宝的最大耻辱而不忍心再触及他痛苦的心,也许在中国这样一个以人口众多而著称于世的国度里,死去一半个人,是根本不值一提的……山宝的心里海浪般翻腾着。他判断不出俞光华是想通过父亲的"罪"给他加罪呢,还是想通过他的死了解雪雁山的问题呢?还是想把他的冤魂从地狱里解救出来……

"你本着实事求是的原则,把整个前因后果详细告诉我。"俞光华用鼓励的眼神望着这个徘徊于十字路口的冤魂。

"我大的死,上头早定了案啊!"山宝瞅定俞光华的脸,他极力想从那张富于表情和气度十足的脸上,捕捉到他询问此事的中心意图来。

"要是不符合实际,定了的还可以推翻嘛!"俞光华诚恳地开导说,"这些年凡是自杀的人都定成畏罪自杀,其实好多人并没有什么罪,只是受不下一时的皮肉之苦。凡是我走过的地方,我都要把这些人的问题弄清楚。这些人的死往往把队上真正有问题的人掩护了,也就是说当了替罪羊,你父亲是不是也充当了这种角色呢?"

山宝战栗起来了。他现在确认俞光华是向他索取置唐有禄于死地的重型炮弹。他心里一阵狂跳,仿佛已经看见他的仇人被工作组点出名来,战战兢兢地站在雪雁山一百八十多号人面前……他像战士逢着最有利的射击时机一样,迫不及待地向那窗子上面的橡花眼里望去……

"你还有什么顾虑的呢?"俞光华的语调里充满了信赖和坚毅,"具体情况我不大清楚,但从你家的吃喝用度上,我完全可以断定,你父亲没有捞到多少油水!"

山宝心里腾起一股热浪,然而,旋即又平静下去了。这并不是他比别人少半个胆,而是一般家庭出身复杂或有一点历史问题的人,都有类似的痼疾。多少年来,凡从外面来的干部,在那些结伙抱团、贪赃枉法的地头蛇面前,连个响亮一点的喷嚏都不敢打一个,或者开始想捅马蜂窝,而被蜇了一"箭"之后,便反拿他们这些人充当战利品——用雪雁山人的土话说,就是"软处取土,硬处折锹把"。其实,他们这些人像在刀山上走路,惶惶不可终日,哪会有非分之想呢?

"你的顾虑我知道:第一,你认为自己没资格揭发别人;第二,你觉得工作组不可靠;第三……"俞光华的两只眼睛像 X 光那样透视着山宝,"当然,这并不能怨你们这些人心眼太多或者不够觉悟,这是我们党的一些干部,长期以来,不实事求是种下的恶果啊!"

山宝心悦诚服地点着头。他说得多好哇!他像钻进每个人心里看过一遍似的!山宝对他敬佩极了。他是他平生以来遇到的第一个撇过本本而说良心话的干部。然而,他仍然犹豫着,甚至为这位工作组而担心,担心他如此大胆而重蹈他少年时代的覆辙。被人整怕了的年轻人哪,一朝被蛇咬,十年怕井绳,再没有初生之犊不畏虎的那种勇气了!他永远也忘不了前些年的残酷教训!本来雪雁山两派人物中,丁四叔一派占着优势,可后来唐有禄父子与地方某部挂上了钩,于是,唐家父子摇身一变,成了救过全雪雁山人的大"恩人",而丁四叔一派成了雪雁山的"黑手"。胜者王侯,败者贼。从此,唐有禄一伙只要给谁任意捏造一条罪名,就能强行给他定上罪;而与他们对立的人,哪怕提出一个像雪雁山一样明摆着的问题,也会被说成"别有用心,动机不纯"……

"让我再想一想吧!"山宝极力想从历史的疑雾里跳出来。

"如果你在这方面思想准备不充分的话,暂不要谈了吧!"俞光华采用欲擒先纵的高妙手段,给这个犹豫不定的年轻人吃了一颗最后的定心丸,"其实,我也并非一定要通过你才能把雪雁山最大的问题揭出来。当我向你这屋里走时,我早已成竹在胸,啊,成竹在胸!我是想让你在这次运动中得到进一步的锻炼和提高。在生死关头经受住考验,未必就能在尖锐复杂的路线斗争中经受住考验,所以,从雪山草地过来的人也不能缺少路线教育这一课,何况我们和新中国同龄的这些人呢?好,长话短说,短话不说,就看你今后的态度了!"

俞光华跳下炕,一闪身出了门。他给山宝留下的是果决、坚毅,毋庸置疑。

山宝像被打愣的鸡,在这小小的屋子里呆了许久,想了许久。这时,他多么需要一个人给他参谋参谋啊!如果团支书郑见远在该多好!他有胆识,也有智慧,他曾表示过自己的立场,说迟早要翻了唐有禄的肥肠。天啊,你为啥在这个节骨眼上把雪雁山年轻人的台柱子抽了呢?难道把唐有禄这只恶狼扳倒之后再提拔他不成吗?团支书啊,你现在在哪里呢?你能不能抽空儿回雪雁山一趟呢?雪雁山人正盼着你!

"怕什么?我该到怕出头的时候啦!何况我——一个死娃子还怕狼扯吗?"

山宝咬了咬牙,就一蹦子跳出门,跑进他父亲死去的那个屋子里,从橡花眼里取出那个在尘土里沉睡了八年之久的牛皮纸小本子,踏着似有似无的月光,向俞光华的临时办公室走去。

这时,俞光华正在庄子上头的山坡上,和他的女人叽叽哝哝地说着话。

## 第十五章

## 报 恩

鸡刚一进窝,庄稼人就钻进自家屋里去了。他们早早地吃了饭,早早地睡下了。在漫长的白昼里积聚在身上的疲劳,此时全浓缩到那两片薄薄的眼睑儿上,使人觉得像压上一座山一般重。

庄稼人的觉比蜜还甜哪!

天,有些阴沉,却并不怎么黑,村道上麻乎乎的。香兰用全身的力量支撑着那两片沉重的眼睑,悄没声地向俞光华的办公室走去,他的办公室就在学校教室的隔壁儿。那是1958年大办食堂,"跑步进入共产主义"的红火岁月里,伙管人员的卧室,现在成了外来干部的临时办公室。香兰怀里像揣着个小兔儿,呼儿呼儿地跳个不休。月光穿透了纸一样薄的云彩,把她那因模糊而显得畏畏缩缩的身影,投射到朦胧的土路上。有种湿润的气体像乳汁一般溶进柔和的夜色里。暮春的夜,有着神秘的魅惑和宜人的宁静。

香兰的心境和这月夜一样恬淡而又充满诗意。自那个难忘的雨夜,她和山宝之间的那一点不快被点破之后,爱情似乎在他俩身上又获得了新的活力。她忽然又觉得田野宽阔了,天空明净了,心里时时涌动着一种童年般的欢娱和幸福。记得那个时候,她把整个世界看得像双涝池岘的春天一样迷人,把每个人的心灵看得像雨后的天空一样清澈碧透。那时候,她觉得无论什么时候,也无论什么地方,只要挥动自己勤劳的双手,幸福就会像甜透心的蜜汁,从各指缝间涌流出来。可她和山宝结婚之后,这一切都像雨后的彩虹一样即刻消失。这使她欢悦纯净的心灵承受了多么沉重的打击啊!现在,她总算又挣扎到这一步了,不过一切似乎都没有先前那么理想了,好像总是蒙着一层薄薄的灰云——那是黑犉牛事件投下的阴影啊!她现在极力要抹掉这个恼人的阴影。她要给俞光华说情,让他支持她和山宝对黑犉牛事件做出的初步计划……

她加快了脚步,惊得村道两旁的狗跑出大门,惊诧地瞧着她。

一道灼亮的灯光刺入她潮润的眼睛。俞光华的临时办公室临到眼前了。她努力消除了一路上脑海里翻上来的各种杂念,轻轻地贴进这个临时主人的屋门。她的心境上跳荡着一丝不易觉察的虔诚的战栗,就像进庙堂求神药一样。

"我和山宝的祸福吉凶就在俞光华的一句话上了!"香兰惴惴不安地想。

她伸出一个手指叩门；她像站在上帝的门前一样，手指发抖，第一下竟然没有叩响——她多么庆幸自己的指头没有听使唤啊！她听到里面有人说话，就像蝴蝶似的旋转身子躲到屋后，然后又顺墙根蹑着脚贴近窗下，屏声敛气地倾听里面的动静。她心里一个劲儿地谴责自己"听墙根"的这种卑鄙行径，而两只脚却异常执拗地不肯离开这个地方——这个押着雪雁山每个人命运的地方。

"我没有可交代的昧，有的话我不给工作组说，难道给地主小老婆张翠凤说吗？"

香兰吃了一惊。这不是俞光华逼舅舅交代问题吗？

"唐有禄！"俞光华的声气热情、诚恳而又严肃，"你是土地革命时期的老党员、老干部，在已经过去了的那些岁月里，你不辞辛苦，不畏艰险，为雪雁山人民的事业出了力，流了汗，所有这些都是我们年轻人，尤其像我这样资历不长、经验缺乏的年轻党员学习的榜样。正因为这样，对于你的问题，我一直采取耐心等待的态度，也就是说给你一个自新的机会，让你自己挽救自己，你可千万别把这当空子钻啊！"

"昧，我的好工作组昧！"唐有禄拉着哭腔说，"打1949年以来，我一直给党干事昧！为党的事业我差点把命搭上昧。我为啥缺个牙，说话漏风昧！那还是镇压反革命的那一年，刘干猴偷跑了，跑到刘家滩下深涧沟里的雪雁洞里，我和林玉山两个钻进去抓他，他在黑乎乎里朝我一闷棍……"

"这些我早就说过了，你在民主革命时期是有功劳的，现在不是摆功劳的时候，你把问题交代吧！"

"我有啥问题昧！就是1949年前，我一直老老实实给人下苦，啥狗球猫刁的坏道门也没进去过昧！有啥可交代的昧！我的最大问题是1958、1959两年多报了几万斤产量昧,那是逼出来的昧,说实话吃不开昧!他姑夫林玉山就是样子昧!上头要他报亩产千斤小麦,他说这山上洋芋也就挖上个千儿八百斤,哪有千斤的小麦昧?这是实情昧,可就为这上头,打他的暮气,一场会把他'闯'得马踏蛤蟆浑身没点好处……那年他一瘸一拐地上了引洮工地,队长、会计就搁到我唐某人一个身上了昧!人没个不惜命的,我哪敢再……小腿扭不过大腿,蛇走的路蛇知道,我只是多报……昧!"

"这个问题你不必再重复了,那不能全怪你,当时就那么个风气,党已经做过结论了。凡是由上头政策造成的失误,一概由组织承担,不再追究个人责任……"

唐有禄按捺不住心中的激动,打断俞光华的话说:"毛主席老人家真英明昧,世界上再没有这么好的人了昧,他连下面百姓的过失都包揽到自己身子里去了昧,真是'爹亲娘亲没毛主席亲'昧!现在,不行那个规矩了,不然我跪下磕三个响头,你捎给他老人家昧!"

"你说得很对呀,老唐同志!"俞光华顺着唐有禄的话意说,"共产党爱护人民和干部,实在超过娘老子疼爱自己的儿女。你如果真有对老人家磕三个响头的诚心,就该把自己的问题——政治上、经济上、作风上以及为人处世各方面的,一窝蜂端出来吧!错误一经检查就没错误了。共产党员在这方面应该比普通老百姓觉悟高一些。觉悟者,顾名思义,是能觉出、悟出自身存在的毛病啊!老唐,你说呢?"

"昧——"唐有禄长长地叹息了一声,"我打你上山以来,每晚上脑子里打着转转,看自己在哪些地方亏苦了群众昧,可揭破头皮子没寻出来昧,急得我眼睛里常打皮球昧!"

"唐有禄!"俞光华终于抑制不住自己的愤怒了,"你以为与成分高的人不结亲就永远两袖清风了吗？我今晚打破天窗说亮话，你的问题很大，像雪雁山一样大，社员对你恨得咬牙切齿，背后叫你小地主、地老鼠，你知道吗？"

"晓得，晓得，晓得昧！炒熟豌豆大家吃，炸破锅一人背昧！我1958、1959两年瞒着上头藏了几颗秕粮食，1960年拉扯活了一庄人的性命，现在肚子吃饱了，有人就给我寻不是昧！"

"你不要一提起自己就摆功劳！"俞光华的语调咄咄逼人，"你要明白，我今晚不是给你请功授赏来的，我是要你交代问题！"

"昧……"唐有禄噎得说不出话了。

"你如果万一不交代，或者目前还没有认识到自己错误的严重性，我就给你提几个问题，你先考虑几天再说。第一，三年困难时期，林玉山家都饿死了人，为什么你不仅吃用宽裕，还大发横财，在刘家堡子下面盖起一院新房呢？第二，每年分红，早先你只和刘金民两个，现在又和雷宽两个，这符合财政制度吗？"

"这都是队上研究通过的昧！"唐有禄嗫嚅道。

"你先听我说吧！"俞光华对唐有禄的插言似乎十分恼火，"第三，这些年来，社员汤也喝不足，你一年卖俩猪，宰俩猪，天天在油肉锅里滚，你和雪雁山人在生活上的这些差距是如何拉开的？"

"你不晓得昧，农村里谁个家道儿稍强一点，别的人眼睛里就皮条出来了昧！"唐有禄的声气又大了，他倒比俞光华未提问题之前似乎轻松了，仿佛俞光华打在他身上的都是些臭弹。

"还有一个问题，是工作组上山以来，你日走夜串，拉帮结伙，重新搅起了雪雁山的浑水，你的党性究竟跑到哪里去了呢？"这最后一个问题，似乎击到唐有禄的要害处了，只听见他胸膛里像塞满了猪毛，吃力地出着粗气，再也没有巧言狡辩的力量了。

"你想交代也行,不想交代也行!"俞光华采用给人施加政治压力的最绝手段说,"不要说你有没有贪污,就是你的粮食窖有几个,我和你唐有禄一样清楚!"他又沉默片刻,似乎在观察这一手段的具体效果,然后又加重语气说,"好,我再给你一个最后悔悟的机会,如果你自己不抬举自己,就不要怨我姓俞的太绝情了!"

"昧——"唐有禄痛苦地叹息着,似乎想说什么,却又说不出来。"现在你可以回去了,等想好之后再来,如果想不通就别来见我!"俞光华用胜利者的优越口气,宣判似的结束了自己的训话。

过了好一阵之后,唐有禄才迈着接近一百八十度的开门脚,扑嗒扑嗒地从门里走出来了,听那动静,他已经支撑不住自己那几乎要垮塌的身躯了。

香兰又像蝴蝶似的旋转身子躲到屋后去了,她怕人说她"听墙根"。

俞光华随后也走了出来。他跟在唐有禄身后,又说了几句善后之言,看着唐有禄可怜的背影,没入村道的黑暗里,才折回来,走进自己的临时办公室。

香兰悄悄地从墙角后面绕过来,轻轻地穿过这个铺排着一溜灯光的寂静院落,朝临时户那面走。此刻,她虽然被俞光华"刮"她舅所引起的恐惧占据着,心里却踏实得多了。她确认俞光华是个很有本事而又实事求是的强硬干部。她感到向这样一个近乎包拯式的人物求情实在没有必要。于是,她决定让山宝写一个深刻的检查,亲自交给俞光华。扑到怀里的雀儿捏不死,她相信父亲的话是对的。她打消了向俞光华求情的另一个原因是,她觉得黑犗牛事故和那两百块钱,比起她舅的问题来,已经算不得什么了。

香兰路过生产队官场时,听得草垛下面有人吃力地呻吟着。她怔住了。

"昧——难道我的孽谷子真到吃满的时候了吗？"唐有禄一个人蹲在黑乎乎的草垛下面，像秋虫般悲叹着。

香兰又动了怜悯之心，想走过去把他扶起来，送回屋里，可转念一想到他对待黑柠牛事件的恶劣态度，又十分恨着他。

"昧，好厉害的俞光华昧，你好狠毒昧，你硬是一锹一锹地往人心上掏昧！"

香兰怯怯地穿过了在黑夜里泛出一片惨白的大官场。出了官场，她就拔腿跑起来，拼命地，仿佛身后有个魔鬼紧紧追着她。

唐有禄在俞光华给他谈过话的那一夜就病倒了。

香兰知道他害的是什么病，心里头便转起许多念头来。这位很有心计的女性，把唐家对林家两辈人的生死之恩，时时挂记于心，并且常常苦于没有适宜的机会去报答。她甚至曾幻想有一场灾难突然落到她舅头上，而且只有她才能解除。由于这个缘故，那些弄得她几乎家破人亡的大字报，当她知道是瓦沟脸表兄捣的鬼时，她对他原谅了。在她心里，她舅的一切过失，远抵消不了对她家的洪恩厚泽，只是在一定程度上，减轻了她的心理重压罢了。眼下，"灾难"果真降临到她舅头上了，这使她有说不出的快活。若要试人心，害病遭饥馑。她要在交紧处叫舅舅和妈妈看看她香兰的心是红是黑！她非常庆幸上头给雪雁山派来了一个如此有水平而又如此看重她的年轻干部。"他或许听我的话哩，我叫他起码对舅从轻处理！"

——真是"天官赐福"啊！

这日中午，阳婆温暾暾的，空气里弥漫着一种紫白色的薄雾，布谷鸟在庄前树下欢快地啼鸣，远处近处的田野上荡漾着细细的绿波。春姑娘早已给自己编织着美丽的嫁妆——雪雁山人已经感受到春夏之交的浓重气息了。

香兰吃过午饭,就从张翠凤那里要了五颗鸡蛋,去探望重病中的舅舅。自她和山宝公开恋爱以来,这是她头一次登舅舅家的门。她怀着一种教条式的报恩心理,在真实感情上,她和舅舅早已疏远了,甚至隐伏着不少敌视情绪。这种情绪被亲戚关系的面纱遮掩着,有时连她自己都看不见。当舅舅家的屋脊在高耸的灰白色的堡墙反衬下,映入她眼帘时,她忽然感到恐怖了。她有种舅舅会冷不丁冲出门来打她两个耳光或啐她两口的不祥预感。她的右眼睑上像贴了一叶麦鱼子,簌簌地抖颤。"左跳财,右跳崖"。她愈加感到不安了。她希望快点见到舅舅,要来的事就让它快点来吧!

她在舅舅家的大门前怯惧地伫立了许久。这是一个砌得很高的两坡水门楼,厚重森然的黑漆大门紧闭着,像咬紧牙关准备扑食的恶虎,越发使她感到心慌意乱。

"舅——"

她鼓起勇气叫了一声,声气却比她预先想达到的低得多,于是她又补充上一声。

门,沉重地响了。她像听到瞄准她的人扣动扳机一样,全身的筋骨抽紧了。

走出来的是运红妈,她惊慌失措,紫黑的胖长脸上流露出掩饰不住的苍凉,暗淡无光的眼睛红肿着,透出刚刚哭过的那种令人怜惜的神色。

"妗子,我舅……"香兰立即又被一种不祥的预感所震慑。

"你舅喝上碱水啦!"妗子战栗着说。

"我舅和谁怄气了?"

"没和谁怄气!"

"那为啥呀？"

运红妈刷刷地掉了一阵子眼泪，才告诉香兰说，那天晚上，唐有禄从工作组那儿回来后，就长吁短叹，一夜没眨眼儿。从那天起，他一顿吃不到半碗饭，人已经消磨得没个样子了，刚才忽然钻进厨房里，咕嘟咕嘟喝下半碗碱水……

"啊哟！"香兰有些吃惊地说，"有多大的问题值得寻无常呀？听人说，其他队有贪污几千斤粮食的，主动交代了，党员还是党员，干部还是干部，也没见少胳膊少腿子的。我舅害怕个啥呀？你叫他明日把问题竹筒倒豆子，抖个净光，俞组长把定不会把他拿到鼎锅里去煮呀！"

"兰兰，我晓得你的一张嘴巧得像八哥儿一样，快给你舅去宽宽心吧，啊！"运红妈祈求的目光在外甥女的脸上舔来舔去。

香兰的心咚咚跳着，一种神圣的自信力压下了她的怯惧和慌乱。她努力平静了一下自己，就怀着挽救雪雁山上一个重要人物的豪迈心情，跨进了这山上当今最高的门槛。

在这个宽大敞亮的院子里，起脊极高的四磕头瓦房，除了使人感到富丽堂皇之外，还有一种令人窒息的压抑之感。香兰不免想到自己的穷酸和渺小。她已有半年之久没进这个院子了，此刻像走进古庙中一样，有点陌生和忧伤，于是放缓了脚步，频频地环顾四周。

这时候，从虎虎有势、飞檐凌空的上房里，飞出雷大头的闷葫芦嗓音："他唐爸，你不要老往窄处想了，我看就把前年咱俩弄了的那几千斤麦子认了……"

"小声点能憋死你吗？"唐有禄用微弱的声气狠狠地警告着雪雁山的大头。

"啊哟！我舅真有贪污吗？"香兰转过身朝摇摇摆摆跟在她后面

的妗子,吃惊地吐了吐红鲜鲜的舌头。

运红妈挤眼歪嘴地暗示她千万不要再提起这事。

香兰立即装作什么也不知道的样子,从容地登上七层砖台阶,掀起白漂布门帘,跨进上房。

上房虽是土木结构,却建成四檩四噙口、软门软窗,显示着当代雪雁山最高的建筑艺术和建筑成就:用白灰粉刷过的四壁雪亮闪光,刺人眼目;迎门一张新式黑漆三屉桌,两侧侍卫似的摆着两把黄漆柏木靠背椅,鲜润油亮,光可鉴人;字画高悬,炕围华丽,整个屋宇洋溢着一种豪奢、富足的气息。

屋里三个人——唐有禄、雷大头和唐运红。雷大头把胖得像猪一样的躯体,紧格巴巴地塞进桌子右侧的靠背椅里,上半截驮在桌面上,两条松椽似的胳膊弯成一个倒立的尖角架,撑持着额头平板的大脑袋。唐运红狗蹲式蹲在地上,他身后是唐有禄两口儿重底重盖的松木"活寿"(棺材)。唐有禄斜躺在炕上,恰似一道四边形的对角线,把一个四四方方的土炕划分成两个幽默的三角形。一床蓝底红花的缎被子苫着他的下半截身子。他刚剃过头,紫青色的头皮上爬着一团一团的牛皮癣。他把牛皮癣头狠狠地抵到一个"两头开花"的高枕头下面,枕头下面的地脚上,撒着一大堆细土,细土上渗出一点一点的湿印迹。有股比恶臭还难闻的气味满屋横飞。香兰尽量控制着这种强刺激在她体内生出的剧烈反应,但还是禁不住"哇"地空呕一声。

唐运红和雷大头面面相觑,似乎一时不知该如何对付这个不速之客。香兰想起那晚唐运红欺负她的情景,就气不打一处来。她用粗疏人不易觉察的眼神狠狠斜睨了他一眼,作为对她这个畜生表兄的见面礼,然后在唐有禄的对面站住了。

"舅,你……病了吗?"她吃惊地瞅着那一张又黄又瘦的脸。他的一双瞎鼠般的眼睛,现在完全陷进深窟窿里去了,使得碗底大的脸庞上表露出一种亡人般的鬼相来。香兰不由自主地向后退了两步,避到他侧面,然后又轻轻地走过去,拐到和唐有禄相交叉的那条对角线端点——靠墙壁的炕沿头儿上了。

"兰兰昧!"唐有禄挣扎了一阵,似乎想坐起来,却又找不到支撑的力量。

"舅!"香兰尽量做出些热情来,"外甥女看你来了!"她把衣兜里的鸡蛋掏出来,一颗一颗地摆到离那颗牛皮癣头尺许远的地方。

"好昧!现在把舅看一下,看一下昧!"唐有禄满怀着"人之将死,其言也哀"的柔情,使香兰真正动了感情,"过上几天,你这个万人恨的舅舅,恐怕你哭着想看一眼还看不上了昧!有了君子怨君子,没了君子想君子。我死了遭个年荒,我才要在坟茔里看雪雁山人的笑摊昧!"

雷大头坐正了身子,不时地将笨重的头摆过去,表示着对香兰的最大鄙夷和厌恶。

香兰瞧着他的古怪模样,禁不住抿嘴一笑,问道:"雷大婶好些了吗?"

"好个屁!现在像没魂人一样,乏得四肢无力,连一顿饭都做不到时节上!"雷大头仍旧偏着头,却不像刚才那么敌视着她了。

"那天她到底碰到啥怪物了,竟吓得那么惨呀?"香兰非常关注地问。

"见了个屁!还不是牛血喷得太大,把人的心惊了,我这么大的头也不信白天有鬼!"

唐运红不时地抬起瓦沟脸觑视香兰。他似乎突然变得有点沮丧和卑微,但那三角眼里仍旧射出淫邪的光。

"兰兰昧!"唐有禄终于找到最对口的话题了,"咱两家把戏唱到苦处了昧!"

"舅说到哪里去了,"香兰善意地驳斥着唐有禄的悲观论调,"在共产党的领导下,能轻易把戏唱到苦处吗?1960年那么困难都过来了,现在……"

"你这娃尽说傻话昧!"唐有禄忽然提起了瘦精神,以长辈的权威口气教训着外甥女,"谁领导也要唱出个喜怒哀乐,分出个生丑净旦昧!"

"你没做下亏心事,谁敢强给你画个白脸呀?"香兰执拗地反驳说。

"人的舌头是扁的口是软的,啥时候理是由人做出来的昧,就像黑牸牛的事昧,说是事故也就一口吹了昧;说是有意破坏也像昧!本来山宝不闯这麻达脖子里就套着几根绳子昧,何况从古到今,包子是捏就的,面是照人下的昧!"

"那……"香兰心里慌乱起来,"群众大家的眼睛是雪亮的,谁敢随便把白说成是黑,把黑说成白呢?"

"群众是个随气风昧!上头咋说就咋跟昧!"唐有禄忽地翻起了身,用青筋暴窜的拳头砸得炕头咚咚作响,"群众七娘八老子十二个外爷,哪能尿到一个壶里昧!就说刘山宝昧,有的说改造得比雷锋、王杰还好,有的说他是越王勾践卧薪尝胆昧,干部该听谁的昧!"

香兰终于感到有点迷惘了。一向认为世界上的事小葱拌豆腐一清二白的年轻人,现在眼前模糊成黑乌乌的一片。

"所以——昧!"唐有禄的声气非常干燥吃力,像缺了油的车轴一样,"话颠来倒去都能说圆昧。我跑了二十多年烂鞋,你说好还是坏，没个准头昧！我不如一死落个清静昧！不是你妗子挡，我早到阎王爷那里活清闲人去了，日后搞天大的运动，谁也磕撞不上我昧！"

一直哭丧着脸贴在门限上的运红妈走进来，乌了脸，气嘟嘟地指责男人说："你光想抹光指头，两三个儿子没寻上一个媳妇，你有脸去见阎王爷哩！"她把胖长脸又对准香兰庆幸一般诉苦说，"不是你雷大叔来得巧，灌浆水、灌大粪，把喝上的都呕上来……要是真有个三长两短，撇下一大家人，我一个妇道人家咋过哟！"

雷大头扬起肉墩墩的脸，说："咂——看他唐妈操的那闲心！说个蠢话，拿你这么好的家道，寻个媳妇子比捉个猪娃子还容易呢！"他仿佛故意要将香兰的军，迟钝的眼睛瞅定她，"我看运红的媳妇现成着哩！他常和我家春玲脚不离鞋、鞋不离脚，属相也相投，只要你家不嫌……我这么大的头也想奔个高门头！"

香兰脸上一阵灼热。她掏出手绢擦汗，以此掩饰着自己的窘态。唐运红埋下头一声不响，神态像霜打过的烟叶一般蔫萎。

"我也这么想得很，不晓得这爷儿父子安的啥心哟！"运红妈可怜巴巴地望着苦恼万状的唐有禄。

"昧——"唐有禄想的完全是自己的心事，"我旧社会给刘干猴做活，把没看的脸色看了，如今给大伙儿效劳儿，把没操的心操了，最后昧……背上儿媳妇朝华山，出尽了蛮力，还落了个不好的名声，我还不如回首的好昧！"

"舅，你甭往瞎处想哟！"香兰又深深同情着他了，"我们婆娘女子家也有个思前想后哩，你一个党员……"

"当然昧，一个党员不该这么想昧！可是俞光华如果'左'一下，把我的党取了，我哪有脸见人昧！"

"舅有啥问题放心交代去，我看俞光华并不是那种拿不稳剪子捉不住针的人,他看问题实在着哩!"

"兰兰,我看你在俞光华跟前印象好昧,能替舅说几句人情话吗?"唐有禄深陷的眼睛里射出奇异的光,好像掉进陷阱里的狼忽然找到了一条逃命的路。

"能——"香兰激动地应承下来了,"可是,舅得把你针头线脑的所有问题都抖搂出来,可甭把工作组装在里头呀!"

运红妈沉重地叹了一口气,挨住香兰坐下说:"这一遭你能给你落难的舅舅助一把劲,妗子给外甥女承个大大的情。"

唐有禄忽地坐直身子,好像什么病也不曾有过。"兰兰,只要你给我能在深水里搭个桥,我马上让你表兄把黑柠牛的问题证明成无意之间出的事故,一分钱不出可以平平安安放过去昧!还有那两百块钱,甭叫山宝再泡在大雨里挖刺根了昧,把我的钱垫上昧,说起来现在也成股子蔓①亲戚了昧!"

"那怎么行?"唐运红忽地站起来,怒不可遏了,"若是阶级兄弟,弄死十头八头也得原谅,他狗日的撞折一根牛毛……"

"表兄,你嘴里放干净点!我和山宝掂住赔两头牛着哩,把你的隔不下!"香兰因自己的丈夫遭到辱骂而气得眼里冒火星。

"赔十头也抵不了他的罪,我这么大的头也……"雷大头愤愤不平地应着声。

唐有禄抡起瘦得像木槌似的拳头,嘭地砸到炕上,绵软的毛毡立即弹起一团尘烟,散布到布满恶臭味的屋子里。

屋里顿时死一般沉寂。

"运红!大头!你们嘴痒了到石头上磨去昧!"唐有禄专横地吼

---

① 股子蔓:田旋花。股子蔓亲戚,意指沾亲带故。

道,"谁再敢多言,我砸掉谁的牙巴骨!"他由于用力过大,声音反而嘶哑了,倒损害了它的效果。于是,他"吼吼吼"地大出了几口粗气,换上另一副嘴脸对外甥女说:"咱两家人说到九九八十一,是金刀割不断的亲戚,又都是几辈子的穷人,哪怕变上三回驴,亲的说不远,远的说不亲昧!"

唐有禄的这最后几句话,真正打动了香兰的心。她觉得舅舅总归是舅舅。她因自己曾经憎恨和敌视过舅舅而惭愧得脸红。

"舅,你就把心装到腔子里去!我今晚就找俞光华去,叫他对你多多包涵!"

"有这么好的外甥女,我的命就比一碗碱水值钱多了昧!"唐有禄掏出一串钥匙,撂到运红妈的大屁股旁边说:"运红妈,你快从箱子里取出两百块钱来,叫兰兰带上,她家的困难就是咱家的困难昧!"

"甭!甭!我自行车一甩就够了!"

香兰慌忙跳下炕,奔出门走了。

## 第十六章 团圆饭

自那晚香兰转了一回娘家之后,这母女俩开始缓和的关系又僵住了,可今日下午,香兰看望舅舅的新闻传到唐雪来耳朵里后,她的心绪又一下子好了起来。在她的想象里,香兰和山宝结了亲,就一辈子和唐家水火难容了,哪知女儿并不这么绝情,她的心数儿好着哩!这倒使她做妈妈的感到有愧于女儿了。于是,不久前萌起的一点和解希望,现在由朦胧变得明显和强烈起来,并且很快地发展成具体行动——火暴性子的人说风就是雨!

她腰里系上渍迹斑斑的围裙,从南窑里端来肉、菜、粉——那都是为办喜事而预备的席菜。往日,她眼里刮着这些东西,就感伤不已,今日它们却给了她希望和信心。她在案板前兴致勃勃地忙碌着——切菜,刹肉,淘粉……她浑身一阵一阵地冒虚汗,脸上却掠过一丝丝隐含着苦楚的笑影。这笑影似乎把岁月勒进她两腮的"细绳"挣断了,那瘪下去的部分也鼓得稍微有些圆了,略带哀愁的眼睛里又射出火辣辣的光芒,仿佛她所想的已有一半成了现实似的。打香兰出了这家门之后,她没做过一顿可口的饭菜。每天不是搅团就是馓饭①,有时连这些也懒得去做,林玉山只啃一疙瘩苞谷面干馍,喝一气冷开水。现在回想起来,她觉得自己太对不起男人了。在这冰消土解、万物复苏的季节里,牲口少了草料也会掉肉塌膘,何况是万物之灵的人呢?她家的人——林玉山、香兰和刘山宝(她下意识地把刘山宝也算在她家成员之列),哪个是惜力气的呀?他们向来使唤自己比牲口还重!每当她把"阶级""路线"和"历史"暂时撇到一边,单凭母性所固有的善良和常人所持的伦理观念,来评断这个家庭的每个成员时,她就觉得唯有自己像个人人可畏的刺猬,太扎人了——粗暴地赶出女儿女婿,气势汹汹地向工作组告状……她这些日子所走的每一步路,都在她善良的心灵上刻下了悔恨的印记。本来,她根据这些年的经验,工作组一定会把香兰和山宝的亲事当作"路线斗争"的头等大事抓住不放的。现在,她才看清楚了,俞光华把这些事(包括黑牸牛的重大事故)根本没放在眼里,他要从要害处着手——翻她娘家兄弟唐有禄的肥肠哩。她对俞光华这种扭转乾坤的举动,心

---

①搅团和馓饭都是用杂面在开水中搅拌成的稀糊糊饭,不过搅团较硬,可以浇上汤吃。

里十分矛盾和犹豫:唐有禄没明没黑地那么几十年,没功劳也有苦劳,能把他放成运动的重点去整吗?不过她想到娘家人的吃穿用度和雪雁山人有惊人的悬殊时,她又深深地怨恨着他:她舅呀,你咋那么心贪哟?你瞧雪雁山人现时吃的是猪狗食,你还有心思从他们身上刮吗?你没听听人家背后指着你的脊背说啥呢?你脸上糊上三层驴皮也到烧透的时节了吧?她想起不久前她和娘家兄弟秘密商定的"君子协定",很是于心不安。尤其当她察觉到他像猫头鹰一样,晚上"大串联"时,她对他的反感和厌恶就更不必说了。她倒佩服香兰眼睛有水——她早怀疑过他,也许她把他早就看亮清了。想到此,她对山宝也谅解了一半……

饭菜做好了:一碗肥肉片儿,一碗粉炒肉,一碗包心菜。她又习惯地做了三大碗。平素间祭奠肚子时,她总是按各人的胃口下菜碟——林玉山吃肥猪肉有海量,香兰最可口的是粉条儿,而她自己生就是个菜肚子。

她欣赏了一会儿自己的烹调手艺,又发觉少做了一个人的菜,于是便动手去"补课"。这时,她不由迟疑了,她不知道山宝是啥肚子。她想了想,就暂时把他归在林玉山的一列里——男人家都能吃荤。她对她的归类十分满意。

唐雪来添够了菜,就打开北窑,把飞鸽车子掂到院子里。自工作组上山的那天,她把它锁进这屋里后,就再没动用过,车轱辘子上沾的泥片晾干了,斑斑点点地发白。辐条、链子和圈生了锈,像流过血一样泛红。她可惜得直咂舌头尖儿。她可惜它并不完全是因为沾了泥,生了锈,而是那晚香兰提出要把它卖掉之后,她就觉得它不再属于这个家了。现在,她要把它擦得铮明锃亮,希望能卖个理想的价钱。尽管这是他们一家三口人多少年血汗的结晶,她把它看得几乎和生命一样值价,但它毕竟是一个物件,哪有人贵重呢?

她擦完车子时,日头平西了,惨淡地照出小院的一角。她蹲到苹果树下的一个矮木凳上,对着明铮铮的"飞鸽"想心事,盘算着林玉山回来后,就让他跑个腿,把临时户里的那对鸟男女叫到这屋里来,和和气气地吃一顿饭,然后揭开家庭生活史上新的一页……

娘家侄儿唐运红走进来了,他祈求姑姑给他那寻死觅活的父亲说些宽心话。

"我有病哩,再天再说!"唐雪来委婉地拒绝了。往常唐家那边一有所求,她这边必有所应,今日她却没有这份心思了。

唐运红碰了个软钉子,很不高兴地拧身就走,到大门口又回过头望着立在院落里的自行车说:"姑姑把飞鸽夸不够了吗?"

"噢——我忘了件事!"唐雪来站起来走到自行车旁,把铃子扣得当当响,"我要卖这车子哩,运红给我打听一个下家,你常在外面跑,眼面宽……"

"多少钱?"瓦沟脸折回来捏住了黑油油的车把。

"这车子正经没骑上三天,我想卖原价!"

"飞鸽车子钱顶到额头上买不到,姑姑咋舍得卖呢?"

"姑姑病得这么重,有个金骡子也到拴不住的时候了!"唐雪来不愿给娘家侄儿说实话。

"下家就是我!"唐运红当即推上车子就走,"我把姑姑捎过去取钱!"

唐雪来迟疑了一下,就答应了。

姑侄俩眨眼工夫就到了刘家堡子下面。

唐有禄在上房台子上望眼欲穿地等候着。姐弟俩相互问候过后,唐有禄无限凄伤地说:"他姑把没牙长的半截路不坐车子走不来,咱姐弟俩的这身体……昧!"

"我把车子买下了,大!"唐运红蹬着新飞鸽在宽敞的院子里转起圈子来。

"你咋能拾你姑的便宜昧?"唐有禄走过去堵住运红,用瘦骨嶙峋的手抚摸着车座儿,"咱有你姑就有,你姑有咱也有。你姑缺多少钱取上多少昧!"

"她舅,你咋能这么说呢?亲戚朋友要好,天天把账找。我照原价卖就对娘家人脸够硬了,哪能白拿你的钱!"唐雪来不想再接受娘家人的恩惠。

"再添上一百吧!"唐运红舍不下这辆新飞鸽。

"你只是给我把钱取昧!"唐有禄支走儿子后,又对唐雪来说,"现在非他姑出马了不行!"

"你看我这么个身子能出马吗?"唐雪来极力想避开这些最叫人头疼的问题,"我想弄点钱看病去,她舅说进医院好,还是……"

"不要你出力气昧,只是张一下口动一下舌昧!"

"我现在头响耳鸣的,说一句话也不知道该从哪头说。"

"那就只用个他姑的名字昧!"

唐雪来猜不透娘家兄弟要用她名字干什么勾当,又怕一问更纠缠不休,便把两手绞在胸前沉默了。这时,运红从上房走出来,把三百块钱强塞进唐雪来手里。唐雪来从中数出了一百八十块之后,把其余的退给了运红,就掉过身往回走,唐有禄绕到前面截住了她。

"你把钱拿上昧!"唐有禄用眼神把儿子叫过来,把唐雪来退掉的钱又从运红手里塞进唐雪来手里,"我早知道他姑夫从队上拿去的两百块钱被山宝挥霍光了昧,你叫他用这钱把队上的先垫够,将自己的身子腾开再说昧,如果工作组发现……昧!"

"她舅，我咋能把旁人的肉剜下来补自己的坑呢？"唐雪来无论怎样也不多要一块钱，姐弟俩你推我让，折腾了大概有吃一袋旱烟的工夫之后，唐有禄终于做了有条件的让步："如果你不要这些钱，可得依我一件事眛！"

"啥事儿？"

"就是先说的那事眛！"

"我的名字能做个啥？"

"给工作组写个建议眛！"

"建议？啥建议呀？"唐雪来感到烦恼和害怕。

"第一眛，追究山宝有意破坏牲畜的刑事责任。山宝闯的这祸端法办他一点也不亏眛；第二，让他姑夫立即给贫下中农做一次检讨眛，不然像他这么'右'下去，雪雁山好人抬不起头了眛；第三……"

"她舅哟，"唐雪来万分惶恐地打断了娘家兄弟的建议，"你就原谅了他，原谅了他吧！"

"原谅是可以，可他姑夫这么一来，党员干部没路走了眛！"

"香兰大被抹上撸下多少次，已经像孙悟空一样，蒸不熟、煮不烂了，你们想把他咋弄就咋弄去，山宝刚到世上活人，可甭再……"

"眛，你说来说去半日才疼的是山宝……"唐有禄睁大深陷的眼睛无限感慨地说，"怪不得上头把干部和地富成亲看得那么严重，这一个'亲'字的道理深得很眛，连他姑这么立场坚定的人，也被山宝的几声'姨娘'叫软了，别的人就可想而知了眛！"

"她舅哟，你听我细说哟！"唐雪来非常难堪地回避着娘家兄弟逼人的眼光，"女子家娃娃从来就是狗口里一个、狼口里一个。山宝是瞎是好，我的兰已经跟定了，你们大家看着我娘儿们的可怜份儿上，就原谅一下吧！我敢保证山宝不是有意伤害牲口，他不是那么心毒手辣的人哟！再说，若不是他去年把我的兰从洪水里捞出来，我再有十个女儿也填进河谷里去了！如若把他硬弄进班房，我的兰再有个三长两短……唉，我的香成呀，你为啥1960年把妈撇下走了，你知道妈活得多难场呀……"唐雪来淌下一串串伤心泪来。

"昧——人家山宝救了一个人就有人求情昧！"唐有禄也伤心得掉泪了，"我1960年拉扯活了那么多人的性命，谁晓得会落到这步天地上昧，我不如死了的好昧！"

唐雪来知道和娘家兄弟是永远纠缠不清的，便捣着鼓槌似的小脚跨出了唐家的大门。

太阳已经落了山。黑暗，不怀好意地扑过来，强占了这个制高点。天空中隐约地蒙着一层淡淡的灰白色。山风像尖刀一般硬，刮得地皮"擦擦"作响。唐雪来心里慨叹说："老天爷爷呀，你给人的怎么老是这么辣哟！"

她走进院落时，林玉山正在北墙角下抽苫在柴垛上的长胡麻秆。

"我把你就险些等不来了！"唐雪来走到柴堆下面，"你快把那对鸟男女叫过来吃饭吧！"

"吃饭？"林玉山愣住了。

"今晚一家人到一块儿吃个团圆饭。"唐雪来声调很不自然。

"好吧！"林玉山心头骤然一宽松。多少日子来，他企盼着唐雪来提出这样的要求，可今晚他有十分紧要的事情，却不能立即去实施这个早该实施的团圆计划，"不过今晚是不行了，我和山宝都有急事哩！"

"还有比这更急的事吗？"唐雪来想起娘家兄弟要捏弄材料法办山宝的事，心里十分紧张。

"黑犃牛下了个牛娃子！"林玉山十分高兴地报告着消息，"你瞧这鬼道行天气，怕今晚要冻哩！伤牛不耐，牛娃软将得很，我背些胡麻秆先把圈门往小堵一堵，若还不顶事，就叫山宝点个火，烤一烤呗！"

唐雪来一听这消息，也十分高兴。她想黑犃牛这些年娘家人喂养时，连一个免人口舌的牛犊也没生成，山宝喂了一年多，就生出个"胖小子"来，不就把那一条牛腿补上了吗？她满有信心地帮林玉山捆好柴后，就把那一百八十块钱掏出来，递给了林玉山。

"哪来这么多钱？"林玉山有点奇怪。

"我把车子卖了！"

"给谁？"

"她舅哇，再谁一次能掏这么多钱哟！"

"谁叫你把娃的陪嫁物抖掉？"林玉山不由动怒了。

"香兰说了的，我早先也不想卖，可一想山宝要赔牛，你身子里的那两百块还挂在空挡上……"

"你给我把钱退回去！"林玉山把钱塞给女人，背起柴一边走一边说，"你就说我把钱已经倒腾够了，车子不卖了。"

唐雪来呆呆地靠在柴火堆上，手里紧紧地攥着那一百八十块钱。不知什么时候，她手一松，钱被一阵狂风卷走了。

她面对着茫茫黑夜，流下了凄凉的泪。

## 第十七章　恋爱悲剧

夜，农历三月静谧的夜。

将圆未圆的月亮，从雪雁山后面涌上来了。如纸一般薄的云片儿遮羞般蒙住了她，又有一个庞大的紫铜色的晕圈儿套住她。她动，它也动；她永远摆脱不掉它。

香兰在凄清的村道上走着，不时地仰起脸，望一眼那像戴着红盖布的新媳妇一般的月亮。渐渐地，她觉得自己眼前也像那不幸的月亮一样，蒙着一层什么东西，使她看什么都是模模糊糊、朦朦胧胧的,使她感到忧伤和悲哀。

她不知不觉地站到俞光华的临时办公室门前了。她心里忐忑不安地跳动着,有些说不出的恐惧和兴奋。她要尽一次最神圣的义务,完成一个最神圣的使命——挽救她舅——一个雪雁山重要人物的肉体生命和政治生命!这对她来说,像一个医生抢救一个生命垂危的病人那样紧迫和重要!然而,现在她对于自己深更半夜,只身闯入这个青年男子汉的屋里,又觉得很不是规矩。她想起那晚俞光华对她超乎寻常的亲昵和体贴,就觉得自己进入了一片深不见底的沼泽地。

门,紧闭着。她轻轻地叩了三下,不见一点动静。她蹑手蹑脚地绕到窗前,从透着灯光的窗玻璃中望进去,可以清晰地看到办公桌上放着的文件、书籍、材料,还有两瓶酒。空椅子上搭着那件十分引人注目的米黄色大衣。整个屋子给人一种多少带点恐惧的空寂感。

"人没有倒好,明日舅问起也好说。"香兰自言自语着,掉身往回走。她的恐惧感顿时消失,浑身轻松了许多。

她刚走了两步,却瞧见俞光华从教室的墙拐角处走了过来。她借着朦胧的月光,看到他脸上洋溢着抑制不住的兴奋,她猜疑他可能是为她的夜半光临而激动。她刚刚平静下来的心境上又是一阵不安的骚动。

"噢——你在哩啊!"香兰非常拘谨地说。

"我半夜三更能到哪儿去呢?"俞光华的声调里充溢着身居异地他乡的人常有的那种感伤韵味,"每当我工作完毕,心头无事的时候,我特别喜欢在月光下散步,月光是挺有诗味的。"他仰起头,望着迷离的月光,深有情味地吟诵道:

床前明月光,
疑是地上霜。
举头望明月,
低头思故乡。

香兰自觉在这方面知识贫乏,便尴尬地笑道:"你们当脱产干部的,白天不出力,一到晚上想头就多了!"

俞光华的兴趣越发高了,他对着月光下这个迷人的女人,又情不自禁地朗诵起《孔雀东南飞》来:

孔雀东南飞,
五里一徘徊。
……
鸡鸣外欲曙,
新妇起严妆。
……
足下蹑丝履,
头上玳瑁光。
腰若流纨素,
耳著明月珰。
指如削葱根,
口如含朱丹。
纤纤作细步,
精妙世无双。
……

香兰早羞得脸颊发烧了。虽然她对这段诗的意思半懂不懂的,但她知道俞光华指的"精妙世无双"的"新妇"是谁了。于是,她也很有些兴奋了,便半贬半褒地说:"男人家到外面时间一长,见识高了,心也花得像个筛儿底子了!"

"我原先在队上和你一样下苦时,思想也单纯得很,不知为什么一到外面,这个心真就一天比一天花了。"俞光华十分幽默地剖析着自己。

"你原先也是社员?"香兰顿时觉得不再那么拘束了。

俞光华兴致勃勃地点着头。他心里活动着一种难以抑制的欲望,急迫地想打破他和这位农村女人之间敬而远之的上下级关系,走进亲密无间的大门。

"你啥时当了国家干部的?"香兰十分有兴趣地问。

俞光华没有立即回答,他伸出绵软细嫩得像姑娘家一样的手,在香兰浑圆茁实的肩头上轻轻地拍弹了一下,意思是进屋后再说。

香兰怀着农村妇女那种惯有的谦卑和羞怯,不敢放肆地在男人前面走,硬把俞光华往前让,俞光华却十分客气地把香兰推到前头,又把她一直推让到自己的床上。他借用这个空子,尽情地欣赏着这个女性身上散发出来的醉人气息。香兰觉得俞光华在推她时,似乎有意把两只手托在她那富有弹性也富有敏感性的屁股蛋儿上,她越发感到羞赧,却又有一种莫名的兴奋,使她浑身洋溢出幸福和陶醉的战栗。过了一阵,她平静了,又怀着一种近乎自惭形秽的心情打量着这个屋子。

屋子里用白灰刷了,光洁白亮。床上铺着松蓬蓬的褥子,一床叠得见棱见角的缎被子上架着一条驼色毛毯,色调柔和,十分受看。整个屋子洋溢着"脱产干部"特有的气息和新鲜味道,使人感到舒适、沉醉而又很不自在。当俞光华走过去闭门时,她的心忽悠提悬了,但接着又释然了,似乎他俩之间早就存在着一种微妙而又神秘的默契。然而,俞光华虚掩了门,正正经经地折过来,坐到他的椅子上。

"我是1969年县上提拔青年干部时,才走出农村的。"俞光华斜过身,瞅着脸色绯红的香兰。

"你们说飞就飞,我们一辈子走不出犁沟大学!"香兰非常羡慕俞光华的"脱产"。

"我原先所在的那个生产队也和雪雁山一样,是农业学大寨的先进典型,我是基建队长,出席了一次省活学活用毛泽东思想积极分子代表大会,就被提拔了。"俞光华回忆着自己这一段不平凡的历史,感慨万端地说,"那全是苦出来的啊,那时我的手就像驴蹄子一样,挖雪挖冰都感觉不出冷!"

"我表兄唐运成也是那年提拔上去的,你认识他吗?"

"咋不认识呢?"俞光华明显地表露出深深的妒恨,"人家已经提成宣传部副部长了。"

香兰对她表兄现在也怀着很深的反感。不过在队上的时候,她对他还是印象非常好的。那时,他干什么都十分卖力,又肯帮助人,他不像唐运红那么心眼儿狭窄。可他一到县上就把未婚妻退了去找洋式女人——乡间女人最不能容忍的就是男人的陈世美行为。

"听人说,还有一个和他一同提上去的年轻干部,比我表兄麻利得多,本应该提他当部长,不知为什么被他挤下来了,雪雁山人都骂他奸哩。"香兰带着掩饰不住的倾向性打听她的表兄。

俞光华不觉地把脸红了,忙转过了头。他正是比唐运成"麻利得多"的那个年轻干部,县委原打算提他当部长,可他的材料刚报到地委,他和一个打字员的男女关系就被人当场揭破了,至今他的档案袋里还装着一个恼死人的警告处分……

"我们谈些眼前的事吧！"俞光华回过头，压下心头的不快说，"这几天,你舅有什么反应没有？"

"俞组长,我今晚是专意向你来谈我舅的事情的。"香兰因说到了正题儿上,话就多起来了。她把唐有禄的身世以及最近的"反应"一股脑儿告诉给了俞光华。

"不要怕！"俞光华很有把握地做着判断,"寻死的死不了,要死的不寻死！"

香兰吃惊地吐了吐舌头。

"香兰！"俞光华激昂地说,"你是党的可靠助手,一定要分清是非,站稳立场,千万别因亲戚关系而干扰斗争,这样对你入党不利,对山宝也不好。啊！""你放心！"香兰十分坚定地保证道,"我知道我舅是怎样一个人。"她想把中午从雷大头嘴里听到的一点情况也告诉给俞光华,想了想,却又没有说。她要让她舅明日自己来说——她明白,现在她对她舅的义务是搭桥而不是拆桥。于是,她说："我舅是受苦人出身,只要他把什么都主动交代了,俞组长,你要……多多包涵！"

"那自然！"俞光华抬起头,望着香兰因难为情而更加显得迷人的脸庞和硬硬绷起的叫人魅惑的乳房,心里燃起欲望的烈火。

香兰还想替舅舅再说几句顺情话,俞光华却把桌子上的酒拿过来,用尖利的牙齿咬开盖子,强塞到香兰牡丹瓣儿一般的嘴唇上,香兰毫无准备,就咕地抿进去一口。顿时像灌下去一口辣椒水,一股烧劲如烈火一般,从她的腹部向全身蔓延。

俞光华自己也咕咕地灌下一些,不多时辰,便满面流红,神情激动,口不由心了："我看在你——一个我十分喜欢的女人脸上,给唐有禄的出路要比他应得的好几倍,不然嘛——"他抓起桌子上厚厚的一叠材料,把唐有禄像剥葱一样从1958年直数到1975年,"这十七八年来,唐有禄拉进黑窟窿里的粮食近乎10万斤,你们雪雁山人还能好过吗?"他把材料哗啦地撂回到桌子上,眼睛火辣辣地瞅定香兰,他想通过这个美人儿观察雪雁山人对这件事情的反应。

香兰惊呆了,面前的一切在她眼里成了虚构的幻影。她尽力想用别的东西证明这个屋子的真实存在。于是,她透过窗户去窥视那在茫茫天宇间悠悠行进的月亮,它仍旧囚禁在巨大的紫铜色晕圈之中。她蓦地悟出一个很深刻的道理来:人,不也是套在一种看不见的晕圈里吗?要不怎么老是看不清这个明明白白的世界呢?现在,她极力想从那无形有形、自觉不自觉的禁锢中跳出来,看清真的世界,真的人生,然而又不能够。她怎么能够呢?事实上,当一种晕圈褪色、消散、化尽之时,另一种使人更加眼花缭乱的晕圈早已套住你了,就像告别了昨天就立即跨进今天,而中间绝对不会有亿万分之一的空隙一样。她像一位哲学家一样思索着她的人生时,越发像走进了太虚幻境一样恍惚迷离、缥缈不定了。这种神色加上那一点并不十分厉害的酒力,使她那姿容绝世的脸庞上和那对泉水般清澈的眼睛里,荡漾开一种近乎少女初恋时的微波细浪……

俞光华起初以为自己陶醉于已经取得的辉煌胜利中,渐渐地他觉得那是一种使人迷乱的力量——从生命本体涌流出来的力量溶解了他。他感到一种无法抑制的亢奋,血管被撕裂的亢奋。这亢奋使他痛苦难熬,也使他幸福无限。他终于寻找到它的真实源头了——那个坐在他床沿上的美丽的女人。

女人,女人!你是多么令人崇拜的神灵啊!他每搞一期路线教育都要被女人折磨得瘦下去一圈儿。白天,他道貌岸然地当工作组;晚上,他把厚软的被子抱在怀里拟作村上最美的女人。以往多少次的路线教育,他都"忍饥挨饿"过来了,而香兰却再也无法使他用空洞的被子拟作她了。他每回忆起那天过河时,他们两人的肉体紧密地叠压在一起的那些难忘的时刻,浑身就产生出一股富有创造力的热流,使他像重新沐浴在母腹中一样神志昏迷。当时,他因和这个令人心醉的女人不能亲近而惋惜得咂破了嘴唇,而现在……现在,他再也不能装作一个道貌岸然的工作组了,他像亚当和夏娃走进伊甸园,伸手触到了那令人馋涎欲滴的禁果……

他轻轻地走过去顶死了门,就挨着香兰坐下去。香兰心里想把屁股往开挪一挪,不知为什么又没有挪,却出乎意料地向他莞尔一笑,俞光华趁机伸出胳膊把她紧紧搂住了,接着,急雨般的狂吻倾泻到了那灼热灼热的"牡丹瓣儿"上。

"这怎么行,这……"香兰伸出手去推他,却又酥软无力,她心中掀起了一阵风暴;这风暴使她感到燥热、晕眩、恐惧、甜蜜……一种神秘的力纠正了她的动作。

她拥抱了他……

嘭!

顶得不太紧的门被人粗鲁地踏开了。俞光华和香兰慌乱地穿上衣服,尴尬得不知如何才好。

"噢,你这东西才是个老叫驴!我这么大的头也……"雷大头粗声闷气地骂着,抡起铁锤般的拳头,朝俞光华头上乱晃。

唐有禄把雷大头狠狠地白了一眼,就皮笑肉不笑地说:"工作组干得好昧!"

香兰在长辈人面前出了丑,脸红得像一颗熟透了的西红柿;上身的纽扣没系,两个饱满的乳房颤颤悠悠地不肯放过这个露面的绝好机会。香兰忙把两个衣襟相互掺起来,用两条胳膊卡住,勾了头站在床头一边。这时,一种短暂的无感觉控制了她,就像等死的囚犯那样。直到唐有禄把她拉到灰暗的村道上说:"兰兰,快回去,没你的事了昧!"她才恢复了知觉,说:"舅……"她要向她舅说明她是为他才做出这等不该做出的事的。俞光华也是因为她去了才……他并没有事先勾约她,他也是为了……但她的这些话还没完全想好,唐有禄就甩开她回到俞光华屋里去了。

香兰昏头昏脑地走着,当她看见官场的两个大草垛在朦胧的月光下呈现出神秘的轮廓时,香兰的意识也慢慢地清醒了。她才感觉到这件事情是多么严重,多么可怕!她庆幸刚才没有向舅舅解释,这种事怎么能解释清楚呢?男女间的事,人们只看这个永远可以当丑闻传扬的结果,谁管你为什么呢?即使说到动机也和那个结果分不开了。她剖析到自己的真实心迹时,不觉脸烧得胀疼胀疼。自从俞光华背她过了河之后,他不是对她留下了十分美好的印象吗?男女之间的"印象"意味着什么呢!从她对他有个"好印象"到选择一个深更半夜的时间去他办公室,隐藏在她心里的连她自己从来都没敢承认过的那点动机,现在不是昭然若揭了吗?她还有脸再活下去吗?

西斜的月亮,仍然套在紫铜色的晕圈中,在她的上面,铺着一层薄薄的云彩,像遮羞的面纱,使人永远看不到它的真面目。香兰觉得她现在把什么都暴露在外面了,似乎是赤身裸体地站在雪雁山上,连每一株野草下面刚刚掘开窝门的蚂蚁,都望着她的这副样子,窃窃哂笑。于是,她生出一种急迫的愿望:在天地间的一切尚未醒来之前,她要将自己的耻辱埋葬到什么地方去。

她不知不觉地走到场北角的一个水窖面前了。她记得她的大表兄唐运成在队上的那些年，常把丁四家的三姑娘约到大草垛后面"恋爱"，后来把她的肚子搞大了，他却在县城里另图新欢，把丁四家的姑娘像土疙瘩一样撂掉了，那位可怜的姑娘就在这个水窖里结束了自己的恋爱悲剧。而她……

香兰一离开这个小屋，唐有禄就坐到俞光华的"龙位"上了。他一面抽烟，一面像法官似的训斥道："天下的理都捏在你们工作组手里咪！我是三尖担剜不出一个驴屁的庄稼汉咪，我只问你姓俞的一句话：你就是这样给我们做榜样的吗？"

"没有，我只是……"俞光华口软地辩解着，脸色苍白得可怕，似乎已经坐在森然可畏的被告席上了。

"把这个老叫驴捆起来，我和运红连夜送交公安局！"雷大头的拳头又乱舞起来。

俞光华忽地蹿起一股怒火。在这一刹那间，他真想豁出来和雪雁山的这两个地老鼠拼个你死我活——其实，这个时候，双方都处于麻秆打狼两害怕的态势之中，谁个能豁出去，谁个就是英雄，就是胜利者。人与人的高下，在这种场合，就看你能不能准确地抓住这个最微妙的时刻。就在这"千钧一发"之际，唐有禄把雷大头拽到门外去了，剑拔弩张的形势有了缓冲的余地。俞光华听见唐有禄叽叽哝哝地说："你把香兰看紧咪！"他心里一惊，刚才涌起的那股锐气陡然消失了。若是香兰有个三长两短……他的头胀得似乎像地球一样大了。

俞光华听到唐有禄和雷大头的脚步声响远了，就像挖了根基的一堵墙，沉重地瘫倒于自己床上。他后悔极了，沮丧极了。他焦躁万分地回味着这次"唐雷事变"的真实含义，完全煮泡在悔恨、羞耻和恐惧合成的"要命一气汤"里去了。他年轻的生命像断了根的草，枯萎着，迅速地枯萎着……

他被提拔到县委后,在短短的时间内,就显示了出色的才干,地委原打算让他担任一段宣传部长,然后提他当副书记,再然后……组织对他赏识的"水银柱"会升到一个谁也猜不出的高度。不知是俞光华谨慎不够,还是命运太苛刻了,他还没挪步就被长头发绊倒了。据某些"消息灵通人士"透露,这次路线教育,县委让他这个戴着"紧箍儿"的普通干部负责一个大队的全盘工作,是有意考验他。他十分庆幸分到了雪雁山所属的这个大队。他早就听说雪雁山是驴粪蛋儿表面光,骨子里比哪个队都烂得深。因而,他名义上担任东西坡大队工作组组长,兼抓雪雁山的工作,实则在雪雁山蹲点,兼抓东西坡大队的全盘工作。他要拔掉这颗硬钉子,以恢复他因男女关系而扫地的名誉。谁晓得他的钳子夹住了这颗钉子时,又是这要命的男女关系绊倒了他呢?香兰呀,你为什么那么迷人哟,你该不是狐仙吧……他胡思乱想着,像套在磨道里的驴,任你怎样跑,仍然围着磨台转……

　　"我该怎么办呢?"俞光华所有的思想慢慢地凝缩成一个像雪雁山一样沉重的问号压到他头上。他真想放声痛哭一场,为香兰的命运,为雪雁山穷苦人的遭际,也为自己的过失……

　　唐有禄迈着接近一百八十度的开门脚又走进来了。这次他没敢"喧宾夺主",而是小心翼翼地揭起俞光华的床单,挎到那用木椽烂板临时凑成的简易床铺上,态度谦和得多了。

　　俞光华的情绪很坏,他跳下床,又回到自己的位置上。他望着唐有禄黑黄的脸和一直侵入到耳畔的牛皮癣,就觉得他的一切现在都紧攥在这个做着垂死挣扎的狡猾的地老鼠手里了。

　　"昧,我是个心甜人昧!"唐有禄慢条斯理地装上一袋烟,凑到灼亮的罩子灯上去吸,俞光华慌忙划着火柴给他点上,"说实话昧,眼睁睁地瞅着你这样一个人有人才、貌有貌才的年轻人,烂进女人的骚窟窿里,可惜得人心上疼昧!"

俞光华不作声,他对自己刚才的"卑躬屈膝"又深感后悔。他觉得他玷污了自己,玷污了工作组的尊严。

"我知道你心底间想让人原谅,口里说不出昧!原谅是能原谅,完全能昧,但得讲定一个条件!"唐有禄哆嗦着,弄得玛瑙烟嘴儿磕碰到不够数的门牙上,格格作响。

俞光华抱住头一声不响。他现在像掉进了万丈深渊,不知该怎么办。

"我明白你的意思昧!"唐有禄深陷的眼睛里射出奇异的光,瘦得骷髅一般的脸上漾起一丝阴险的笑纹,像魔鬼一般可怕。俞光华慌忙用桌子上的文件蒙住了自己的脸。

"说个一拃厚的结实话昧,你们干部爱女人,我们穷苦农民爱粮食昧!粮食是庄稼人的命昧。旧社会给人教的见识就足了,1960年又把人担了一大惊昧。我是沾了点昧,不多昧,你出不出事情我准备交代昧,我今晚就是专门向你交代问题来的,没故意捏你的奸昧,我一世没害过人,也不想害昧。我的意思是请你——"唐有禄死死盯住俞光华的脸,意思是该你表态了。

"只要你……"俞光华不得不松口了。

"我还有一点要求昧!"唐有禄得寸进尺了,"张翠凤把她的大儿子刘山宝硬塞到林队长家里,是老狐狸给鸡上寿——没安好心昧!你想昧,张翠凤为啥旧社会不给穷人当婆娘,如今托这世道的福,我和林玉山成这山上的昧……"唐有禄没个准确词儿,"昧"了半响才说,"成这山上的当事人了昧,她连亲生儿子都打发来顶门儿,哪会存好心昧!"他瞅了一眼俞光华越来越灰暗的脸,声气咄咄逼人了,

"她这一手够毒昧!三下两下把雪雁山贫下中农搅散伙了昧,林玉山两口子也仇得见不得面了昧!香兰妈早就要进城告状,我挡了昧!你也晓得她的牌子比你们工作组的还亮,告到北京不怕告不响昧!"

俞光华作难了,他拿不准在这个问题上该不该向这个老狐狸让步。

"你或许还认为我唐某人专欺眼仁瘪的昧!"唐有禄觉得这位年轻干部已经套进了他的绞索,愈发放肆了,"人是一疙瘩肉,难识透昧!山宝的表现甭说雪雁山人,恐怕全中国赶上他的也不多昧!可到底是真心还是假意,谁说得清昧?雪雁山顶好的一头牯牛就糟巴在他手里了昧,它是我们山上的老功臣昧,下犊耕地都是头手昧,把我唐某人的懒筋割断我还没这么伤心昧!这还不止昧,听说那天从林玉山手里骗去二百块钱想逃,好处是把钱丢了,不然你现在到天爷的屁眼里去揣昧!那钱是队上兑换子种的昧,现在逼得香兰妈卖车子,林玉山哑巴吃黄连有苦说不出昧!"唐有禄伤心得抽噎了一声,"你们干部讲的是实事求是,我们老百姓凭的是天地良心,不信你去调查昧!"

"你的意思……"俞光华现在对一切都感到无能为力了。

"大家都一致要求法办他昧,我看就留个情免了昧,你们临走给他大小戴个笼头,往后队上也有处挖抓昧,不然……千锤打锣,一锤定音,你看昧!"

俞光华默许了。

"如果……昧,丑话是个好话,你真爱香兰,把山宝……昧,让香兰跟你……"唐有禄的两只小眼睛又把俞光华瞅定了。

俞光华心头蓦地一热,即刻又冷如死灰了。

"还有昧——"唐有禄埋下头想了想说,"我晓得这山上给我寻不是的人不少眛,这次运动定然捏弄了不少材料,你也让我知道一下,以后人心里也亮清些眛!"

"没……没有!"俞光华这才发现那些置唐有禄于死地的"重型炮弹"纷乱地堆在桌子上,他慌忙站起来去收拾,唐有禄却早已把两只手从空中插过来一股脑儿搂了去。

"你不能看,不能看的!"俞光华惶急地制止说,"这是上头规定的纪律!"

"啥是纪律眛!"唐有禄阴沉沉地笑道,"你和地主小老婆的儿媳妇能滚在一个被筒里睡觉,我一个党员咋不能看这些材料?又不是啥绝密文件眛!"

俞光华像被人在后心窝捅了一刀,全身痉挛了一下,就颓然地倒在椅子上去了。

"我晓得这山上阶级敌人的阴魂未散眛!"唐有禄把雪雁山人揭发他的一些重要材料,包括山宝的牛皮纸小本子,从中抄拣出来,窝进自己的衣襟下面,把那些隔鞋搔痒的又放回到桌子上。

唐有禄在这位青年干部身上所希望得到的一切,现在都如愿以偿地得到了。于是,他借自己身体不爽而告辞了。他跨出这个门槛时,又像往常一样倒扣着手,慢条斯理地迈着接近一百八十度的开门脚,显得沉着而倨傲。

"早点睡你的觉眛,莫把人怄起病眛,年轻时谁不出这号事眛。"唐有禄在黑暗里回过头,向俞光华送去几句体贴入微的话。

## 第十八章

### 受灾

　　黑牸牛生了个"胖小子",把山宝乐坏了,也把他忙坏了。他像伺候月婆子一样,一会儿给黑牸牛搅面汤,一会儿抱着小牛犊喂奶,那得意热乎劲儿,像是香兰给他生了个漂亮孩子。忙活了一阵儿,外面就嗖嗖地刮起风来,天气骤然变得冷了。山宝觉得这圈门敞得有些太大了,正不知该用什么去堵挡时,林玉山把一捆胡麻秆放到了圈院里,十分高兴地对女婿说:"宝娃,看好,有这一头牛犊,黑牸牛的问题也就没啥了呗!"

山宝异常激动地朝岳父点着头。林玉山走了之后,他就把胡麻秆捆成紧绷绷的两小捆儿,并排堵在圈门上。对左右未堵严的两个月牙形空隙,他又寻了些破烂衣服蒙住,然后,把一盏小煤油灯架到槽头的一个小坎里,蹲到槽根下欣赏起这新鲜而动人的小生命。

这头黑牸牛已经有好些年没生育成了,有时是饲养员没留心,错过了它生命奔涌的"情潮";有时它分娩时没人照顾,一个孱弱的生命就夭折在乱蹄践踏之中了。山宝喂养了一年多,就抱了个"金娃娃",这怎么不叫人兴奋呢?张翠凤也像庆祝盛大的节日一样,高兴得连晚饭都是在牛圈里吃的。山宝想让香兰也分享一下这难得的快乐,可他往临时户不知跑了多少回,却不见个香兰的影儿。这又使他愉快的心境上添了不少灰暗。中午,香兰去看望唐有禄时,他心里就非常不愉快,却又不好去阻挡她。舅舅病了,外甥女去看有什么错呢?他是怕唐有禄在她身上打什么鬼主意,他刚把决定他命运也决定唐有禄命运的重型炮弹放了出去,如果再有个三差二错,他这一辈子不就完了吗?他本来今晚要利用向俞光华递送检查书的机会去刺探一下"军情"的,可黑牸牛给他添了一喜,他只好改日再去,何况他觉得黑牸牛分娩的成功也预示着他为之苦苦奋斗了八年的事业的成功,还怕什么呢?

他从妈妈家里要了片破毡,铺在牛槽下边躺下来。躺了一阵,他又把灯端下来看书。他看的是《矛盾论》中"对抗在矛盾中的地位"这一节。他觉得他——不,是雪雁山所有的人与唐有禄的矛盾已经发展到对抗这一步了,不斗争是无法解决这一矛盾的。现在,他对自己进行的这一斗争充满了信心。看着,看着,他听到队上召集社员开大会,他便披上破棉袄走到人声鼎沸的官场里去。社员黑压压蹲了半个场。

俞光华站在当场的一个碌碡旁边讲话,讲了没几句,就点名叫唐有禄交代问题,唐有禄哆哆嗦嗦地走到碌碡的另一旁,转过身把那魔鬼一般的嘴脸对准了大家。他身子抖得说不出一句完整的话,也许是顽固得不想交代,只听他"眛——眛——"地搪塞着,一把一把地挠后脑勺的牛皮癣。俞光华便号召群众揭发:"社员同志们,敌人不投降,就叫他灭亡……"他激动得没法抑制,不等俞光华把话讲完,就第一个走出了人群。可他被人拦住了。拦他的是香兰,她似乎很着急。她苦苦哀求道:"山宝,你让他自己说吧,啊,山宝,我求求你了……"

他醒了。黑牸牛挨着他卧着,把头伸过来在他面颊上哧溜哧溜地舔舐着。他睡得很热乎,像小时候躺在母亲怀抱中一样,温顺的老牛把它的热量和力量同时注进他疲惫的身体。他翻起身朝外面看时,天已经亮了。老牛也翻起身,提起那条伤腿,把那饱满的乳房展示给它可爱的儿子。它的乳头粉红粉红的,像狗蹄花儿的蓓蕾。晨光从未堵实的窑门空隙中透射进来,朦胧地照出小牛犊锦缎般的身影和黑牸牛安闲沉静的神态。

山宝给牛添足了草,就回到屋里准备出工。

香兰还包住头睡觉,山宝把手伸进去,在她绵软的乳房上拧了一把说:"阳婆照到屁股上了,你不觉得疼吗?"

香兰这才翻起身,忙忙乱乱地穿衣服。

"黑牸牛昨晚生了,还是个羯①的,憨得很呀!"山宝坐到炕沿头上向她报告喜讯。

"这么快就生了?"香兰很想表示出一点惊讶和喜悦,可声音又

---

①羯:公的。

枯又涩,连自己听着都有些刺耳。她转脸去看山宝时,觉得自己脸上像刷了层糨糊,眼睛也仿佛小了许多。同时,她浑身像刚发过高烧,有种叫人无法排解的酸软晕涩正从四肢关节向周身蔓延渗透。她便对山宝说:"你给我请个假吧!"

山宝一听香兰要请假,这才扭过脸把女人细细地看了半会。他觉得她的气色很不正常,便有点诧异地问:"你啥时有了病的?"

"我……昨晚伤……风感冒了。"香兰支支吾吾说不连贯。

"你昨晚到哪里去了?"山宝疑窦陡生。

"我和……俞光华……"香兰想撒谎,不知为什么又说了这么一句使她羞辱得不连贯的话,苍白的面颊浮起淡淡的红晕。

"又是你和他!"山宝心里咚咚地跳着,他仿佛已经看见伸展在自己眼前的道路断成了万丈深渊,"你一个女人家和工作组有说不完的啥呀?唉?"

"有啥办法呢?我舅一再叫我替他说说情!"香兰尴尬难受的心情渐渐平静了,"你也不是不知道,唐家对林家两辈人有生死之恩,我怎好拒绝呢?"

"你舅那么凶还要人说情吗?"

"我舅错误是严重,可他总归是党员,我能看着叫问题把他压死吗?"

"党员,党员,像他那种活剥皮一样的党员也值得去说情吗?"山宝气得浑身颤抖,两眼发黑。

"你怎么这么看待我舅,你得考虑考虑自己的立场……"

"我能谈到'立场'吗?"山宝怒气冲冲地盯住香兰,"我早就无场可立了!"

"你咋这么说话呀,这不是对现实……"香兰慌得想扑过去堵住男人的嘴。

"还能顾上我对现实怎么样吗?"山宝挨近香兰,把嘴几乎对到香兰脸上,"自打农业社建起后,这山上不知死了多少羊、牲口,谁人过问过一句呢?黑犟牛出了个事,人就硬往干墙上抹屎,说我是蓄意破坏,你也疑神疑鬼,连我挖刺皮也反映给你表兄……哼!是现实不满我,还是……"

"我是怀疑过你,可……"香兰觉得好冤枉,"黑犟牛出了事后,我东奔西跑,又找工作组……"现在她羞于提俞光华了,"又向雷大嫂子打问情况……"

"你找雷婆儿干屎啥呢?他们还不都是捏成一撮儿害人!"

"你可甭冤枉雷大嫂子了,她可没说你是有意使坏哇!"

"可她有一句实话没!那么多的人说见了鬼,给鬼说,恐怕鬼都不信!"

"她后来对我说,她小时候被蛇吓起了心惊病,那天看见唐运红的鞭梢儿拖在地上,她把它看成蛇了,就把旧病逗起了。"

山宝忽然想起出事的前几天,唐运红在刘家滩工地上挖出过一条半僵不死的蛇,当时吓得一群女人乱窜乱叫。黑犟牛肯定是唐运红用蛇惊吓的……他的愤怒即刻转移到唐运红身上去了。

"我直到黑犟牛受惊的原因无法找出时,还在为你操着心。那晚你当我真去转娘家吗?我是和我妈商量卖车子赔牛哩!就说昨晚替我舅说情,一半还不是为了你吗?我舅说如果我能替他帮一点忙,他就让我表兄把黑犟牛受伤证明成没有提防出的事故,为这我才不惜一切……唉,当女人的真难哟,即使把心掏出来,谁看着啊!"香兰伤心地哭了。她现在有一肚子无法诉说的委屈,正需要借助于泪水而倾泻,山宝的发怒和责备,恰是给她受阻的泪河疏通了渠道。

山宝由于无意之间挖出了黑狞牛事件的真正根源,心里不由高兴起来,便对香兰的一切怀疑猜测都置之脑后了。他看到她把头栽在枕头上,两个"兔儿尾巴"像刷子似的扫来扫去,又十分可怜她了。她为他付出了多么珍贵的代价啊!他又弯下腰,双手掬起女人泪水吧嗒的脸,在她那被乱发罩住的额头上使劲亲着说:"甭哭,甭哭,都是我不好,我不好……"

香兰看到山宝走了,就擦了泪,重新钻进被筒里蒙住多半个脸躺着。现在,她因和山宝口角而生出的满腹牢骚消散了,又细细地回想着昨天夜里发生的那桩事情,感到既羞又恨。她恨俞光华,更恨唐有禄。不是他寻死觅活地胡闹腾,她怎么会半夜里跑到俞光华那里去呢?她对舅舅最不能容忍的是,他约雷大头来捉她和俞光华……她渐渐悟出来了,她舅求她说情时,打的就是这号鬼主意,他多卑鄙,又多狠毒啊!早知他是这么个人,她不如在工作组面前再坏上几句,叫把他和雷大头的肥肠翻了……

"兰兰,咋还没出工昧?"唐有禄什么时候站在门上了。"昨夜霜冻了,刘家滩的甘 8 齐齐儿窜黄了,得赶紧往出扒昧!"

"我有事!"香兰忽地从被筒里爬起来。

"啥事昧?"唐有禄瞅定香兰难看的脸。

"我走公社去告状!"香兰跳下炕来。

"告谁昧?"

"告你们大家!"香兰把辫梢儿咬进嘴里,表示出一种毫不妥协的勇气。

"我把外甥女咋了昧?"唐有禄心头一惊。

"不是舅寻死觅活,我能半夜三更到俞光华房子里去吗?"

唐有禄愣了一阵儿,说:"对昧,对昧,兰兰是为我出了那么个事,又被舅碰上了,对舅有怨气,可兰兰昧,我是去寻工作组交代问题,没故意……昧!"

"那我就告俞光华!"

"那还不是揭起自己的屁股叫大家看昧!"唐有禄搔着后脑勺说,"再昧,男女间的事,没个旁证,哪说得清昧!你说人家先动手,人家说你送货上门,本来工作组又没寻到你炕上,而是你睡到了工作组床上,哪有干柴见火不着的昧!"

"我是替舅说情的,难道舅就不能说个公道话吗?"香兰恨死了舅舅。

"看这傻女子昧,当舅的能给你证明这号事吗?"唐有禄狡猾地眨着小眼睛,"要是上头怀疑咱舅舅外甥合谋陷害工作组你咋说昧?"

"那……"香兰眼前一黑,差点儿栽到地上。

"昧!给人的路宽,自家的路也宽;给人的路窄,自家的路也窄。"唐有禄又用长辈对晚辈的权威性口气说,"据我看昧,咱雪雁山人还是给俞光华留上一步,留上一步昧!这是个很了不起的人才昧,为这点鸡毛蒜皮的事,葬了前途,也太可惜昧。你是个娃娃芽子,刚到世上活人来,也甭把事情做绝么,说不定以后还得靠他昧!至于你怕人说你不那个,放心昧,我和雷大头这一世不说,下一世还不说昧!"

香兰又从心底里佩服透舅舅处事的周全稳妥和慎重。本来,她刚才是给舅舅赌气哩,她真能去告俞光华?尽管俞光华使她丢尽了脸,但她对俞光华仍有好感,他除了办事清廉公正、实事求是之外,她觉得他有股叫女人永远着迷的魅力,这种魅力是雪雁山所有的男人都没有的。

唐有禄走了的时候,香兰又若有所失地上了炕。现在,她的睡意被折腾光了,很想做点什么事情来充实自己惆怅、空虚和无聊的心境,却又不知该做什么。她的心像被人掏了一大块,现在正流着血,生着剧痛。两个月之前,当母亲把她赶出林家小院时,她有过类似的心情——娘是儿女们的"势"啊!世界上再没有比娘抛弃更痛苦、更憋气的事了!不过这种创痛没有延续多久,就由一种特殊的药剂治愈了——那是俞光华真诚的信任和关怀!香兰从这里深切感受到,一个人无论处于何种境地,只要组织给以温暖,他(她)的生活总是充实的,充满希望的。她现在才真正理解到她曾十分崇拜过的人物——赵一曼、刘胡兰、江姐……为何能在敌人的屠刀面前"面不改色心不跳"的人生内涵了。她们有共产党、有整个中华民族的支持和信任哩!而眼前她和支持她、信任她的俞光华弄成了这般难堪的关系,怎么能不叫这个刚刚踏上社会、准备投入新生活的她感到绝望和苦闷呢?

命运啊,你怎么能如此残酷地捉弄一个农村女人哟!

香兰悲观了一阵儿,又觉得没有必要再悲观了。她想起雪雁山的那些年轻媳妇们,常和别的男人们睡觉,有时被自家男人撞见,重重地挨一顿打,可她们照样跟别的男人好,也照样在人前头说说笑笑,而她就这么一次,而且又是为了救舅舅一难,况且除了唐有禄、雷大头,谁也不知道。于是,她不再感到那么剜心的羞愧了,便找了个耙儿,走出了"临时户"。

阳光从雪雁山那面斜射过来,带着一种冬天清晨的暗紫色。白霜一点一点地融化着。山坡上的迎春早、万瓜丝、黄地花和那些刚刚钻出地面的嫩草,都挂着委屈的泪花,仿佛向初升的太阳诉说着自己突遭的不幸。只有院畔上、田埂上蹿出细长叶片的芨芨草闪烁着翡翠般的光彩,显示着一种百折不挠的意志和力量。

雪雁山所有的庄稼人都集中在刘家滩上,挥动铁耙,从铁壳般硬的土皮子下面往出抠冻伤了的麦芽。团团细尘像白雾似的在人们头顶上翻腾。香兰在路畔上犹豫了一阵,又掉过头向双涝池岘那面走。她要去看看雪雁山的青年试验田,那里播着年轻人炽热的希望和憧憬,她平素间不知跑过多少回啊!不过,今日她却仅仅是给自己找借口,她不愿在人多眼稠处展示自己的尴尬相,不愿让某些长舌妇们七嘴八舌地对她评头论足!

柳树抽出了嫩生生的新芽,像丝线流苏一般好看。阳光从树梢上平掠过去,闪着一片奇异的光。

香兰在一棵并不高大的红心柳下站住了。它后面是山宝父亲的坟。六年前的一个黑夜里,她和父亲一起追进这个林子里,把吊得半死的山宝从这棵树上放下来……就在那个风高月黑的夜晚,一个不幸的男人投进她——一个窈窕少女泉水般纯净的心灵之中……尔后,她常常一个人跑到这棵树下,像温习功课一样,回忆那个痛苦、恐惧和甜蜜搅在一起的时刻!最初在一个少女心里荡漾起爱情涟漪的地方,会像名胜古迹一样,永远保存在她珍贵的记忆里。现在,那个孤独寂寥的坟顶已经尖圆尖圆的了,而她在这里获得的爱情何时才能摆脱痛苦的纠缠呢?

唉,这坟场上长出来的东西!

树梢儿上的霜融化了,一点一点地滴落下来,异常冰凉地扑打到这个不幸的女人身上。她沉重得有些透不过气来。她怕自己哭出来,急急慌慌地往前走了几步,想摆脱这个催人泪下的地方,然而却踏进了另一块"沼泽地"。相传这里是她外祖母和她唯一的亲舅父葬身之处。现在,这里蓬勃地生长着一片白杨林,小的只有尺许来高,大的已是碗口般粗,笔直的枝梢儿上抽出胖芽,像母亲背负着众多的孩子,但它们却不像当年的外祖母那样去寻找自己飘忽不定的命运,而是在这春和景明的季节里,充分展示着自己生命的璀璨色彩。于是,有一种悲壮的力量灌注到她心头,这是春天的恩赐,是大自然的恩赐,是源远流长的历史的恩赐!她扔下耙儿,抱住一棵白杨树的灰青色躯干,亲昵而激动地摇撼着。她想向这片天地上的主人询问出外祖母一家的"阴庄"究竟在何处!她终于忍不住哭了,泪水和刚刚融化了的霜水,在光滑的带有银色晕圈的树皮儿上无声地交流着……

春回的大雁,从她头顶上一队一队地掠过,那人字形的行列里抛洒下一串串充满企盼和希冀的歌声,歌声里流泻出深切的哀婉和凄凉,仿佛它们对于自己日夜追寻的目标,也感到十分渺茫和没有把握似的。

不知什么时候,有人轻轻地摇她的胳臂。她抹开泪眼定睛细看时,山梅和山定不知所措地分站在她两边。山梅手里提着一个破竹筐,筐里横七竖八地躺着一些刚刚绽出嫩叶的苦苦菜和蒲公英。山定手里捏着一把老掉牙的秃铲子。姐弟俩都赤着脚,趾头缝里挤满湿晶晶的泥片儿,黑黑的脚面上,张着一道一道的血口子,像无娘的孩子咧嘴饮泣。他们俩的脸都脏兮兮的,两口角印着刚刚吃过生野菜的新痕迹。"你们俩在霜地里赤脚两片……"香兰睁大泪眼痛苦地望着他们。

"不冷,嫂!我们……惯了!"

香兰立即想到她第一次进婆家门时,看见这两个苦孩子的情景,心里便锥扎一般的难受。当嫂嫂的怎么能忍心瞧着自己的小叔子和小姑子赤脚两片地在霜地里跑呢?现在,她决定给这两个可怜的孩子每人做一双鞋。她擦净泪,蹲到冰凉的地上,展开手指去量这姐弟俩的脚。山梅和山定却像受惊的鸟儿,掉身跑了。香兰直追到林子后面的青年试验田里。

试验田里的杨家山红旗头①,已经拧住垄儿,黄绿黄绿的,十分招人喜欢。苦苦菜和蒲公英也一朵朵钻出地面,有的叶子正像花瓣一样绽开,有的已经撑开碧绿的肥叶,野心勃勃地去争夺空间优势。

香兰想叫山梅和山定到这块田里拾菜,可他俩早已跑得无影无踪了。她感到难过、委屈而又有点纳闷。她在田畔上伫立良久,然后放下耙子,走进试验田,躬下身子一朵一朵地去掐那像野草一样威胁田禾命运的东西。

---

①杨家山红旗头:适于山区种植的一种春麦。

## 第十九章 刘家堡子下面

　　唐雪来听说小麦遭了霜冻,也拿了个铁耙儿,颠儿颠儿地走到刘家滩麦地里来了。

　　初升的太阳,温柔地照在冻得紫青的麦苗儿上,把"杀"在它们身上的黑霜一点一点地抹去,像慈母抚摸着孩子惨重的伤口。

　　社员们已经扒拉出多半趟,她才来到地头上,大家都回过头问候唐雪来,反倒使她觉得有些生涩和不自在,甚至于已经掺进不少自卑和畏缩的分子了。她瞅了好一阵,没瞅见她的香兰,便失望地拿起耙子,顺着垄沟忙三乱四地往前赶。麦苗儿一半出土了,一半窝进地里,像蚯蚓一样,在铁皮般硬的土壳下面穿来穿去。有的已经失去了生存的信念,绝望地弯下头,任着命运去摆布;有的似乎拼命抗争了一番,竟然把那么一点小小的头颅也弄丢了。当它们被尖利的耙齿儿从僵硬的地皮下扒出来时,一个个颤抖着曲成一团的惨黄惨黄的身子,欢庆自己的新生。唐雪来望着这些屡遭摧残的可怜的生命,除了对它们无限惋惜之外,还有一种说不出名堂的感伤情调,使得她老是想哭。

于是,她便生出一种与别人交换一下思想和感情的迫切愿望。然而,她明显地感觉出人们之间又像是谁把谁的生馍馍掰开了,脸色难看得很哟!她记得前些年就是这个光景,虽然大家都在一块儿做活,却从来没有共同的话说,若要说嘛,总是投脾气的——实际上是臭味相投的,三人一团、五人一撮地去诽谤别人,一年四季难得听着一句顺心畅气的话。有时舌战爆发起来,实在令人毛骨悚然,若不是"政策压着",互相会拿刀子争上下的。近两年又稍微平和了些,怎么一转眼又成这么个样子了呢?难道雪雁山人真像被掰开的馍馍就团弄不到一块了吗?

唐雪来,这个长期处于穷乡僻壤间的乡下妇女,尽管时时追逐着时代的浪潮走,但在社会斗争方面的知识连缺了一颗门牙的唐有禄都不及,怎么能理会人世间这些复杂而又微妙的事情呢?

于是,她又打消了和人对话的念头,和大家有意识地拉开距离,一个人想心事。为了她的这个支离破碎的家,她昨天第一次向女儿妥协,做了和合饭。尽管没"和合"成,但总算迈出了第一步,而且和男人的关系也改善了。她特别对自己感到满意的一点是:为卖车子的事,林玉山用那么牛硬的态度责备她,她竟没冒一点火。她不明白自己怎么会有如此之深的涵养,是男人的熏陶、感染,还是身体倒了,性格也倒了?她现在只感到对娘家人又欠了新债。她认为自己昨天不应该那么绝情地对待娘家兄弟,不管怎么说,唐家对林家两辈人有恩,她怎么能撇下他的生死不管呢?同时,她还为昨夜丢失的那三十块钱痛心不已。昨夜那一百八十块块钱被风吹走后,她寻了半夜,天未明她又起来几乎把柴垛周围的地皮揭过了,但仍旧少了三十块钱,这等于把一个"飞鸽"跌成"红旗"了,唉……

"嚓"的一声,她的耙子碰到另一个耙子上了。唐雪来吓了一跳。原来她已落得很远了,林玉山给她接趟哩。她心里一热,很想跟他搭句话,可他早已抽回耙儿,又到那边去搭新趟。她赶紧撩起衣襟擦了擦满面横流的汗水,十分恭顺地搭到男人一旁。她一边用力扒拉着,一边斜睨着昏花的眼睛,不住地觑视着老实巴交的男人。他,弯着腰像牛一样苦干着,汗水如明珠一般挂在那浓黑的眉毛上、粗硬的络腮胡子上,随着他使力时的振幅,刷刷地甩溅开去,在明丽的阳光里流星般闪光。"都是土里刨食吃,都这般苦焦,吵吵嚷嚷何必呢?"她对着这种情景,生出些与世无争的平静情绪,这种情绪使她越发想和一切人都和解了。

唐雪来这么思前想后地把自己折腾了多半天,到阳婆交到当沟时,她枯瘦虚弱的躯体便支持不住自己这颗沉重迟钝的脑袋了。

她眼前一黑,昏厥到刘家滩的麦地里了。

林玉山立即叫山宝从刘家滩工地上拉来一辆架子车,送她回家。"姨娘,你醒着?"山宝拉半截,就回过头问一声。

"醒着哩,宝娃!"唐雪来柔声应道,她感到心里很是歉疚,不敢正眼看他。

上坡的时候,唐雪来双手扳住车栏板,才敢把女婿细细打量:他像牲口拉套一样把身子几乎贴到灰白色的土路上了,脖子挣得如罐子系,淋漓的汗水淹过了发梢,不时地飞溅到磨起一层细尘的坡路上,击出一缕尘烟,袅袅升起,随即又消散了。

"让我下来走吧,宝!"唐雪来非常感激地请求道。

山宝回过头,望着瞧他的丈母娘,心里也非常感激,他感激她用如此亲切的眼光瞧他。他对她说:"姨娘,你坐稳,只管坐稳,我不吃力,一点不吃力的!"

"这么陡的坡咋不吃力哟!"唐雪来抬悬屁股,做出跳车的姿势来。

"甭,姨娘——"

山宝猛地掉过头往前走,车绳在他厚实的肩背上勒进去一道深辙,挣出格巴格巴的声响。转弯时,一阵汗水像雨似的飞洒到唐雪来身上,有几滴灌进她昏花的眼睛里和干渴的嘴唇上。她心里骤然振奋起来。那种带有咸酸味儿的汗水,像一剂奇妙的启蒙药,唤醒了深埋在她心底里的许多美好记忆,又像是一种生命的感召剂,激起了她一个女人家的多少温情柔意啊!就在这个坡上,她的儿子香成曾经帮她背过柴火,扛过家什,挣得小刘海儿上瀑布飞扬……十六年过去了,她再没有领略过这种男孩子特有的"贵水宝气"……啊,他多像他哟!她顿时觉得有股说不出的热浪,有力地拍击着她瘦弱的胸膛……她记得山宝还是个捏泥娃娃耍闹的孩童时,她常把他抱在怀里,捏揣着他那可爱的小鸡巴,亲着他又红又圆的脸蛋儿,心里赞叹说:"瞧,人家这孩子,憨的哟,心疼的哟……若不是把香兰早许给唐家……"这个曾经在她眼里理想化了的男孩子,是什么时候,她用何种"度量衡"把他弄得不够尺寸了呢?是他真正歪了,短了,还是她把他看偏了,看扁了?她这样反复地用一个母亲应有的良知责问自己时,感到不胜懊悔了。不知从何年何月起,她像遵从着上帝的某种意志似的,从事着连她自己都觉得很难理解的事业——重新造就降生于红尘的生灵,把他们造就成"好人"和"坏人"。山宝就是她从新造就出来的人。现在,她极力想抹去他身上那些被人为地捏造出来的痕迹,还原他的真实形象:见缝插针地读书记笔记,不惜力气地干活儿,舍生忘命地抢救她的香兰……

到家了。

山宝很小心地把丈母娘搀扶进大门里,转过身就要走,却被唐雪来挡住了。

"甭走,吃上些再……"唐雪来颤抖着虚弱的身子,堵在门上。

"姨娘,我不饿!"山宝擦着热汗,对丈母娘说,"我要放架子车去,怕谁家的猪啃了车带。"

"车带又不是面捏的!"唐雪来两眼热热地盯住女婿,"那晚唠叨了你几句,到现在还没忘!"

"哪里话?姨娘!"山宝被深深地感动了,"那不怪你,我也从没怪过你,我只怪我大我妈……"

"甭说了!"唐雪来现在怕提到那些曾经刺伤过她的心灵,而现在仍旧使她感到可怕的人物,"从今往后什么甭想了,你和香兰活你们的人去!"

"姨娘——"山宝用异样的眼光望着像枯柴一样贴到门框上的丈母娘,"只要您老人家有这一句话,我心里就感激一辈子啊!"山宝觉得自己的眼泪就要流出来了,便不顾丈母娘的挽留,忙乱地往出走。

唐雪来也觉得她和女婿今日不期而遇的这段和谈恰到好处了,便让开说:"宝娃,今晚你和香兰都到这边来,我把饭做上,当事!哎?"

"费心你了,姨娘!"山宝心花怒放地跨出了林家的大门。

山宝把架子车交给保管员雷大头之后,就再没有上工地去。他先跑进牛圈里去看昨晚出生的那个小生灵。母子俩都沉静地站在有阳婆的那一边圈院里,母亲伸展出长长的紫黑色舌头舔舐着儿子,儿子遍身都铺满了像篦子抿过一样的舌印:横的,竖的。在无限柔和的夕照里,它们显得斑斑斓斓,引人动心。山宝给牛饮了水,又添足了草,就从他妈家里取了粪筐儿去拾粪。实际上他的心十分中有九分不在粪上。他想借此机会找俞光华反映问题。今日早上,他从香兰口里得知雷大嫂子曾被蛇惊起过病的事,前后仔细一想,就觉得黑牸牛事件洞若观火了。但他又弄不清唐运红是具体如何使鬼的。他相信俞光华一旦认定他搞了阴谋,必定会弄清楚的。同时,他还要向这位敢于捅马蜂窝的工作组提醒一下,唐有禄像狐狸一样奸猾,千万别上了他的圈套。

他提着粪筐在俞光华的临时办公室门前转悠着,他多么想立即参见这个决定他命运的神灵啊!然而,那个门——那个像上帝一样森严的门,却一直关得紧紧的,仿佛永远不会再开了。

他失望了。

于是,他胡乱地拾着粪——人粪、猪粪、牛羊粪"一锅煮"。他毫无目的地走着,刚才丈母娘态度出人意料的转变和老黑牸牛的舐犊之情在他心中引起的激动和快活陡然间消失了。他的心情又复杂起来,就像一个隔河数日的人,乘了个破烂不堪的羊皮筏子,现在被激流卷进浪谷中打旋儿——惊骇与痛苦,希望与绝望,侥幸与悔恨,轮回交替地煎熬着他。依他原先的推想,俞光华看到他的那份爆炸性材料,必然要二次来访,起码得审核一下这些材料的可靠程度究竟有多少。然而,"泥牛入海"无消息啊!

阳婆慢慢地爬到雪雁山顶去了,阴冷的晚风飕飕地掠过刚刚遭受过创伤的山野。山宝感到那被汗水浸洗过的脊梁凉透了心,两腿也疲惫不堪,辛苦劳作一天的躯体正渴求着永恒的憩息。但他哪有心思躺到那舒适的土炕上去呢?他心里正在把唐有禄和香兰俩人的"病"联系到一起思索着,越思索觉得越有文章。他极力想从这纷繁的现象中找出他所急需要知道的答案,但他像被打入迷魂阵中,越来越感到茫然不知所向。

他不知不觉地来到刘家堡子的大墙根下,忽然想到自己应该把唐有禄的粮食窖勘探清楚,一旦工作组问起,起码能说个八九不离十。"我以前咋没想到这一点呢?"于是,他暗暗地翻过连接刘家堡子和唐家院落的一道矮墙,顺着墙根,朝堡门走去。

坍塌得不成样子的堡门,正对着唐家的后门,中间夹着十来米宽的一溜平地,那是唐家的果园和韭菜园。果树刚刚抽出新芽,韭菜早已黄澄澄一片了。

山宝从堡门向左走了五步,然后倒过锹把使劲捣了几下,发出"空空"的声响。他又踱了五步,照例捣出同样的声响来。他心里还不踏实,又捣了捣别处,明显的没有这种空音。他断定这是唐有禄的粮食窖了。但他不知道一共有多少窖,深悔自己没有早向父亲问清楚。"大啊,你老人家在地下盼了八年,儿在地上等了八年,总算……"忽然,一股小小的旋风,从唐家院子那面旋过来,卷过一股浓重的膻气味儿。这味儿在他心头掀起一阵寒浪。他想起了他大活着的时候常说的一句话:"当心啊,唐家的膻气味能喷倒人!"

这是真情!这些年来,不知有多少外来干部,在唐家吃过几顿开锅羊肉之后,就像死了的人灌下去一碗迷魂汤,从此便不再记得阳世间的事,心安理得地去做鬼……

山宝正深深忧虑着的时候,听得唐家后门格格吱吱地响,随之,运红妈探出身子,摇着小脚女人特有的碎步儿,朝韭菜园子这边走来。她提着竹篮,拿着切刀,山宝看出她是割韭菜来的。

她跨进园子里,双膝往下跪时,偶然扬起头,瞅见了站在她上面的山宝。她又慌忙站起来,颤声问道:"你……做啥呢?"

"拾粪。"山宝神态很不自然。

"这里头哪有一泡粪?"

"堡子周围狗粪多得很哪!"山宝倾斜起筐子让运红妈看。

"快走你的!"运红妈像看到异族入侵到自己的国土上,脸色难看极了,"你还有心到人家被筒里拾娃娃!"

"唐妈甭发火,我这就走!"

运红妈又和气地挤着眼说:"快跑,你晓得我那爷儿父子和你气眼儿不投……"

山宝正要抽身走时,唐运红从后门冲出来了,其后紧随着唐有禄。

真是"仇人相见,分外眼红"。唐运红对山宝积压的满腹仇怨,常怄得他肚子疼,正苦于寻找不到发泄的机会呢!

"你驴日的送货上门来了!"唐运红饿狼一般扑去,先夺过山宝的粪筐,呜的一声甩到了矮墙外头。

一股难忍的仇恨使得山宝不由浑身颤抖起来。他真想挥动铁锨,剜了那瓦沟脸上的两只三角眼,但长期以来压在他身上的一个使命——神圣的使命,压住了年轻人气头儿上的第一把火。

"旧社会你老子刘干猴把穷人家的漂亮姑娘抢光了,今日你又是……"唐运红恨不得一枪崩了他。他咬牙切齿地夺山宝的铁锨,扑了空,于是双手拧住山宝的一条胳膊,想弄折一个零件,以解心头之恨。山宝再也忍不住了,一股男子汉的血气涌上来,运红被悬悬地提起来,啪地摔了个十分响亮的"狗蹲子"。

唐有禄见儿子失了阵,也撒开大开门脚扑过来了。他像一头牛似的把那颗癞巴巴的头抵到山宝的心窝上:"我的天哟,这还了得昧!你今晚就把我爷儿父子的命要了昧!"

唐运红翻起身时,屁股蛋儿像被掰成了两半,疼得迈不开步。他对着山宝破口大骂,却不敢再那么放肆了。

唐有禄往前狠命地抵,山宝被动地退着、退着……他心里有两种念头相持不下:就地倒了这个地老鼠的肚子,替父亲出口冤气,自己去偿命,还是等工作组去惩治……他还没有想停当,就已经退到结实的堡墙根下了。他手中的锨把击到坚硬的墙壁上,又反击过来,一个铁锨角儿斜扎进唐有禄的大腿。血,立即涌流出来,在他灰蓝色的涤卡裤子上浸染出一片暗紫红的污渍。

"我的儿昧,快叫人昧,刘山宝要行凶杀人昧!"

唐运红趔趔趄趄地钻进了后门。

俞光华和雷大头正坐在唐家的上房炕上吃开锅羊肉。他们闻得此事,都吃了一惊。俞光华本来是不得已而来的,早就如坐针毡,如嚼泥丸,左右不舒心,于是便委托雷大头去"调停",自己趁机离开了这块是非之地。

雷大头跑出来,不问青红皂白就把刘山宝拦腰抱住了。他没头脑,却有的是力气,是雪雁山唯一能抱悬碌碡的人。山宝自知不是对手,就一任他摆布。现在,他对刚才的优柔寡断有些后悔了。唉,一失足成千古恨哪!

唐有禄从山宝手里夺过铁锨,边走边说:"我的天,人能杀下,人能杀下昧!"

唐运红向来是打"死老虎"的英雄,他看到山宝被雷大头的粗胳膊箍定了,这才不慌不忙地走近他,先瞅准山宝的棱鼻梁狠命地两拳,立即就有两股血像廊檐水一样淌下来。

他又提起镶进大头皮鞋里的脚,朝山宝腿上、小肚子上疯狂地踢去。

运红妈一见这情形,骇得眼都花了。她扔下篮子,慌慌张张地从韭菜园子里跑出来,像一堵墙似的插到中间,绷着脸说:"这爷儿父子一样狠毒的,你把人家打死了谁去抵命?"

"我抵命!"唐运红翻脸骂道,"你狗咬耗子,多管闲事!这驴日的险乎送了我的命,你把眼睛装进裤裆里了,一点看不见,我给他搔一下痒痒,把你心上疼死了!"他又踢了几脚,却全踢到她妈腿上了。

运红妈跌倒了。

"你狠狠打,狠狠打,我这么大的头也知道把这坏厌打死没麻达!"雷大头粗声闷气地帮着腔。

唐有禄捏着一条麻绳走出来,对唐运红说:"你打他做甚昧,咱要按政策行事昧!"他把绳子交给儿子,"你和你雷叔把他交给工作组去处理昧!"

唐运红是雪雁山的民兵排长,曾在公社集训过一月,学得一手过硬本领,三五下就把山宝捆得昏晕了过去,然后和雷大头把他推进了唐家的后门。

夜色不知不觉地降临了。雪雁山又沉浸到死一般的沉寂中去了。

唐雪来等不见女婿吃饭来,就在一个旧式竹篾篮子里放了两碗菜和十来个蒸馍,颠儿颠儿地向临时户提过去。

在刘家堡子下面,她正好碰到唐运红和雷大头押着五花大绑的山宝,从唐家大门里走出来。

唐雪来大惊失色,好一阵连气都不敢出一口。直到他们押着他走过她的面前时,她才放下篮子,双手扶住被打得遍体鳞伤的女婿说:"啊哟!你们咋把宝娃弄成这么个样子了!"

"姑姑!"唐运红报告说,"刘山宝行凶报复人!"

唐雪来把娘家侄儿和雷大头仔细瞧了瞧,说:"你们甭冤枉他了,今日他是从刘家滩往上拉我来得早,做活的人都看见着哩!"她动手给女婿解那勒得很紧的绳索。

"姨娘……"山宝的话在气流里颤抖。

"姑姑!"唐运红把唐雪来推了个趔趄,"真的,我一点没亏说他,他藏在我家园子里……"

"噢,队长太太,你真官僚,雪雁山二十多年的老党员、老干部,叫人把腿弄断了,你还在梦里头睡觉哩,我这么大的头也……"雷大头鄙夷地背过大西瓜头,好像嘲笑她的头比他的还大似的。

"姨娘——"山宝把血淋淋的脸朝向了丈母娘。

唐运红把绳子使劲往后一抽,山宝的话就被勒进咽喉里去了。

唐雪来被那一声微弱的"姨娘"叫得心里一阵抽搐。她重新提起竹篮向娘家侄儿祈求说:"你就让他吃上些再……他上了那么长的一架坡,没吃一口馍,没见一滴水……"

"幸亏没吃没喝,如果吃饱喝足的话,雪雁山上再没我唐家父子的踪迹啦!"唐运红说着,就和雷大头推搡着山宝,朝俞光华的临时办公室那面走去。

"现在,你们要把他怎么办呢?"唐雪来总觉得有点不对劲儿,"天已经这么黑了啊!"

"我们把雪雁山的驸马能'怎么办'呢?"唐运红十分恶毒地嘲弄着姑姑,"人家现在背胛①厚得很,连工作组都有点怯他呢!"

---

① 背胛:这里指靠山。

唐雪来在苍茫的夜色中迟疑了一刻,就走进娘家屋里去了。

唐有禄坐到炕沿头儿上,双手轮回交替地按压着出血的伤口。运红妈点着煤油灯,在一旁木木地看。

"天哟,她舅把腿咋了呀?"唐雪来望了一眼,就觉得两眼发黑,双腿打战,一颗虚弱的心像伤了翅膀的雀儿,在胸腔里乱扑腾。

运红妈把胖长脸转向唐雪来说:"那是山宝用铁锨角儿剁的,你瞧血呀,怕剁到骨头上了。"

"为啥哩?"唐雪来躲到侧面,将篮子放到炕沿头上,靠住炕头像扇风箱一样出粗气。

"为啥昧——"唐有禄长叹一声,"还不是他家和咱贫下中农有杀父之仇昧!"

"青天大白日,他怎么敢……"唐雪来无论怎样也没法接受眼前的这一事实。

"他擦黑藏到庄后头,运红进去就打运红,我护运红……昧!"唐有禄不觉声泪俱下,"我给雪雁山人效了二十多年劳儿,没功劳也有苦劳昧!如今变成人的眼中钉了昧!"

唐雪来被娘家兄弟哭得心里越发紊乱,就颤颤抖抖地走过去,说:"她妗子,我把灯点上,你寻些破布先给他把腿包了咩!"

"甭包昧!"唐有禄使劲摇着爬满牛皮癣的头说,"我横竖活到人眼窝里了,没人伤心昧!今晚叫全队社员把这伤势看了,人心一明,我是活是死……昧!"

"她舅,你也甭那么心事太大了!"唐雪来悔恨莫及地说,"这都怪我,怪我那天晚上把山宝没往屋里要,他大概就把问题看在写大字报的人身上了。我真不该那么逼他的,我是鬼迷心窍了。早晓得会出这事,哪怕当时给我和她大都把'反革命'帽子扣到头上,我也不说他一句哟！"

"和扎折牛腿一样昧，都是人纵出来的昧！"唐有禄的声气凶狠起来了。

"没啊！"唐雪来感到冤枉死了，"人的头顶上有个天，脚底下还有个地哩，谁敢昧那么大的天良哟！"

"没——"唐有禄凶狠地盯住唐雪来，"昨日个我教你略微让他鼻子里钻点烟，你总没舍得昧。如若黑㹀牛弄倒后，多少给他点颜色看看，他能这么放肆吗？没人敢管昧！"

"好她舅哩，我民国十八年被撇进双涝池岘的雪堆里，不是唐家救下，就是有一百个我，也有五十双没了，我咋能纵他害你呀？"唐雪来回想起自己的苦日子，也泣不成声了，"我……为山宝这事情，女儿避着我，男人……从没个好脸色，如今娘家人……唉，天收人也收得太不公平了哟，1960年把狼老鸱鸹剩的我……死了，把我的香成留下，哪会有……这么伤透心的事哟！"唐雪来哭倒在地上了。

社员们收工回来了。他们听说刘山宝行凶报复，一个个半信半疑地走进唐家，想求个"眼见为实"。唐雪来见屋里涌进这么多人，就又挣扎起来，退到桌子那面，撩起衣襟擦泪。

唐有禄站在炕沿头上说："乡亲们，这就是我给大家跑腿的好处昧！"他使劲往上撸裤腿，撸到膝盖那儿，怎么也撸不上去了，于是又抹下来，双手从大腿那儿掐起裤子，哧地一撕，大腿上立即扯开一道缝。由于使劲过猛，撕开的裤缝直通到裤裆，把不该让人看的东西率先裸露在了众人面前。女人们都"刷"地红了脸，唐雪来急忙提上篮子溜出了娘家大门。

初夜的黑暗笼罩了雪雁山。

唐雪来在昏黑的村道上走着，一步一顿，像是背负着超乎自己体力多少倍的重压。现在,她多少天来所惨淡经营的一切全被打碎了,像一面色彩斑斓的玻璃画上掷了一块石头一样。但她并不感到怎样的恼恨和暴怒,她只觉得沉重,是她体子太虚弱,没有力气"爆发",还是她的革命意志衰退了,对山宝怀有私情了?这后一个问题使她感到非常可怕。她想起昨天下午和今日晚上她对娘家兄弟说的那些话,觉得自己的思想已经滑到一个十分危险的边缘了——而更危险的是,直到现在她总不肯相信山宝会把铁锨有意扎到娘家兄弟大腿上。他为什么要那么做呢?既然要行凶报复,为什么没往头上、脖子上,却要在离心甚远的大腿上……她理不清这件事情,她只觉得自己害了女婿,也害了娘家兄弟。"我真不该那么逼他……"她抓着自己的心窝子又低声地哭了。

她向屋里走了一阵,又掉回头往临时户走去。她要把这件事告诉女儿,让女儿马上搬过来。既然山宝被抓走了,那面还有啥守头呢?另外,她还想叫女儿亲自去问问山宝到底是怎么回事。她眼前总是浮现着山宝那一张血流满面的脸,耳畔总是回响着那个令人心碎的微弱的声音——"姨娘!"

一道弯曲的矮墙挡住了她的视线。她觉得自己体力不支,就双手按到墙豁口上喘气。高大的杏子树把它的粗胳膊从墙头上斜伸过来,好像急切地在向她打着什么招呼。她抬起头望了一眼,不由得"啊哟"一声,就瘫倒在地上了,篮子滚落,蒸馍饭菜撒了满路,她头顶上空的树杆上吊着一个人——那不是她的女婿山宝吗?

她终于挣扎起来,用尽吃奶的力气,才爬上了那个墙豁口,但腿子像安上弹簧似的抖得站不稳。她惶急中双手扳住一根树梢儿,可她仍然掉下去了,只听咔嚓一声,似乎整个杏子树都倒掉了。

## 第二十章 走出临时户

天黑尽时,香兰把青年试验田里的苦苦菜和蒲公英全拔完了,还附带清除了不少杂草。她的两手和前襟沾满了苦苦菜的"乳汁",涩巴巴、黏糊糊的,又散发出十分厉害的苦腥味儿,熏得她头晕目眩,恶心不已。她返回屋里,吃了几口馍,才觉得好受了,于是从牛圈里取了个给牛添草的竹篾大背篓,把苦苦菜和蒲公英装上,向张翠凤家背去。

她浑身很有些酸痛和瘫软,但脸庞舒展得多了。她一边走,一边想着山梅和山定看到她为他们俩拾了那么多的菜时,不知该如何感激她这个热心肠的嫂嫂。

张翠凤家里一片漆黑。惯常在门口儿上借星光月色吃晚饭的山梅,像受惊的雀儿似的飞跑进去,向妈妈报告着嫂嫂光临的特大新闻。香兰把野菜连背笼立在厨房门的一侧,就十分坦然地走进屋里。张翠凤像对待上姑舅一样,把娇贵的儿媳妇礼让到黑乎乎的土炕上,随即又奔到灶下,双膝跪倒扑儿扑儿地吹火点灯。灯点着时,张翠凤的头成了烫发头,眉成了火烧眉了。灯没个香头亮,张翠凤又从牛粪饼子一般的发髻里抽出一枚针,斜过脸认真挑了挑,屋里才显出一点昏黄的亮色来。

山梅大概还记着早晨的事,不敢正面看一眼这个漂亮而又尊贵的嫂嫂。她忍着羞怯和尴尬给嫂嫂端来一碗饭。香兰为了表示亲切起见,一点没有推辞就接了碗。碗里立即映出一张脸,那么陌生,那么可怕,她惊讶自己的眼睛一夜之间怎么会变得这么大,这么深。她不敢见"她",怕"她"。她搅动筷子,使"她"立即"碎尸万段"了。碗里驱逐了"她",便剩下了清亮亮的汤,偶尔可以钓上来一团两团的苦苦菜,喷散出新鲜而又苦涩的香味儿。香兰心头涌出许多感慨来。这户人家像牲口一样死绑在队上,就靠两个赤脚片儿孩童,供给着一个灶火和全家人的多半个肚子……忽然倒插在炕上睡觉的山定醒了。山梅立即给他端了半碗汤递上去。山定搅了一筷子,见全是菜,就扔了筷子哭起来。

"我要喝面的,这尽菜,苦!"

张翠凤走过来搂住他,连哄带吓地说:"你给我乖乖儿吃,不然妈打哩!等咱的鸡蛋攒多了,把救济粮都打来(她家的救济粮因缺钱常常上交),天天做尽面的汤……"她似乎觉察到言语有所欠妥,又改口道,"他嫂子也晓得,上头常说闲月稀吃,忙月……"她大概又意识到眼下就根本不是什么闲月,"反正一天有八两粮就不怕饿……"

她忽然悟出"饿死"二字有损大好形势,于是垂下脸,沉默不语了。

香兰一面喝着新鲜的菜汤,一面细细地去瞧这一家子人,只见他们躲进昏暗的灯影里,像饿鬼一般,扑腾扑腾地填着无底洞一般的肚子。他们吃得好香啊!这种"香饭",人们在那难忘的1960年早已吃尽了,而这家人还远没个尽头!真是得天独厚哟!在香兰的记忆上,几乎每年的除夕晚上,雪雁山的全体贫下中农总要集合到刘家堡子下面吃一顿忆苦饭,听父母亲和舅舅诉说在刘干猴时代所受的苦。而这家人一年365天几乎全用忆苦饭苦度时光,他们该去控诉谁呢?……这一家人每到春暖花开之际,皮肤就带上一种惨不忍睹的菜绿色,香兰不禁想到初中生物课里学过的保护色,那是仁慈的大自然为了让弱小动物在生存竞争中不至于绝种而赐予的化妆品,而这家人……多么令人难以忍受的保护色哟!

香兰汤一半、泪一半,不知其味地吃下了这碗饭,就说:"我把今日从试验田里拔出的菜都背来了,梅梅和定定就歇上两天,不要赤脚两片去霜地里遭罪了!"

张翠凤感激得不知说什么才好。香兰临走时又向婆母索要山梅和山定的鞋样子。张翠凤简直慌了神,不叠声地说:"怎么敢叫他嫂子劳心呢?怎么……"

"那就我再天来取吧,你先寻好放到眼皮儿上!"香兰说着跨出门,向临时户那面走去了。

临时户的门敞开着,黑魆魆的,香兰看着不觉有点儿害怕,仿佛那不是他的家,而是一个野兽出没的山洞。

她在门上先稳了稳神,才硬着头皮走了进去。

屋里弥漫着扑鼻的异香味儿,好像一瓶雪花膏刚刚拧开盖儿。香兰一面摸火柴点灯,一面绷紧神经,预防着山宝的突然袭击,心里嘀咕道:"瞧那边屋里过着甚光景哟,你还有心思出这个牌……"

灯点着了,昏黄的灯光粗制滥造地勾画出这个屋子的简陋轮廓。"噢,唐运红,才是你啊!你又有何贵干呢?"

香兰脑海里立刻浮现出瓦沟脸表兄在这屋里演出的那幕丑剧,但现在她并不怎么怕他。不知什么时候,这位堂堂男子汉在香兰眼里已经降到畜生的位置上了。她用一种旁若无人的眼光,瞧了瞧他,就去烧火做饭,忙乎她的活儿。

"出事了——你知道吗?"唐运红在昏暗的灯光中尴尬地斜睨着表妹。

香兰惊愕地抬起头,这才认真地瞧着表兄的瓦沟脸,仿佛想从那上面找出出事的三要素——时间、地点和人物来。

"我大的腿,我妈的……我的灯①险乎叫人端走了!"唐运红的瓦沟脸忽地扭曲成一张两头翘起的木锨,好几个音节都裹进干燥刺人的哭腔里,"这山上,人……活不下去了!"

一种不祥的预感极大地震惊了香兰。她不敢用声音而是用那一双饱含惊惧的眼睛询问着瓦沟脸表兄:"行凶的人是谁呢?"

"这山上和贫下中农有仇的人会是谁呢?"唐运红打了一阵哭腔,似乎就已经把那次的污秽行迹洗去了,便坐正身子,贪婪地瞧着自己这个因受惊吓而越发显得窈窕动人的表妹,将山宝今晚的"现行活动"一五一十地告诉了她——这个刚刚遭受过不幸的女人。

---

①灯:指眼睛。

香兰的秀眉簌簌地抖动着,一颗受了侮辱的心像锤子一般敲击着她紧缩发闷的胸膛。她无论站在何种角度,也无法推导出这次偶然事变的必然性来,就像她推导不出雪雁山在这春夏之交何以突降黑霜一样。她感到天旋地转,就要跌倒了,慌忙用手抓住灶台,支撑住自己的身子。不过她很快镇定了自己,丝毫没有把内心的惊惧露之于形,她不愿给不忿她和山宝的人留下任何一点口实。

唐运红望着表妹的这副沉静神态比受震惊的人更为震惊。现在,他对和自己一块儿玩土疙瘩长大的表妹完全不可思议了。按他的主观臆断,香兰闻知此事,必定是先暴跳如雷地大骂一通,然后提出离婚,永远和那个早就比老鸹还黑而现在又有"现行活动"的东西划清界限——起码要向他讨一服后悔药吃的。这时,他可以把表妹搂在怀里,甜言蜜语地安慰一番,再……然而,他在香兰身上所想获得的一切都像沙漠里播下的庄稼,除了绝收还是绝收。他在表妹脸上所看到的仍然是一副担惊受怕的神色,但那明明是怕失去他——那个他最憎恨的人!他不得不放弃自己所固有的思想和观察问题的方法,来捉摸这个特殊女性的心眼儿了。她为什么把那么一个比狗屎还臭的人爱在心上了呢?王宝钏为薛平贵抛绣球是偷觑到他"蛇钻七窍",必是富贵天子,而香兰看到山宝的什么了呢?仅仅是那一张好看的脸就能完全吸引住她吗?难道我的"三清"(个人、家庭和社会关系清白)和那一院瓦房、几万斤粮食,就值不上山宝的一个臭皮囊吗?这个向来站在雪雁山社会上层的年轻人,今晚似乎才钻进社会里面,多少悟出一点人生真谛来了:大概所有的女人都是心软人,心软人都同情可怜人。他从他妈也死护山宝这一点,更确信自己推测得无比正确。他把自己和山宝比了又比,实在寻找不出一点自己值得同情的地方。他有吃有喝、家全世全,而山宝……

"唉——我的好表妹,我寻不上可心的女人,也只是一个人的苦肠,把你弄到这般地步,谁瞧着都寒心,何况姑父姑母……"唐运红呜呜咽咽地哭了,他非常庆幸自己真哭出了眼泪,便掏出手绢儿擦眼睛,不妨把另一个手绢儿也带出来,掉到炕沿下了。他把山宝的二百块钱弄走后,就把那个手绢儿当作稀世珍宝常带在身上,独自一人的时候就掏出来当曲折动人的爱情小说读,而且百读不厌。它如果是绣给他的该有多美气啊!这就是珍藏着姑娘家那一颗贞心的"绣球"啊!他在雪雁山上什么也不缺,就缺一个女人真心实意的爱啊!一个男人没有女人来缠,这能算完整的生活吗?他觉得他家里所有的一切还没有香兰的这一颗"绣球"值价……"我一个共青团员、民兵排长,连表妹的这么一点疾苦也干急没奈何,还有脸活人吗?我不活了!"

唐运红呼地站起身,很有些慷慨激昂地走出了门。他扇起的一股冷风,将有气无力的煤油灯扑灭了。

香兰愣了好一阵,才哆哆嗦嗦地摸出一盒火柴,点着了灯。灯却像跟她赌气一样,刚一闪亮,就暗淡下去,随即灭掉了。她仔细检点了一番,才发觉灯里耗尽了油,灯芯像霜杀过的草,干枯干枯的了。她摸出煤油瓶,凑到门口儿上,借着麻乎乎的夜光添油。她看见自己的手像弹簧似的颤动着,煤油泼洒到她手背上、袖口上和漂亮的方口鞋上……

灯,终于又点着了,却仍旧不亮。她用针挑了几挑,反而死眉瞪眼地更暗了。她仔细一想,就悟出一点道理来:灯在灯油行将耗尽之时,灯芯吸摄了漫长岁月里淤积下来的污渍浊水,使它变了质,丧失了新陈代谢的功能,不换灯芯是决不会再亮的了。但她没有心思去换,一任昏暗的灯光像鬼火一般有气无力地跳荡。

屋外飘进一丝撩拨人的饭香味儿,早该做晚饭了,香兰却没心思做,更没心思吃。她像一株被人挖断了根的嫩草,顺势倒在炕上,静静地躺着,头脑里就像那半明半暗的灯光一样,不断地涌出各种带着杂质的思想……山宝,你今晚真去报复我舅了吗?难道你真和贫下中农有杀父之仇吗?你过去那些闪闪发光的英雄壮举是硬装出来的吗?……香兰呀,那天你何不死在刘家滩的洪水中呢?也许你被洪水卷进黄河里喂了鳖,要比活到现在更好一些,起码雪雁山人会永远惦记着你啊!……唉!为什么那天碰到的是山宝而不是……

香兰的思想在这个地方卡了壳。往常她受了巨大挫折,对山宝发生动摇时,她总是惋惜地叹道:"我那天碰到的为什么不是唐运红啊!甭说你舍出命救我,如果你和我肩并肩地堵一会儿水,我就是你的女人啊!咱们都是几辈子的穷人,你家又……仅此一点,我就能原谅你的那张难看的瓦沟脸哟!"可现在常常出现在她脑海中的这一套"如果……就……"的假设复句中却没有唐运红的名字,"俞光华"不知什么时候成了这个句子的中心词。如果山宝真行凶报复了我舅而被抓走,我就跟俞光华……这么一闹腾,俞光华还敢跟我好吗?我和俞光华……会不会像我和山宝一样有纠缠不清的麻烦事呢?

门外响来一阵粗重而急促的脚步声,香兰慌忙翻起身溜到地下,这时她看到父亲和丁四老汉搀着一个血迹斑斑的人,气喘吁吁地走进门来。她定睛望了一眼,心就顿然一停,接着狂跳起来了。

啊!山宝!

香兰浑身战栗起来:"你尽惹事,尽惹事!刚刚一个牛腿弄断,现在又……"现在,火暴性子的妈妈遗传给她的一部分血液正在她的各个血管里燃烧,她失去了平日的理智和温存。

"你……还有脸……"她恨不得抽他两巴掌。

"兰,你疯了吗?"林玉山狠剌一眼香兰,"你不看看山宝成个啥人了!"

"啊!这是咋回事,咋回事?"香兰恐惧地叫着。现在,疑惑、惊愕、懊悔、疼爱——压倒了她心头的怒火。她跟跟跄跄地向后退了两步,让昏暗的灯光照到这个突遭不幸的人身上。林玉山和丁四老汉把他慢慢地扶到炕上。他像死人一样,放成什么样儿就是什么样儿。香兰走近他,对着他的脸——那张血迹斑斑的脸,凝视着,凝视着……忽然,她扑到他身上,泪水像决了堤的河水一样,倾泻到他的脸上、肩上……

丁四老汉圪蹴到炕沿头下,一面喘粗气,一面向林玉山说:"你快去要一点尿尿来,要男娃娃的!"

林玉山端了个小瓷碗走了,不多一会儿,就端来半碗尿尿,和丁四老汉两个给山宝强灌了下去。

香兰哭了一阵儿,感觉到山宝的嘴还热着,心还跳着,情绪才稍稍平静了一些。她抬起泪水汪汪的眼睛问:"大啊,丁四叔啊,他……咋成这个样子了?刚才我表兄还说他行凶报复,把我舅和我妗子的腿……"

"谁晓得是咋回事?"丁四老汉带着很重的疑虑说,"我和你大从刘家滩歇工上来,刚走到村口,忽听得老杏树咔嚓爆响了一声,我俩还以为谁家的娃娃偷折杏花,把树弄折了,慌忙追到树下看时,像椽那么壮的一个树股子断到地下,再仔细检点时,上面还绞着一个人呢……"

香兰沉重地垂下了头。现在,她觉得一切都完了。在这之前,她虽然做着最坏的揣测和万不得已的打算,其实内心深处总是没有放弃那一线希望:也许是舅舅不忿山宝,硬生岔子跟他闹事,山宝未必会是那么毒辣。现在,他自己的行动已经无可争辩地证实了这一切:他不是有意行凶,为何要上吊自杀呢?

"兰,"林玉山蹲到地上,一面磕着刚吸化的烟灰,一面叮嘱着女儿,"那边屋里有我平素间拾掇的车前子,快取一些过来,熬给山宝喝吧,它是活血利尿的。"

香兰闷着没动,她对这个步他父亲的后尘——"畏罪自杀"未遂的"现行犯",又窝着满肚子的恼火了。

山宝忽然坐起来,悲切地呼号道:"大啊,你在黄泉下白等了这多少年啊!"

丁四老汉立即双手扶住他,问他眼前站的是谁,山宝狂声说:"噢,你是唐运红,你是雷大头……"他又昏迷过去了。

"这些天,山宝和谁有过啥口角没?"林玉山装上一袋烟,若有所思地问。

"就那晚我表兄没收了他挖的刺皮后,他气得半夜没睡着……"香兰想了想,又恍然大悟道,"噢——我记起来了,今早上我提到我舅时,他好像非常恨他,骂他是活剥皮,你听刚才还说他大白等了这么些年呢,也许他对我舅一直都想报复……"香兰对山宝的怀疑已经变成明确的定论了。

"兰,你怎么说这样的话啊!"林玉山对女儿的猜疑非常恼火,"你把正经的说!"

"大啊,我一句谎没编呀!"香兰认真地说,"我说到雷婆儿小时候曾被蛇吓起过心惊病时,山宝情绪很不正常,大概对黑㹀牛出事又有什么新的想法,可他再什么也没有说。"

"也许这里头……"丁四老汉用眼睛向林玉山暗示出下语,"恐怕真有蹊跷哩!"

林玉山没心思再去探讨这些是非,站起来说:"瞧这灯,该往亮里拨一拨!"

香兰从破棉袄里撕出一点旧棉花,吹净土,胡乱拧了一个灯芯,把旧的换了,屋里顿时亮了许多。"还得寻一把透骨草!"林玉山把女婿的伤势又察看一遍后,对女儿叮咛说,"凡伤了的地方都得洗,咹?"

香兰溜下炕,到张翠凤那面去取透骨草,她还要顺便通知婆母把黑牸牛母子俩侍候好,山宝这般情景,一半个月内是不能出入那个圈门了。

林玉山又四肢无力地蹲到地下抽旱烟,一霎时屋里聚满了苦辣的烟云。两个老汉谈论了一会儿山宝后,又把话题转到眼前的生产上去了。

林玉山十分忧虑地说:"这么一把儿一把儿地抠,多会能把那几百亩甘8弄出来呢?四五天抠不出来,就捂死到土里了。"

丁四老汉感叹道:"如若多种些杨家山红旗头就好了,你瞧双涝池岘上人家年轻人的试验田,给人多长精神!"

"现在就只说晒毡,不说失尿了!"

"大家建议说,与其把工夫花在挽救这些死庄稼上,不如再种上几百亩。1961年、1962年开过的一些荒地,后来又撂掉了,今年墒土还算不赖,糜子、胡麻、洋芋,胡甩上一样庄农,缓了多少年的那地,不怕没收成的。不过现在搞运动,一定得争取工作组的支持,不然——炒熟豌豆大家吃,炸破锅又成你一个人背的了。"

林玉山闷下头沉思着。他对工作组不抱什么希望。多少年的经验告诉他,哪怕庄稼人饿得板住了气,这些来搞形式喊口号的干部在"政策"上绝不会松一下口的。他们像套在磨道里捂住眼睛走路的牲口,面磨得如何与他们是毫无关系的,他们的责任是不断转圈子,让人们听到那不死不活的响声。

"要不,咱和老会计几个商量一下就干!"丁四老汉呼地站起来,"工作组不挡则罢,挡了就说这是临时采取的抗灾措施,今年下来就撂掉!"

林玉山觉得这个主意倒可以考虑,于是也站起来,和他一起走了出去。

香兰把透骨草取来时,不见了两个老汉,却看到炕沿头下扔着个手绢儿,被脚跐得污渍斑斑,像孩童的一张脏脸。她拾起来看了一眼,就把嘴咂个不够了。这不是一年前她送给山宝的订婚信物吗?怎么变得这么不值钱了呢?她刚要动怒时却又平静了,她推测很可能是他被扶上炕时,从裤兜里溜出来的。香兰拾起来,拍净土,压进她的针线笸箩里了。然后,她把透骨草熬到锅里,点上灯细细地瞧她的男人。

山宝血污满面,鼻梁歪向一边。一侧的鼻翼根里破开一道细缝,血痂像铆钉一样又把它"铆"住了。眼睛紧闭着,其中一只血泪交涌而出。他像蜗牛一样蜷缩在炕的一角,双手死死箍住小腹。香兰拉开他的手,把衣襟撩起来一看,天哟,那肚子肿得青紫青紫。可怜呀!寒碜呀!她忍不住放声痛哭起来,泪水如雨点一般浇到那鼓起的肚皮儿上。

山宝被香兰的恸哭声惊醒了。他又挣扎着坐起来,睁开一只眼睛,瞧了半会,才认出香兰来。"谁把我又送回来了?""我大和丁四叔啊!"山宝"噢"了一声,就沉默不语了。他觉得喉头干渴,小腹剧痛,胸腔紧胀,脑袋眩晕,整个身子像一个吹鼓的气球,随时都存在着爆破的可能性。

"我渴。"他说。香兰立即把透骨草水舀出来,洗尽锅,给他烧来一碗开水,用调羹一点一点往下灌。

张翠凤听得儿子出了事,忙三乱四地给牲口倒了一背篼草,就跑到临时户里看他。她和往常一样,表现出忍辱的困惑和无言的柔顺。她比唐雪来小七八岁,而两鬓早已镶上令人难以置信却又实实在在的银边。往日的风流全被无情的岁月埋进曲曲折折的纹沟褶皱里去了,只有那清瘦的轮廓,还可以使人想象到她当年该是一个怎样妩媚秀婉的女人。

她是甘泉解放的前三个月,从河西坡逃到雪雁山来的。那年,马步芳的队伍顺祖厉河逃窜。有一长官见翠凤长得漂亮,就堵在她家门上,非要把她带走不可。翠凤父母只生得这一个女儿,此时,年方一十八岁,他们正想择一佳婿,以续烟火,岂能让丘八们掳掠了去,而绝了张家根基?慌乱中,二老把女儿扶上后院墙说:"翠翠,快跑吧!要是我们两个不在世上了,你自己就跟上个可靠的人,如果能生下第二个儿子,甭忘了让他姓张……"翠凤跳下墙,先钻进一片茂密的高粱地里,擦黑的时候,跨过祖厉河,顺苦子沟跑上了雪雁山。她在双涝池的柳林畔上碰见了刘干猴。刘干猴是督促雪雁山人给马步芳队伍送粮草的。他一见翠凤就动了淫心,当即让她到自家屋里避难。一星期之后,传来消息说,翠凤的父母被逼得上了吊,刘干猴就强迫翠凤做了他的小老婆……张翠凤每想起自己的这一段遭遇时,就泪如泉涌。"大啊,妈啊,要不是为了咱张家的根基,你的女儿早随你们来了!"

香兰看到形容憔悴的张翠凤,就立即想到她家人像饿鬼一样往肚子里灌清汤的惨景,一种纯净的几乎是属于人类本能的意识,使她觉得这位可怜巴巴的女人,和地主小老婆的恶名极不相称。于是,她口不由心地叫了声——"妈!"

张翠凤对别人的尊称已经无法做出相应的反应,或许她以为自己的听觉出了问题,竟然对儿媳妇第一次——也是最后一次按行辈发出的称呼,没有理会,她只是无言地望着自己受伤的儿子。

"回去吧,妈!"山宝闭着眼睛说,"唉,看啥呢,不是你,我爷儿父子……"

张翠凤像一堆稀泥似的慢慢瘫倒于地了。她似乎想哭,却终于没有哭出来。香兰正要去搀扶她时,她又自己挣扎起身子,默声不响地走了,浑身抖得像寒风中的枯草。

香兰一面给山宝灌开水,一面低声埋怨说:"你怎么能那么对待她呢?你瞧她有多可怜!"

山宝喝下几口开水,便来了点精神,愧悔交加地长叹一声:"我知道妈妈是世界上最可怜的人,可我不怨她再能怨谁呢?"

香兰给山宝灌罢开水,就把泡好的透骨草水端到炕头上,把他脸上、腿上、小肚子上的血迹全洗了,又从邻居家要了一些止血利尿的土草药,给他熬着喝了,他才比较安静地躺下了。

香兰掌上灯,细细地端详这个被人踩在脚下,像一张木锨、一把扫帚那样默默无闻的可怜男子汉——她给他用指甲轻轻地抠脸上未洗净的血痂,又把自己润脸的雪花膏给他的伤处抹了一层又一层,然后,她用自己那花瓣儿一般的嘴唇,去啌那只渗着血水的眼睛,她巴不得把他身上的伤口全部移植到自己身上——要是有可能的话!她啌着,哭着,用一个女人家全部的善良和疼爱,养育着一个受伤的生命。现在,她觉得无论从哪个方面想,她都不能相信瓦沟脸表兄的话。山宝从学校出来后,一直像老牛一样诚实地干活儿,从没见过他惹过谁家的一个娃娃渣儿,甚至连别家的猪狗也没见他打骂的,怎么会给人腿上扎铁锨呢?那不是像兔子咬老虎一样可笑吗?她又凑过去,在他那漆着一层层血痂的嘴唇上轻轻地吻着。这热烈的吻,表示着她对山宝怀疑的全部解除,同时,还意味着她对自己曾一度在山宝和俞光华两个男人之间徘徊的这种不贞行为的深刻忏悔和自我否定。女人家的心是多么细致,又是多么虔诚哟,她们对于谁也不知道的过失,也要通过自己具体而切实的行动,全部纠正过来,心中方能安然啊!

山宝被吻醒了。他睁开疲惫的眼睛瞧她。

"那只眼睛还能睁大吗?"香兰柔声细气地问,她的语调里含着苦酸和希望。

山宝努力睁了睁眼睛,终于使那只伤眼开了一条缝,香兰忙把手在它前面招了招,那眼睛也跟着眨了眨,于是她心里又荡漾起一丝不幸之中有幸的快慰,不由又问道:"你真到我舅庄后去了吗?"

"去了。"

"你到那儿去做啥呀?"

"拾粪啊!"

"你真扎了我舅的腿吗?"

"是你舅把头抵到我怀里硬推,推到堡墙上,铁锨反捣过来扎伤的!"

"噢——"

香兰不再问了。她相信他,不愿意打搅他的休息。她看到他瘫乏地闭了眼,便给他盖上被子,又给他唖伤眼,直至感觉到把毒气唖尽了,才跳下炕去做饭。

她像考古似的在案板下面的牛皮纸袋里挖掘了半日,才弄到两三把白面,细倒是细,却少得架不住擀杖,于是她掺了半碗苞谷面,拌成一堆"金和银",堆到案板上。

"你想吃甜的还是酸的?"

"我啥都不想吃!"

香兰又没心思做了——山宝不吃,她也不吃。她又上了炕,守在男人身旁。她觉得眼皮儿涩巴巴、沉甸甸的,但她不愿意睡,由着各种思想任其所至地在乱纷纷的脑海里自由泛滥。

"俞光华和我……被舅舅抓住后,他再敢不敢把舅舅凶神恶煞地去整呢?"她闭住眼睛想,"也许他再不敢了,舅舅可以平安地熬过这次运动了……"想到这里,她长长地舒了一口气,倒觉得自己尽了应尽的一份责任,彻底偿清了两辈人拖欠下来的情债。她在沉重之中感到了一丝儿轻松。

"你怎么会被人家打成这个样子呢?石头大了该绕道走啊!"香兰摇醒山宝。

"那……"他一时怎么说得清呢?

山宝不是说不清,而是犹豫起来了。他想着该不该把自己心中藏了多少年的秘密告诉给香兰。夫妻同床睡,人心隔肚皮。这一对相亲相爱的新婚夫妇,除了这一点之外,可以说再没有互相戒备的一切了。山宝常因这点儿"心"还隔着"肚皮"而感到十分苦恼。但他怎么能把这样的事告诉给她呢?她虽然和唐运红早乌了脸,但毕竟是金刀割不断的骨肉亲戚啊!有话甭给媚人说,媚人甭给女人说。在这方面,山宝一直严守着夫妻统一战线中的独立自主原则,从未有过半点马虎啊!尽管他今晚被唐有禄父子推向了死亡的边缘,但他仍然坚信给父亲报仇的日子不远了。他回想起俞光华对他的态度时,心里骤然一热。他被唐运红和雷大头五花大绑地押送到工作组那儿后,俞光华什么态度也没表示,只是说:"你们不要乱捆人,把他先送回屋里去,以后慢慢处理!"也许他已经知道我在干什么了,他为了弄得更彻底,让唐有禄再往高跳一次……俞组长啊,你就按你的部署走,我刘山宝再忍几天,我已经熬了八年,几天算啥呢?他想到唐运红和雷大头时,心里又滚过一阵恐惧的战栗。他俩把他推搡到杏子树下时,把绑他的绳子解了,他以为要放他回家,没想到唐运红在黑暗里给雷大头招了个手,两人又用那绳子把他吊在了杏树上……如果不是那个树股子突然之间断裂了,他和父亲一样,又走上了畏罪自杀的路。是杏树有灵吗?还是父亲在冥冥之中守护着我,还是……

"到底是咋回事呀?"香兰又怀疑地瞪大泪水汪汪的眼睛。

"也许是为了你。"山宝支吾说,"咱俩一那个,你表兄就不忿了。"

"那你为啥要上吊呢?"

"我——"山宝迟疑了一下,"我被两个吊死鬼勾住了魂啊!"

小两口儿正说着互相猜疑的话,林玉山在屋外叫香兰。香兰慌忙跳下炕,拉开门,奔出院子。

天,黑得伸手不见五指,不知什么时候起了大风,刮得地皮叮叮作响,偶尔可以闻到幽微的雨腥味儿。香兰抬起头仰望天空,早不见了月光星迹。她感觉到又浓又黑的云,正像野马一样从她头顶上践踏过去。

"你俩现在搬到山梅那面去,那面……"林玉山的声音被狂风刮走了。

香兰站着没动。在似乎带着重压的黑暗中,她惊愕地瞪大眼睛,盯着父亲那被模糊成一团黑影的脸庞,觉得眼睑又像弹簧一样簌簌颤动,她立即预感到又有什么难以承受的事情要发生在这最不幸的时刻了。果然,林玉山沉默了片刻,就向女儿沉痛地宣布——张翠凤死了——吊死的!

"啊!"香兰先是一怔,接着"哇"的一声哭倒在冰凉的土地上了。

"兰,甭哭,甭……"林玉山也禁不住冒出来一声噎人的呜咽,但他很快又忍住了,只是声气里夹带着刺人心肠的沙哑。

"听话,兰!那边正等着你和山宝哩!"

林玉山把哭作一团的女儿,从漆黑的地上扶起来。"快搬过去,咹?"林玉山好不容易才把女儿撕心裂肺的痛哭平息下去。

"大……那行吗?"香兰浑身痉挛着,声气里裹挟着抽肠挂肚的哽咽,但她冷静得多了,她已经在考虑着往后的处境和前途。

"听话,兰!"林玉山命令似的说,"张翠凤活着的时候,谁也没把她看成雪雁山的一个人,儿媳妇也没顺顺畅畅地叫过一声妈,现在……你们……还不趴到她身边,让她听到一点哭声……"又是一阵能揭起地皮的风,把世间的一切音响,都恶狠狠地吞噬了。

香兰眼前又浮现出那可怜的"保护色"和照得见人影的清汤。她低声哭起来,眼泪像撒豆子一样滚下来,被狂风卷进了黑暗的深渊。

香兰折进了屋里。她站在炕沿前,对着被人打得半死不活的山宝,什么话也说不出一句,只是一把一把地抹泪。她对被人一直视为地主小老婆的张翠凤的一生,现在才真正感觉到是雪雁山上一幕断人肝肠的悲剧了,而且她隐约地感觉到,在这幕悲剧里,她和雪雁山上所有的人都充当了某一个角色。

山宝忽然对着无声饮泣的香兰说:"我这一会儿心里咋这么急呀,是受伤的缘故,还是又有什么事了?"

"你……不该……给妈说那么伤透心的话啊!"香兰双手捂住脸,强忍住激流一样奔涌的泪水。

山宝已经觉察到出事了,但他还没有想到会是那么严重和可怕。

"现在……好了!"香兰把头埋到炕沿头儿上哭,"她再也……不会……碍你……我了……"

"她……"山宝惊得坐了起来,扭得腹部一阵钻心的疼,使他差点儿又晕了过去。

当他确信自己可怜的妈妈已经永离了这个世界时,山宝疯狂地惊叫了一声,但并没有哭出来。他的眼泪在他父亲刘金民死后的头三个年头里早已流尽了。那时,几乎每天晚上,泪水都要把他陪伴到天明。

"我们快搬吧!"香兰抑制住哭泣,轻声催促着。

山宝呆呆地坐着没动。"这会是真的吗?"他迷惘地问自己。八年前的这个时候,他可怜的父亲在那低矮的茅屋里,向他嘱咐完了两件事,就永别了这个世界。从那个时候起,他肩负着特殊的使命在这个充满绝望的世界上挣扎着、呼号着,不惜自己的一切……明天就是父亲去世八周年啊,我奉献给他灵前的是什么呢?又是一个母亲的冤魂!"大啊,请你原谅你的儿子在阳世间犯下的罪行吧!我从没真正恨过母亲,只是为了你,为了和你一样可怜的人,我不得不撕碎我受伤的心……"确实,他从那黑牢一般的家庭,挣扎到这个充满希望的临时户,费了多大的波折啊!现在又要重返旧路哟……他不觉又想到几天之前他递给俞光华的那个牛皮纸小本子了,那里系着父亲的冤魂,我给妈妈顶了"孝子盆",俞光华还能信任我吗……

"唉——苦命的妈妈呀!"山宝终于哭出声来了。

香兰一把拽过山宝,把他背到身上,跨出"临时户",投进漆黑的夜中。

夜,夹着冰凉的雨。

雨,裹着凝冷的雪。

## 第二十一章 日暮乡关何处是

埋葬了张翠凤的这天晚上,山宝的伤势越发重了,连他自己都觉得再活下去是不中用了,便有一种把自己的一切都告诉给人的急迫心情。该告诉给谁呢?弟妹都还小!工作组呢?他们能走进这黑窟窿里来吗?郑见远最可靠,可惜……想来想去,还是在香兰身上落点了,而且现在,他觉得那一点"心"也不应该再隔着"肚皮"了。

他听着香兰开会回来了,就想挣扎着坐起来,但是不能够,于是,他又躺着说:"你就陪我坐一会儿吧,叫山梅和山定烧一点汤来!"

香兰凄凉地瞧着他,用眼神表示着对孩子上锅灶的极端不放心。

"我有话要给你说哩!"山宝努力睁大一只眼睛,热切地注视着自己的妻子。

香兰从他的眼神里感受到一种可怕的兆头和战栗的力量。她不由向后退了半步。

"我……的伤……会好……的!"山宝非常吃力地说。

香兰趴到山宝身旁暗暗地抹泪。现在,她觉得自己走到了这一生最绝望的时刻。今日的群众大会上,首当其冲的是她生命垂危的丈夫刘山宝。他除了"破坏牲畜""行凶报复"之外,又增加了两条罪状:一条是翻案,说他连刘金民手上整理的黑材料都拿出来交给了工作组,企图整倒党员干部,为其反动透顶的老子喊冤鸣不平;另一条是借贴对联书写反动标语。香兰当时对那副喜联十分欣赏,夸奖山宝有诗人的才气,今日忽听瓦沟脸表兄分析说,这是对"当前形势"最恶毒的诬蔑时,她头脑里嗡嗡地响了好一阵子,才冷静下来。她确信山宝的用意绝不是存心要诬蔑什么,可又找不到辩护的有力词句。她非常后悔当初把那副对联没有交到大队党支部审核一下。前悔不难后悔难,现在后悔又有什么用呢?其次,众矢之的就是林玉山了。他们把山宝的这些反动行为,又反转过来,在林玉山身上找到了最深刻的"党内根源"。雷大头竟然用闷葫芦声音质问说:"老林,你要女婿还是要党员?"有好多人摇旗呐喊,让林玉山当场表态。香兰看到父亲把那一张四方脸气青了,再没有恢复得过来。临散会时,俞光华对林玉山说:"群众提了这么多问题,你不表个态行吗?"林玉山只好忍气吞声地做了一番口头检讨,雷大头还放不过他,非要叫他把提出的那个问题回答了不可。俞光华也说:"你就再表个态吧,这是个党性问题！"林玉山忽地憋红了脸，大声说："我要女婿！"于是，俞光华当即宣布撤销他的队长职务，停止他的党内生活……

"你甭哭，听我说话呀！"山宝打断了香兰痛苦的沉思。

"我听着哩！"

"有一件事，我一直瞒着你，现在……"山宝用紫青的手抚摸着香兰埋到炕沿头上的头。

香兰抬起泪水纵横的脸，不无惊讶地瞧着那张没有血色的面庞，那意思再也明白不过了："你还不相信我吗？"

"我大是你舅陷害死的啊！"山宝直勾勾地望着香兰泪水汪汪的眼睛。

"啊！"香兰更惊讶了，她像听到头顶上面的屋梁中响着霹雳似的。

山宝便把他父亲含冤而死的经过，详详细细地告诉给了自己的妻子。最后，山宝长叹一口气说："我大死得可怜啊！"

"你为什么不早告诉我呢？"香兰现在才对自己的报恩行为后悔了。她犹豫了好一阵，才把她那天晚上在俞光华那儿替舅说情的真实情节说给了山宝。"我是为我那可恨的地老鼠舅舅而丧失了女人家的……"香兰流下了悔恨的泪。

山宝没有听完就疲乏地闭上了眼睛。现在他脑海里全是一片黑暗。

香兰心里咚咚地跳。她担心那件事会伤害他俩之间的夫妻感情。她不由悔恨上加悔恨：我怎么能把这样的事告诉给自己的男人呢？

山宝受了很大的刺激，这里除了男人对女人的极端自私和男人对男人的刻骨忌恨之外，他觉得香兰把他对这次运动所怀的一切希望都打得粉碎了。不过,他现在才感到他和她真正心心相印了。女人家把这样的事都告诉了男人,再还有值得戒备的什么呢?于是,他又把那天傍晚他跳进唐家后院拾粪的真实意图和唐运红、雷大头在杏子树下对他使出的又一"绝招",全部给妻子端出来了。

"噢——"香兰对丈夫的所有怀疑至此彻底解除了。她看到丈夫的半个脸被那只伤眼里流出的泪水污渍得很脏,就把那个手绢从针线笸箩里取出来,交给他,说:"你就用这把脸揩了吧!"

山宝接过手绢,诧异地说:"咂——这手绢我那天包着钱,一趟儿丢了,你是从哪里拾来的?"

香兰想了想,恍然大悟似的说:"那钱一定是我表兄弄去了!你出事的那天晚上,他跑到这屋里,先嚼舌烂根地说了一会你的坏话,又装模作样地哭了一会自己的难场,接着掏出手绢擦了一会脸。"

山宝说:"对了,黑犉牛出事的那天,我上崖去寻透骨草的时候,把衣服挂在崖下的一株兔儿条上,可能他和雷大头抓我时,一看见衣服就……"

"我明日告他们去!"香兰的眼泪被怒火烧干了。

"你千万甭去呀!"山宝失望地阻拦着怒火中烧的妻子,说:"告过十方,告不过地方啊!"

"那我们把头伸出去任人家剁吗?"香兰对丈夫的畏缩和软弱,表示不满。

"世事转到这个字上了,谁也没治啊!"山宝沉思地说:"如果我万一……"他不愿意把对自己最坏的推测告诉给这个忠于他的女人,"你把我记的这些笔记——一共有八本,保存好……"

香兰打断他的话,说:"你把他们的那些所有见不得人的东西都记在里面了?"

"不仅仅是记他们!"山宝眼里放出兴奋的光,"你还记得咱们初中课本上学过的《捕蛇者说》吗?"

"怎么不记得呢?里面的'蒋氏大戚,汪然出涕曰'一类的句子,我还能断断续续背下来呢!"

"《捕蛇者说》是唐朝的大文豪柳宗元给视察民情的官儿们写的,我可不是这个意图。现在虽说天天讲调查研究,可没有一个真正体察民情的人。我写的这近乎小说,是一部带有悲剧色彩的小说,我把雪雁山所有的人都写进去了,原原本本的,没有粉饰,也没有贬斥,它的题名就叫成《雪雁山纪实》吧!再过些年,如果这一段历史可以随意被人评说的时候,你把它拿出来让人们回头看看咱们这个时代的人,也许还能惊醒某些人沉睡的良心哩!"

香兰被丈夫这种柔中带刚的思想震动了。她细细地审视着躺在土炕上的这个一只脚踏在阳间、一只脚踏在阴间的苦命人。她从来还没有注意到他那烂衣裳后面的胸腔里,竟然包容着如此惊人的思想。"你——"她双手攥住男人的手,"比雪雁山上所有的人都想得深,想得远。"香兰第一次对山宝生出一种近乎崇拜的感情。

这一夜,香兰几乎一眼儿未眨,她不胜凄楚地守着山宝。她心里越来越恐惧。她想,今晚山宝说给她的那些话,也许就是最后遗言了。她用无尽的泪水陪伴着将要永别的亲人。

黎明的时候,山宝又有了一点好转,香兰又有了一线希望。

于是,她背起山宝拼着命挖来的那些刺皮,到甘泉卫生院去取药。药取回来时,天已经黑了。她给山宝伤口上贴上药膏,又让他服下一颗跌打丸,就恼恨十足地向舅舅家走去。

夜色愈来愈重,高大的雪雁山像黑色的云堆一样在神秘的天穹下沉默。西方天际的最后一抹残霞,大概知道自己争不过那不声不响逼过来的凝重有力的夜色,便迟迟疑疑地退下去,但又仿佛不甘于寂寞,在遥远的地平线上燃烧得更加灿烂,活像一座巨大的炼钢炉。

全庄人都睡了,雪雁山上一片沉寂,沉寂得像从未有过人烟一样。不久前闪烁的星斗,此时全隐匿到越来越重的云层后面去了。偶尔可以听到这儿那儿一声两声的猪哼狗吠,更加渲染出山村之夜的凄凉和宁静。忽然,一声悠长而浑厚的牛嘶声,使香兰剧烈地颤抖了一下,她这才想起牛一天没添草了,便又折回来走进牲口圈。

当她第二次跨出大门时,才感觉到这个刚刚死过人的村庄,到处都充满着叫人心惊肉跳的恐怖。但她仍然硬着头皮走。她要向瓦沟脸表兄要回那两百块钱,送山宝去住医院。同时,她还要认真地提醒舅舅,如果他们无中生有地给山宝捏弄材料,就休怨她香兰翻脸不认人!

唐家的大门倒扣着,香兰敲了半会,不见有一点动静。要是往常她会甜甜地喊声"舅舅"或"表兄"的,今晚这些称呼像长满硬刺一样,扎得她说不出口来。她怀着难以抑制的愤怒等啊,等啊,后来听得唐家庄后吭吭哧哧的,像有人在紧张地干什么活儿,同时有股刺鼻的陈粮味儿,从门缝里透散出来。她方才记起山宝给她透露的那个秘密,便怀着近乎探险一般的心情,从北墙角蹑手蹑脚地绕过去,将身子掩到后院大墙和果园围墙交叉成的一个旮旯里(那晚山宝正从这里翻过去),窥探庄后的情形。

夜色格外浓重地笼罩在这一片地段上,再加上鬼影幢幢的刘家堡子,这里好像是一片险恶的梦境。香兰看不清这里的详细情形,只能辨出一些隐隐约约的黑点,从唐家后门里晃出晃进。

运动的黑点静止了。一道手电光从地下冒出来,倏地照出刘家堡子坍塌得不成样子的大门,又在堡墙上划了个暗淡的弧形,便无声地消失了。

"昧——"唐有禄低声说,"今晚的事做得不太妙昧!"

"人没查着吧?"唐运红惊慌地问。

"人是没查着,就是把陈粮装到屋子里,味道大得很昧,外面人一路过大门……现时庄上十有八九喝清汤,若查出咱存着多少年的陈粮,昧……"

"这山上没咬狼的狗!"

"你还睡大觉昧!刘山宝把咱的啥都清楚昧……"下面的话像把头栽进一个深坛子里说的,嗡嗡的听不出什么由头,好一阵之后,唐有禄才从"坛子"里把头抽出来,"不是那晚我像套狐狸一样,把俞光华……昧……"

"刘山宝鼻子把口压着,能放出个啥屁!"

"他现在可不是过去的刘山宝了,他是你姑夫的女婿昧!"

"我姑夫都被打下马了,女婿顶屁用!"

"你说得也有道理,不过还得防一手昧!"唐有禄叹息说,"要是再来个十二级台风就好了,现在昧……"

"现在,哼!弄死十个刘山宝还不是当五双撇了!"唐运红咬得牙齿格格作响,"不过那狗日的像有救神时时护着一样,1970年在双涝池岘的柳树上上吊被我姑夫父女俩救下了,去年洪水冲到那么深的涧沟里怎么也没淹死,那晚我和雷大头把驴日的吊到杏树上,不知咋的连半个树也倒了。嗨,那号东西大概阎王爷也嫌他太肮脏,不想收留!干脆是这样,我明日趁开批判会,暗暗约几个基干民兵……"

唐有禄沉思了一会儿,说:"这倒是个万全之计,不过昧……"

"这么一来,我的事也得变了!"

"使不得,万万使不得昧!雷大头是一杆炮,若是把炮口对准咱家,就难立足了昧!你还没看清形势,连你姑的立场都转过去了昧!"

"雷春玲蠢头笨脑的,哪有香兰一角儿的人品哩!"

"漂亮顶不了饭吃,要图过光阴昧,丑婆娘是家中的宝,你瞧你妈有个啥人品,猪八戒咋样她咋样,养的儿子一样把部长当昧!"

"大,我总是舍不下香兰!"唐运红使起性子来了。

"把那么一个女人有啥舍不下的昧!"唐有禄十分轻蔑地说,"你晓得俞光华为啥乖乖顺了咱昧?"

"他向人向不过理!"

"你晓得个屁昧!啥时候谁有势就弄倒谁,哪有个理昧!那晚他和香兰睡觉,被我和你雷大叔……昧,咱唐家屋里出了部长,也算个有名堂的家了昧,你收揽进一个破鞋女人,人怕划不着用嘴笑,要用屁股笑昧!"

"我明日进县找我哥告俞家的这狗日的去!"唐运红在黑暗里踩得地皮咚咚响。

"捏得哑哑儿的,捏得哑哑儿的昧!"唐有禄焦虑地阻止着儿子,"狗养在旁人屋里咬你昧,养在自家屋里咬旁人昧,保护俞光华就是保护咱自家昧!"

唐运红沉默了一阵儿,又气嘟嘟地说:"破鞋就破鞋,我宁要林家的破鞋,也不要雷家的贞洁!"

……

香兰不知道自己是什么时候,离开那个魔窟一般阴森的刘家堡子的,现在她又站在这棵杏子树下了。受了重伤的杏子树,在黑暗里发出一点惨白的光,那是它正在流血的伤口啊!

两个多月前的这个时候,她曾经站在这里。那时,她正和自己不幸的命运抗争。现在,她又站在这里了,她的命运还是那么不幸吗?

她还有勇气抗争吗?

夜风带着逼人的寒气,轻轻地却是很有力地扫过来,苍老的杏子树被摇醒了,她把数不清的残花瓣儿(那是她破碎了的梦)悄然无声地抛撒下来,坠落到刚刚遭受过寒流侵袭的冰凉的泥土里,坠落到香兰的头上、脸上和脖颈里,一瓣又一瓣……

香兰的情绪渐渐冷静了下来。她平生第一次感到自己一直在悠长而甜酣的梦境里过日子。在梦里,她描绘着雪雁山未来的宏伟蓝图;在梦里,她编织着一个姑娘家最美好的憧憬……现在,她才走出色彩斑斓的梦境,迈进了这严酷得如冬天一般的现实。当她的双脚踏在冷冰冰的现实之地时,她忽然觉得,这小小的雪雁山也是荆棘丛生、陷阱遍布了。她想起了初中语文上曾学过的一段话:希望是本无所谓有,无所谓无的。这正如地上的路,地上本来没有路,走的人多了,也便成了路。我的希望在哪里,路又在何方呢?人,在走投无路的时候,才能真正体味出"朋友"这两个字的深刻含义来。我的朋友是谁呢?她把雪雁山人颠来倒去、倒去颠来,反复掂量了多少遍,觉得真正够上"朋友"的只有郑见远一个,而他却早已远走高飞了;丁四老汉心眼儿好,却有勇无谋;妈妈能独当一面,能替山宝打抱不平吗?父亲最是实心实意支持她和山宝的,可他现在泥菩萨过河自身难保,哪能顾得了别人呢?……唉,真是"日暮乡关何处是",雪雁山上使人愁啊!

她终于迈开步,默默地向前走了。她看不见前头的路,只凭着年轻人的勇气和希望。

——本来,前面的路,永远是黑的啊!

香兰走进屋里时,看见火暴性子妈妈坐在炕沿头儿上,她好像进来好一阵子了。灯光照出她苍白的面颊,她的确衰老得多了。她有点慌乱地溜下炕,用极不自然的眼神迎接刚进门的女儿。

香兰长久地望着妈妈。妈妈在这个时候上她的门,她有说不出的惊惧和亲切,鼻根里刺溜刺溜泛出酸来。她有多少心事需要向妈妈倾吐——而且只有向妈妈倾吐啊!然而,她想起舅舅在雪雁山导演出的这一幕幕惨剧时,又愤怒了,她认为妈妈是一个副导演,而且是名副其实的!她狠狠地把妈妈剜了一眼——她平生第一次用如此粗暴和冷酷的态度对待自己的亲生母亲。唐雪来立即垂下了暗淡的眼睛——火暴性子女人平生第一次在女儿面前这样软弱和温存。

"水……"山宝躺在炕上有气无力地说。

唐雪来立即捣着鼓槌似的小脚,端起暖水壶往放在山宝枕头旁边的碗里倒水。香兰走过去,毫不客气地从妈妈手中夺过水壶,几滴开水飞溅到她手背上。唐雪来尴尬地躲开,用口扑儿扑儿地吹风止疼,眼睛不时地向香兰递过来友好的目光,似乎想说什么,却终于没有说。

"给我转个身吧!"山宝低声说。

唐雪来慌忙伸出被开水烫起红斑的手,帮香兰扶山宝。香兰狠命地使出一把劲来,就把妈妈反弹到地下了。不过不是有意的,而又似乎不是完全没有留神。她心里和妈妈拧着一股劲——好大哟!

唐雪来翻起身,深深地叹息了一声。这叹息里交织着一个母亲断肠的痛苦和无限的悔恨。

她走了。那两只鼓槌一样的小脚,是那么迟钝,又是那么沉重。

香兰又不胜后悔。她怎么能用如此冰冷的态度来对待妈妈呢?

"姨娘——"山宝面对着墙壁低声呼唤了一声,说,"我怕是不能孝敬你老人家了!"

"我妈走出去好一阵子了,你还像说梦一样……"香兰上了炕,斜躺在山宝身后。她现在感到无限的疲乏。

"走了?"山宝挣扎着转过脸,"她怎么走了?她今日往这面跑了怕有十回了,她说好今晚陪你照看我的,怎么又走了?"

"真的吗?"香兰倒有些惊讶了。

"姨娘心上没病!"山宝大概很激动,声音变得急促而嘶哑起来,"那晚我被吊到杏树上时,还明白着,好像有个人从墙豁口里爬上来,把那一条树股子扳断了,一直弄不清是谁,今日我看到姨娘的手上有一片皮被擦破了,一问才知是她。"

"我大和丁四叔咋没提到我妈呢?"香兰忽地坐正身子。

"姨娘说,她把树拽断后,就爬到村道上去喊人,可刚爬到道上,就像睡觉魇住了似的,站也站不起来,喊也喊不出来,这时,她听得丁四老汉和姨夫把人救走了,才慢慢挣扎着回屋里去了。"

"噢——"香兰觉得妈妈又是那么亲切了。"你该早点说啊!"

"姨娘还用架子车拉过来一袋子面。"山宝又把脸转向墙壁的一面,对着灰暗的墙壁喘了一会儿气,"她把面抱进屋里时,气都上不来了。架子车她没往队上交,放进草棚子里头。她说叫你寻上两个人,明日把我送进医院。我看就算了,哪有那么多钱呢?"

香兰环顾屋里时,果然见桌子旁边立着半袋子面,她挖了一把见是白面,就立即生出不少感慨来。她结婚的那天,家里就剩这么一点白面了,妈妈舍不得吃,全给他俩存着。"老人的心在儿女上,儿女的心在石板上。"香兰觉得她和妈妈从两个不同的侧面实践着这条不是真理的真理。

"姨娘还拿过来一个小纸包,压在桌子上《毛泽东选集》后面,让你来了收拾放好,我想怕是姨娘给我寻的住院钱吧?"

香兰取过纸包一看,确是钱,数了数,一百五十元整。

香兰再也无法抑制自己对火暴性子妈妈的感激之情,她捏着钱追出门,在浑然一体的漆黑中,对着娘家的方向,无限亲昵地喊:"妈妈——"

妈妈已经消失在静谧的黑夜里,似乎还能隐隐约约地听到那迟钝而沉重的脚步声。

## 第二十二章  总　结

　　香兰去甘泉卫生院的这天，俞光华一个人蹲在他的临时办公室里赶写路线教育总结。三个月的路线教育临近尾声了，现在，他所有要走的过场都扎扎实实地走过了，只缺一份书面汇报材料。他是闻名全县的笔杆子，写这样一种框框套框框的材料，本是"下笔千言，一挥而就"的事，可今日写了个总帽子之后，却怎么也写不下去了。他平生第一次完全违背自己的意图和良心写东西——世界上还有比这更痛苦、更伤心的事吗？

这是用笔杀人啊!

不过值得庆幸的一点是,直到昨天召开群众大会之前,他对雪雁山的问题还从未明确表示过任何态度。有时候,他自己也十分惊讶自己哪来这么好的耐心。确实,对这位能干的年轻人来说,除了心理上承受的压力(时时受到良心的谴责)之外,一切工作都做得像水到渠成、瓜熟蒂落一般自然合理。他想到这点时,倒觉得自己值得骄傲了。

他终于抄起生杀予夺之笔,紧挨着总帽子,写下了"林玉山"三个字。

林玉山是怎样一个人呢?

"革命意志衰竭,路线是非不分。"

他咬着笔杆想了想,又觉得对这样一个老实得像牛一样的庄稼汉,下如此之重的断语,未免太冤枉也太残忍了。于是,他又把"竭"字抹掉,换成"退"字,后面的一句话全抹掉了,改为"斗争精神逐渐减弱"。处理意见是"撤销雪雁山生产队队长职务"。不久,他又把"撤销"换成"免去",不久又把"免去"换成了"撤销"。因为林玉山还有个党籍问题。你为什么在党和女婿之间选择女婿呢?你就说"我都要"该多好啊!你太老实了,老实得叫人简直无法原谅!他因在这个问题上林玉山没有给自己留下迁就的余地,而惋惜得咂烂了舌尖。

接着他就写到林香兰了。尽管这个漂亮的农村女人,像诱饵一样把他挂到唐有禄的钩上了,但她给他的印象却永远是美好的。他想到与她在一起的那些时光,心里就涌起一股兴奋的波浪,久久不能平息。他对自己亲近香兰以至于和她发生那种不该发生的关系,丝毫没有后悔之意。他只后悔没有提高警惕性,而掉进了唐有禄预先设置的陷阱里。他甚至因和香兰有了那夜风流韵事而对她爱之愈深,至今他还想着选择一个怎样的机会,再度把她勾进这小屋里来。他从桌子左角的材料下面取出那张画得十分精致的《雪雁山远景图》,非常惋惜那上面扣了个很重的"牛蹄钢印"而糟蹋了她那巧夺天工的手艺,又非常庆幸自己竟然保存这个无价之宝。他双手捧着它,一次又一次地吻着,心里幻想着如何通过这个特殊的媒介,向她倾吐自己的苦肠……他越想越激动,便不由自主地挥笔写道:

"她心地纯正,热情饱满,富于幻想,有一副风摆杨柳一般袅娜多姿的优美身段,一双泉水般清澈纯净的眼睛里,放射出少妇所特有的那种令人战栗的光芒,花瓣儿一般的嘴唇上时常浮动着温馨醉人的微笑。她的一切动作里都流露出一种自然的、朴实的风采,哪怕是随意的甩辫梢、撩衣襟,都有着叫男人们销魂夺魄的魅力,可惜她嫁给……"

他忽然意识到自己走了神,将工作总结写成了小说。于是,他像掩盖一种最见不得人的东西似的,慌忙划了根火柴,把这一页撕下来烧了,又在另一页上重新写道:

"她在个人问题上,受到资产阶级思想的严重影响,一味地追求个人的自由幸福,丧失了一个共青团员最起码的立场,造成家庭分裂、贫下中农之间不团结,应给予撤销团内职务、留团察看一年的处分。"

他第二遍审核时,又觉得不妥了,于是把"严重影响"改为"一些影响","丧失……立场"改为"在某些问题上偏离了正确的方向";处理意见变成了:"鉴于她在雪雁山建设中的突出表现,给予批评教育,免予处分,保留团内职务。"他想让她在团内沾一星半点职务,以便再找借口和这个漂亮女人接近。

轮到已经濒于死亡边缘的刘山宝时,俞光华的笔头便龙飞凤舞了：

"该青年虽然刻苦好学，劳动踏实，曾在雪雁山的建设中付出过自己的血汗，但在复杂的家庭环境影响下，资产阶级世界观始终没有得到彻底改造。因而，当他的地位发生根本变化时（与中共党员、雪雁出生产队队长林玉山的女儿林香兰结婚），其反动的世界观充分地暴露了出来，以至于走到书写反动对联、伤害集体的牲畜、行凶报复革命干部的严重地步，更有甚者，企图借这次运动为其反动老子翻案，以实现他多年来颠覆雪雁山的狼子野心。以上事实，已触及刑律，宜交司法部门审定处理。"

他对于家庭出身或本人历史上多少有些污点的人，态度和雪雁山的"地老鼠"唐有禄有惊人的相似之处，只不过唐有禄主张对这些人不分青红皂白地打击，打准了有功，打不准也起码能证明自己的立场坚定正确。俞光华并不主张乱批乱斗，却同样把这些人看得连牲口不如，一旦工作上有什么不顺利，狼屙的、狗屙的，统统堆到他们头上——这是极好的垃圾箱，有了这样的垃圾箱，世界永远是干净的！垃圾箱自然是哑巴吃黄连有口难诉，而其他人的态度，用雪雁山人的话说，谁爱把不疼的指头往磨口里塞呢！不过，现在他又觉得这样对待刘山宝太残酷了。他摸着自己的良心想："我从他那里要来了置唐有禄于死地的'重型武器'，我又为什么反过来说刘山宝'翻案'呢？"这两个问题，撞击着他的灵魂，使他既恨唐有禄又恨自己。他在心里狠骂了一会唐有禄，又将山宝评语上的"更有甚者……"一笔勾销，把处理意见改为：

"但念其在抢险抗洪中立过功，本人又有悔改表现，不再追究刑事责任，应交本队群众监督改造，以观后效。"

当他写到唐有禄时，又感到十二分的为难了。给这个老奸巨猾的庄稼人下个怎样的评语呢?他一提起唐有禄就恨得咬牙切齿,这不仅是他用极端卑劣的手段把他拉进陷阱里,而是他那一伙人把雪雁山人的骨头都剐细了啊!他一走进雪雁山这块地方,凭着他那年轻人敏锐的洞察力,就双眼死死盯住了他,就像一个高明的大夫盯住病人身上的癌细胞一样。他想:中国农民生叫这些地老鼠吃穷了,共产党的威信也败在这些家伙们的手里。庄稼人起鸡叫、睡半夜,一年熬到头,吃不上一顿饱饭,穿不上一件囫囵衣服,而这些家伙仗着手中的权柄,队上杀个虱子,也要剁一条大腿……

然而,现在他只好往这个地老鼠脸上一层一层地贴金了!

"该同志路线斗争觉悟高,革命意志坚强……"

他觉得这样写实在太枯燥、太空洞了,又生拉硬扯地把他跟刘山宝的"翻案"行为进行斗争而身负重伤的"英雄事迹"充实了进去,犹觉不足,又把他和林玉山对比了一阵子,才算把他"路线斗争觉悟高"的形象塑造成功。最后,写到唐有禄的不足之处时,他感到更为难了。唐有禄最严重的问题像雪雁山一样明摆在那里,他现在根本不敢去触动它,而鸡毛蒜皮的一些琐碎缺点,他平常又没留心观察,一时怎么也想不起来。他双手抱住脑袋,构思了半日,却终于没有找出一条适合于他的缺点来——这真是一匹纯洁高尚、完美无缺的"伟大的"地老鼠啊!最后,他只得修正辩证法,对唐有禄不再"一分为二"了。

嗨,这真是演滑稽剧呀!

现在,连他自己都觉得他在雪雁山上搞的这场路线教育,实在是荒唐可笑之至了。

太阳还没落山,屋里就充满了黑暗。他望着自己一天来呕心沥血炮制的东西,心头比正在沉沉降落的暮霭还要灰暗和沉重。他真想划根火柴把它们统统化为灰烬,这样他心里也许会稍微好受些。可当他把火柴划着时,却去点着了叼在嘴上好久的一支带把儿"大前门"烟。

他抽着烟,苦恼万状地在地上转了几个圈儿,就收拾好东西,匆匆地下山了。

## 第二十三章 合 家

鸡才叫头遍,唐雪来的那两片干巴巴的眼皮儿就合拢不到一块儿了。她穿上贴身的衣服,点着灯,觉得半个脸有点涩胀,一摸才知荞皮枕头湿着一大片子。她弄不清这是自己流的泪水,还是淌的虚汗,她最近常流泪,也常淌虚汗。

她双手揉了揉难受的脸庞,又去做那无休无止的针线活儿。以前她经常给娘家人纳鞋底。她是想用这种常人看不见也看不起的琐碎活儿,十分虔诚地弥补着娘家人对她的生死之恩。这种早已熬尽感情的"机械运动",她现在再也没心思继续下去了。不过她仍旧纳鞋底,给谁——林玉山?刘山宝?她说不清。她看不清东西——她的眼睛那晚在杏子树下吓麻了,一直未恢复过来。她凑近灯盏,才能把握住针脚的粗细大小。

她一边做针线,一边回顾着往事。从民国十八年她被遗弃在双涝池岘的雪堆里,到眼前的这场令人难以理解的路线教育运动,她的两只鼓槌似的小脚,走过了多少坎坷难行的路啊!她的人生纯粹是一出曲折宛转、跌宕生姿的多幕剧,每个重要情节都有催人泪下的地方。只是,以前无论多大的艰难险阻,她把山都像埂子一样跳过来了,而眼前的这一程子路,她再也没力气走了。她想起昨天晚上香兰甩给她的那一副脸子,就伤心得过不下去了——小辈们的气难受哟!往常她心头有雪雁山一样大的疙瘩,只要回想一下民国十八年的那一段历史,那一段曾经使她身价倍增、声誉鹊起的历史,一切就会像冰块投进开水锅中一样,顷刻间化为乌有。不知为什么,现在她倒怕想到那段历史,甚至愤恨那段历史。她似乎觉得正是那个不幸的开头,在几十年前就注定了她一生的这个悲剧命运。当她对这一切进行逆向思维时,连她的名字"雪来"二字,也觉得是一个以前不曾悟透的谶语了。"雪来"不是预示着要"雪去"吗?"我真不该,真不该……"现在,她不仅对这次赶走山宝悔之不及,就连以往历次运动中充当积极分子,也觉得颇不是滋味了。"唉,活老了省事了,饭稠了吃饱了!"唐雪来深深地叹息着,恨不得立即死掉,再从新做一次人,如果有可能的话。

当她自己无限悔恨的时候,同时又深恶痛绝着另一个人,一个她最亲近也最钦佩的人——娘家兄弟!多少年来,她把他当成雪雁山的恩人,亲他,敬他,偏他,死命维护着他,为他——她付出了何等惨重的代价啊!现在,她终于看破了他的险恶用心:他是在用雪雁山人的血肉之躯为自己铺桥垫路呢!本来娘家人给她大门上贴大字报,她就起了极深的反感,及至看到杏子树下那惊散魂的一幕,她就把娘家人恼恨透了。她娘家兄弟和山宝在她心中彻底地互移了位置。可是,当她心目中有了山宝的时候,山宝却……唉,命运呀,你为什么要如此残酷地捉弄这个可怜的苦命女人哟!

泪水模糊了她干涩的眼睛,她看不见手中的活计了,锥子不时地扎到干枯的手指上。她放下鞋底,取出一团乱麻拧麻绳,却又乱得理不出头绪来。她什么也没心思干了,只好吹熄了灯,静静地坐着,嘴里禁不住又轻轻地哼起那支伤心的小曲:

不忘那一年,
苦难没有头,
走投无路入虎口,
……

窗户亮开了,灰白色的曙色照射进来,屋子里的一切都争先恐后地显露出一点模糊的轮廓。忽然,黑娃在大门口厉声地叫起来。当黑娃的声音低下去时,村道上爆发出骇人的争吵声。唐雪来的心便像擂鼓一样跳起来。"天哟,这么早谁跟谁招嘴吵架!"她慌忙把躺在炕的另一侧的男人推了一把,让他快穿上衣服去看看。可林玉山翻了个身又睡着了。

他又像香成死去的那年一样,压扁头地睡觉。他已经睡了两天了。唐雪来催了几次,他就是没个响声。她知道他的脾气:他比谁都能忍,却又比谁都牛哟。于是,她打消了让男人去看看的念头,自己悄然无声地溜下炕,蹑手蹑脚地走了出去。

天色灰蓝,月冷星稀。唐雪来觉得自己瘦弱的身躯一个劲儿地往小里凝缩着,就像掉进冰窟窿里似的,她疑心又降霜了,不由闪进在黎明中显出苍黑的苹果树下,伸手去捏了捏那像花蕾一般爆出枝条的嫩芽儿,果真就有一股透心的冰凉袭来。这时,外面不明真相的战火已经蔓延到大门口了。她慌乱地把大门拉开一条缝,探出多半个脸向村道上张望。

麻乎乎的村道上拥着一疙瘩人。香兰被围困在中间。她拉着一辆架子车,现在被阻住了去路。她只得掉过身双手托住车辕站着。车厢里罩着一床素花被子,那下面躺着的一定是山宝了。雷大头挥拳舞掌挡在前面,唐运红叉着腰在一旁破口大骂。

这时,丁四老汉从大门里走出来,大声问道:"你们等不得天亮吵啥啊?"

香兰忙把脸转向丁四老汉,说:"丁四叔,我要拉山宝去住院,他们挡住不让路呀!"

丁四老汉气嘟嘟地走下来,一边往开推围困的人群,一边质问道:"就是犯了死罪,没到枪决的那个日子,有病还得看,你唐运红凭什么召集民兵阻挡人家进医院?"

"凭什么?"唐运红气势汹汹地盯住丁四老汉,"刘山宝驴日的把背扎绳的事做下了,现在想来个狐狸藏皮,一进医院了事,没那么便宜的事!来——"他的三角眼横扫了民兵们一眼。

"谁惹出了人命谁负责!"丁四老汉对着要向架子车冲锋的青年民兵呵斥说,"你们尽跟着大狗屙粪,唐运红跟山宝有私仇哩,你们跟他有啥哩?啊?"

"冲锋者"一时愣住了,瞅瞅丁四老汉,又瞅瞅唐运红,不知是该前还是该后。

"你们把一个反革命怕个屎呢,我这么大的头也……"

雷大头毫不费力地把香兰推倒了。架子车突然失去平衡,向后蹲倒,丁四老汉慌忙扶住车辕,使劲往下一压,又恢复了平衡。

"你们就把他捏死吧!捏死吧,捏死……"香兰双膝跪在土路上,撕心裂肺地呼号着,"老天爷爷,你为啥不睁一睁眼啊!"

蹲在大门土台阶上"汪汪"的黑娃,嗖地跳下去,在雷大头的粗腿上狠命地撕扯了一口,又异常迅速地返回来,用愤怒到极点的哭腔,更加激烈地"汪"着。

唐雪来目睹着这一切,顷刻间,蕴藏在她体内的母性所具有的怜悯和正义的全部力量,都被女儿这一声撼天动地的呼号所惊醒了。她哗地拉开门,两只鼓槌似的小脚咚咚地捣下土台阶,双手搀起倒在地下的女儿。

"我的兰,甭怕,有妈哩!"

香兰惊愕地望着搀扶她的妈妈。妈妈唤醒了她多少遥远的记忆啊!……她记不起是哪一个夏天了,她在刘家滩的草坪上追逐一只美丽的花蝴蝶,追啊,追啊,忽然觉得脚踩在一条又软又凉的绳子上了,低头一看——黑麻蛇!她吓软了,栽倒在碧绿的草丛里。"我的兰,甭怕,妈来了……"正在干活的妈妈跑过来抱起了她……啊,妈妈!她现在又觉得一下子和妈妈肝胆相照了。"妈,你听我说……"她激动得说不出一句完整的话。

"甭说了,兰!一切我都明白!"

唐雪来正要帮着女儿拉山宝时,两个社员拉着唐有禄走过来了。他们把架子车和山宝的并在一起,把这条本来就不大宽绰的道路堵死了。

雪雁山上两军对峙,剑拔弩张,气氛紧张得连黑娃都怕弄出声音,蹲在那儿,不敢再"汪"一声了。

"昧——"唐有禄望了一眼蒙在被子里的山宝,对阻拦的青年民兵说,"你们甭挡昧,叫人家走昧!我当了二十多年干部,成万人恨了,人家刘山宝给队长当了没三个月女婿,就比我值钱,上吊也能上出理昧,铁锹往人腿上扎也对昧!"

"老会计,你小心头顶上的这!"丁四老汉指着清晨苍蓝的天空说,"人说话要立个把哩,山宝上吊时你站在旁边看,还是打发人把他往树上撑?"

"昧——"唐有禄"昧"了好一阵,才挤出一句恶狠狠的话来,"那么粗壮的树股子垂断了,没压死就算好昧!"

"哼!还要叫刘家的这坏东西赔树呢!"雷大头的闷葫芦声气大得吓人。

"那是我扳断的!人要紧还是树要紧?"唐雪来气急败坏地质问着娘家兄弟,"他舅,你甭这样,甭这样,人把事情做过头了,天不容哟!"

刹那间,村道上又一片寂然。人们都把惊异的目光齐刷刷地投向唐雪来,仿佛这个不起眼的小脚女人创造了一件令人难以置信的奇迹。

"姨娘——"山宝微弱的声音像小溪似的从那床素花被子下面流淌出来,"噢——唐有禄……你好像后悔当了二十多年干部成了万人恨,我只后悔那一晚上没把你这个地老鼠一铁锹宰了!我是太懦弱了!如果我死了,我因过分懦弱而被雪雁山所有的人唾弃,我这一辈子就算没白活……"

"小溪"猝然断了,但它却像年头上的第一声春雷,震撼了雪雁山所有人的心灵。

"不让走就拉到唐家去!"丁四老汉忍无可忍了。

"对,就让山宝吃在唐家,住在唐家,给唐老昧一个竹篾筛儿尿不满!"人们不平地乱嚷起来了。

唐有禄忽然从车子上一蹦子跳下来,指着运红和雷大头的鼻子尖儿厉声骂道:"谁叫你们俩勾约人挡他昧!山宝扎的是我的腿,没扎你们俩的昧,你们把驴嘴伸进马胯里,管的什么多余的事昧!"

雷大头被骂了个稀里糊涂,埋下那颗大西瓜头不敢再往起抬。唐运红对父亲的恶骂心领神会,便扛起车辕,拉着唐有禄回了家。

丁四老汉对着唐家父子,狠狠地吐了一口唾沫,说:"狗都不吃的东西!"

香兰忽然把头埋到架子车上嘤嘤地哭了起来。丁四老汉俯下身子看山宝时,山宝昏迷过去了。他急忙喊来自己的两个儿子,帮香兰把山宝送往县医院。

村道上还像残蜂一样拥着一疙瘩人,愤愤不平地发着各种议论。

唐雪来悄悄离开激愤的人群,向已故的张翠凤家走去。

太阳从雪雁山那面探出多半个脸,好像用奇异的目光审视着这块不平静的土地。村道两旁的矮墙上,不知什么时候,又贴出了揭发批判山宝的大字报和大幅标语,唐雪来看着仍旧浑身起鸡皮疙瘩,但已经没有两个多月前那么惊心动魄了。

山梅和山定站在大门口上,一声哥长一声哥短地哭泣着,好不凄伤!姐弟俩看到唐雪来捣着鼓槌似的小脚走来时,惶然地折过身钻进了屋里,哭声也出人意料地止息了。

唐雪来咚咚地走到门上,十分温和地说:"梅梅,定定,快出来跟姨娘到那面屋里去吧!"

没有声响。

唐雪来叫过三遍后,听山梅说:"姨娘,你回去吧,我俩等我哥……我嫂……"一声令人碎心断肠的哭泣把她呛哑了。

"我还要等会儿给牛添草哩!"年幼无知的山定强装起男子汉来了,但还是没有压住那一声比一声更为剧烈的抽噎,"牛瘦了……就……没奶,牛娃饿……队上骂……"他终于还是放声哭了。

"我可怜的娃哟,甭怕,有……"唐雪来走进凄凉灰暗的屋子,把贴在墙旮旯里的两个没娘孩子,硬拖出来,撩起衣襟给他们擦拭眼泪。孩子的眼泪还没擦净时,她的眼泪吧嗒吧嗒地淌下来了。

"跟姨娘走,乖乖!从今往后,姨娘就是……妈!"

## 第二十四章

## 挽 歌

唐雪来以为林玉山包住头睡几天,什么事情也都了结了,就像香成死去的那些年头一样,可不知不觉半月过去了,他还没有睡够的意思,火暴性子女人这才肚子里像死了孩子,焦虑忧愁不打一处来了。

"你瞧,不就打我的话上来了吗?队长抹了,连党员也撂进了河谷里!现在还不起来,往死睡顶啥用?一个住院就紧得格巴巴响,你再跟上进去,不把这家人的命要了吗?"

唐雪来看到林玉山像死人般毫无反应，又说："一个男人家就那么心小？这次不就多丢了个党员吗？我一辈子没入党，日子照样过哩！"

唐雪来软一阵儿，硬一阵儿；骂一阵儿，劝一阵儿。林玉山不恼不怒，不言不语，好像他已经告别了这个世界，唐雪来所有的努力都像是对着一个死灭无声的坟骨朵做的。唐雪来心里不由嘀咕道："莫非他真有什么病啦？"她仔细地瞧了瞧男人，只见那一张四方脸瘦成巴掌一般大，两只眼睛凹进去，像干枯了的泉眼。从那"泉眼"里射出的光，给人一种不可理喻的恐惧和忧伤。唐雪来慌神了，要叫人送他住医院，林玉山摇头拒绝了；唐雪来要去请医生，林玉山也摇头拒绝了。

"那就起来吧，你这样没病也要睡出病的！"

林玉山闭上了深陷的眼睛，他似乎极度疲乏，渴望着永久的休眠。

唐雪来总以为或者她总是希望男人害的纯粹是思想病，因而她总是不愿放弃开导他的努力。可真难哟，民国十八年的"苦水"本是包医百病的灵丹妙药，可由于用得太频繁，人们都产生了极强的"抗药性"，早已不起什么作用。而唐雪来除了一肚子"苦水"，再有什么呢？

"为咱的兰，你和我都得挣扎着活下去啊！"唐雪来终于换了"汤头"说，"她独子独苗，山宝又成了那个样子……"

然而，所有的劝导都像浇在石头上的水，一滴不剩地从表面流走了。林玉山越听不进话，唐雪来就越断定是思想病；越断定是思想病，她就越有信心去开导。直到有一天，她忽然发现他的肚子像"双身"女人一样隆起来时，心里才"咯噔"一下，觉得男人的病害得深了,便央告丁四家的人,骑了"铁驴",从甘泉卫生院接来了著名的内科医生。

医生切脉,听心脏,摸肚子,量血压,末了,十分惋惜地说:"晚了,已经晚了!"

"晚了?"唐雪来大惊失色。

"肝硬变,已到晚期了。"

"干硬便?就是大便干在肚子里了?他确实好些天没大便了。"唐雪来对"干硬便"并不怎么恐惧,"这倒好办,用麦麸水套几次就……"

医生苦笑着打断唐雪来的话说:"肝硬变,就是人的肝部硬化了,不起作用了。肝也属于消化器官,其功能是分泌胆汁,储藏动物淀粉,调节蛋白质、脂肪以及碳水化合物的新陈代谢等,另外还兼有解毒、造血、凝血等功能。肝功能损坏了,人所有的器官功能也随之而破坏了。"

"他怎么会得这种病?"唐雪来惊愕地望着毫无表情的医生问。

医生说:"从他的病情发展情况看,可能是精神负担过重,超出心理承受能力所致。"

唐雪来原以为"精神"是个虚无缥缈的东西,只能使人欢悦或忧虑,绝不至于把人真压出病来,哪会想到它也如刀如枪,是实实在在的呢?但她始终没放弃那一线希望:也许他的思想疙瘩解开了,变硬了的肝也会慢慢地恢复过来。

于是,她把和林玉山脾气相投的亲戚朋友以及大队支书、公社书记,都捎信带话地请来给男人"治病"。可林玉山碰到谁都是这么几句话:"我死了,你们把山宝当人吧,千万甭再整治他了,给我坟上背土就指望他啦!"

公社书记杨海清同志看过他的那天晚上,他就闭了咽喉,再也没说出过一句完整的话,却又总是咽不下那一口气。唐雪来眼看他的病没法治了,就什么也不指望了,只希望他快点断了那口气,少受点折磨。可他来了又去,去了又来,好像阳世间有办不完的手续似的。庄上人连日昼夜守他,都熬得疲惫不堪,没人再守了,只剩下了丁四老汉一个人。丁四老汉对唐雪来说:"我陪过的老人多了,延磨三五天的多,像这样十天半月来不来、去不去的,我不但没见过,听也没听过。他一定有特别特别扯心的事,不然一个好人,这么长时间汤点不下,也到断气的时候了!"

唐雪来噙着泪整日地揣测着男人最扯心的事。

是党籍问题扯住了他的心吗?这位像老牛一样诚实的庄稼人,从半夜三更跑到刘家滩涧沟里去抓恶霸地主刘干猴,到眼前的抗灾生产,他为雪雁山人的穷日子跑烂了多少双鞋,操碎过多少次心啊,而到病危临终之际,却被取消了去见马克思的资格,又要像普通人一样去过"奈何桥",投入漂泊莫定的"轮转回"……谁瞧着心里都不是滋味,何况一个在党里生活了近乎三十年的"同志"!

"她大,你就不要记了吧!你的党籍是开除了,你人还是党员哪,雪雁山除了你再谁够资格?"

林玉山仍旧在十字路口徘徊,显然他牵挂的并不是它。也许是雪雁山的救灾生产吧?那晚他刚和丁四老汉做了个初步计划,张翠凤就死了;张翠凤尸骨未寒,他就被弄下马了,至今雪雁山还有不少人盼他病愈之后,带领他们像六一年、六二年那样,整理这个破摊子呢!或许是怕唐雪来的火暴性格与女婿合不来,而糟蹋了这个家庭;或许……然而,所有这一切都打动不了那颗干枯已久的心。

"你就放了心吧!人亏了的天会补上的……"不少社员趴在林玉山身边,泣不成声地给他"宽心"。

山宝闻知岳父病危,心里十分悲痛。他不顾医生的再三劝阻,又返回家里。他伤势稍有好转,但仍旧站不起身,便趴在炕沿下,对着早已枯成一把干柴棍儿的老丈人,放声哭道:"姨夫啊,你放心地走吧,放心地走吧!我山宝永生永世记着你……"

这男子汉撼天动地的哭声,把一个犹疑不决的灵魂终于送到了上帝的门前。

山宝给丈人顶了一回"孝子盆",那不曾治愈的伤口就开始恶化起来。于是,香兰又拉着他返回了医院。

现在,林家屋里的一切都给唐雪来一个人摆下了。她抹了把扯不断的泪水,就强打起精神,来撑持这个风雨飘摇的家庭。她把路走到这一步,才真正体验到了人生的艰辛和悲伤。"人是越来越难活了哟!"她常常对着深邃的苍天,抒发着自己无限的感慨。她真正消沉了,两鬓很快发白了。不过要使这位火暴性子女人永远消沉下去,也不是十分容易的事。她痛苦、彷徨、犹疑了一些日子,又挺起了瘦弱的脊梁。她把那根深蒂固、虔诚至极的报恩思想——现在又掺和了赎罪心理——毫不迟疑地转嫁到"孝敬"黑牸牛和关照那两个可怜的没娘孩子身上去了。

黎明之前,当黑牸牛拖着悠长、低沉的声调嘶吼一声时,唐雪来立即起身了。每当这种时候,她心跳耳炸,浑身起鸡皮疙瘩,仿佛数不清的灾祸即刻就要降临到她的脚下。这种异常的感觉,只有她唯一的儿子香成死去的那年才有过。这个曾经是无所畏惧的无神论者,现在又重新陷进传统迷信的恐惧里。"老天爷爷哟,她大已经走了,你让我的兰和山宝平平安安地回来吧!"她默默地祈祷着,穿好衣服,走出黑暗的屋子。

晓月残星,风寒气冷。唐雪来感到一种阴森森、凄惨惨的气息。

"牛思旧主哩!"她想到刚刚去世的男人和不久前死去的张翠凤,心里越发恐惧,于是自我壮胆说:"牛唤草哩,你怕个屁呦!"她哆哆嗦嗦地钻进草窑里,瞎摸上一背筐草,捣着鼓槌似的小脚噔噔地走进庄墙背后临时搭起的圈棚里。

卧躺在槽根下安闲反刍了一夜的老黑牸牛,在"小鼓槌"的急迫召唤下,用三条腿撑起庞大沉重的身躯,"嗤"地吹出一鼻子带着干草味儿的灼人气息,就坦然无忧地开始了"早餐"。在就餐之前,它伸展出那软长有力的舌头,在主人身上的随便什么地方舔那么几下,表示一番亲热和问候,唐雪来顿时领受到一份极为舒心的安慰。黑牸牛的亲生"儿子"也忽地翻起身来,先很惬意地伸伸懒腰,再嘀嘀嗒嗒地"祭奠"一番山神土地,然后慢条斯理地去品尝清晨母亲给它准备的第一杯"奶茶"。唐雪来看到眼前的这番情景,暂时忘记了失去丈夫的痛苦,而回忆起她一生中度过的那些非常有意义的时光。

添过草,天还不亮,唐雪来却不想再睡了。她取来木梳给老黑牸牛梳理那受尽困顿折磨的躯体。她从那被沉重的犁轭压出深渠厚茧的粗壮的脖颈,直梳到那个至今还在流脓流血、踏不实切的跛蹄,一眼一板,不折不扣,梳得毛根里流火走光。老黑牸牛不时地停住咀嚼而垂首闭目地享受着被人爱抚的幸福。她梳过一遍,又梳二遍、三遍,浑身挣出一层细密的汗水,心里却感到一种难得的补偿和快活。

启明星跳出来了,在冰凉的夜幕里,在酣睡着的雪雁山后面。伟大的太阳神快降临了,它把白昼和黑夜的界限从那遥远的地平线上划分开来了。这时,唐雪来怀着只有自己才能理解的心情,噔噔地走进院子,用仍旧火爆爆的声气吆喊山梅、山定起身上学——她让他俩入了雪雁山的三年制小学。然后扫地扫院,伺候完猪猫鸡狗,就上山下沟地去做庄稼人没有尽头的活儿去了。

逢着雨天,唐雪来就大搞"突击日"活动,突击平常日子里积攒下来的家务——簸粮磨面,作造饲料,拆洗衣被,掏鸡窝,垫猪圈……她一口气忙到黑暗塞满屋宇。这时,那两个捣得又酸又痛的"小鼓槌",才能沾到炕沿头上松松筋骨,可那两只皱得如鸡爪子一般的手、却仍旧逃避不掉女人家特有的忙碌——她又给没娘孩子缀鞋袜、补衣裳了。那衣裳烂成抹布串串,完全有资格上"忆苦思甜"会,甚至还可以摆进历史博物馆。她全凭线往一块儿串着。昏花的眼睛里涌流出浑浊的泪水;那泪水在红红的眼角上犹疑够了,又钻进折纹包折纹的眼睑里去了。她的视线渐渐模糊了,接着意识也模糊了。于是,时间,空间,人世……一切的一切在这位顽强的女人的脑海里幻化成一个没有形状、没有厚度的黑点;黑点摇曳、扩大,拉长……蓦地破裂了,破出一道白色的裂缝,她从那裂缝里倒栽下去……

这超乎寻常的劳碌,倒医治了唐雪来难以排解的悲戚,使她虚弱了好久的身子骨重新硬朗起来,椭圆的脸庞上又有了润气和光泽,龟裂出许多细纹的嘴角,也常常掠过带着忧伤的笑影。

转眼间,到了金秋十月。有一天,队上停了工,社员排成队敲锣打鼓地到公社去庆祝粉碎"四人帮"的胜利,唐雪来不由得高兴起来,但随后就心绪黯然了。她想,林彪死后批得起土冒烟,天还是原来的天,地还是原来的地,粉碎"四人帮"有啥值得庆贺的呢?直到有一天娘家兄弟通过她迂回曲折地向山宝求情时,她才感觉到世道怕是真要变了。

大概那也是个雨天的傍晚吧,她一边打盹一边做针线,针把额头刺破好几处,几颗小小的血珠在纷乱的发畔下摇摇欲坠。当她的头又一次磕下去时,一个熟悉而又陌生的声音使她立即清醒了。

"他姑把瞌睡攒得够多了昧!"

"她舅……"

唐雪来对这位雪雁山的要人、自己的嫡亲知己,现在不知该采取怎样的态度。她狠狠揉了揉被恼人的困倦弄得又酸又滞的眼睛,把娘家兄弟不冷不热地瞅着。唐有禄被瞅得有些不好意思,就像刚出窝的鸡一样,没头没脑地翻眼睛。那眼睛忽而像隐藏着魔鬼的深洞,忽而又像石子在深泥潭中击出的坑窝,使人厌恶、怯惧的同时,又不得不搭进几分真诚的怜悯和同情。常爬在他脖颈里的牛皮癣,此时泛出一种干燥的硷白色,像开了一层十分细密的花,似乎那里不久便要结出一批十分可观的果实。

"你穿着麝香袜子麝香鞋,走过的路百草不生,咋把你总是死不了,却把好人一个一个……老天爷收人也尽拣好的哟!"唐雪来心里涌上最狠毒的诅咒。如果是那时的唐雪来,肯定是不会再理娘家兄弟了,说不定立马把脸一拉,像喝鸡撵狗一样把他轰走。但经历了这么多的磨难之后,她的火暴性子变了,变得温和柔顺了,甚至多少有些乖觉圆滑了。好狗不咬上门亲。她在心里警告着自己,默默地溜下炕,给娘家兄弟端馍,取烟,炖茶,脸上尽量做出些殷勤样来。

唐有禄怀着十分感激的心情,婉言谢绝了这位火暴性子女人一如既往的热情款待,从自己衣兜里掏出了卷烟纸。

唐雪来履行完乡村里这些万古不变的陈规旧礼,仍旧拃到炕沿头儿上做自己的活儿。这时,她才觉出额头上有些生疼,抹了一把,湿漉漉有血,不由蹭上一股火来,狠骂道:"这屋里莫非进来鬼了,好端端人的额头就烂啦!"

唐有禄脸一红,说;"他姑甭生气,我有件事要求你昧!"

"她大活着的时候,从不见你和他商量事情。现在,我孤儿寡母你有求的啥呢?求可怜呢,还是求穷酸呢?"唐雪来话语中充满了刻毒的嘲讽。

"昧——"唐有禄眨了眨像泥窝一样莫测的眼睛,"咱雪雁山的事情怕要重新整顿了,咱的运红闯了不少麻达,那两个来了,你要给他们多说些好话,叫高抬贵手昧!"

唐雪来没有作声,她忽然感到一阵激动。连唐有禄都让山宝"高抬贵手",莫非这世道真变到另一个字上了吗?

"好亲戚要变三回驴,让他们把过去的都忘了昧!不亲戚两家、亲戚一家昧!我只求这一次昧!"

"她舅你要说啥'好话',等他俩从医院回来你当面去说,在我跟前唠唠叨叨有啥用呢!"

"昧,我到山宝跟前亲自说最好昧,只怕我和他姑夫一样,是有早无晚的人,等不得他俩来,就进土了昧!"

"你死了才把孽脱了!"唐雪来心头又涌出最狠毒的诅咒,"你心术那么瞎,恐怕死到那一世里,也未必能够安然,说不定你作弄死的人,现在正齐刷刷地跪在阎王爷门前告你,你一去,就传你上堂,剜眼、扒舌,下油锅……"

"昧——"唐有禄早已看出唐雪来在想什么了。他忽地坐正身子,翻白眼睛死盯住她。那眼睛不再像深洞,也不再像泥窝,而是像两团火焰,没有热气,没有光亮,却足以能毁灭人的灵魂,像锈能吃掉铁一样。

唐雪来浑身起鸡皮疙瘩,像深夜里看到两团蓝色的鬼火滚到自己脚下。她避开他的视线,极力镇定着自己,但那鸡爪子一般的手仍旧抖得把不稳针脚。

"他姑昧,人还是少记仇为好,积德比结怨强昧!"

难言的愤怒破坏了这位火暴性子女人尚未扎下根基的"温和柔

顺",她没好气地说："她舅,咱唐家只有把人家一个好好的人吊到树上这一桩事,积的德就够多了！"

"好昧！好昧！他姑能说出这话好昧！"唐有禄咬得不够数儿的牙齿咯咯响,"好死的忠臣无下场昧！我晓得给雪雁山人干事不只是掉一个牙的问题,迟早有人要揪我的头昧,只是没想到会是他姑昧！"他簌地溜下炕,把那颗癞巴巴的头抵到唐雪来怀里,"好他姑昧,你把我今日杀了昧,这是真心话昧,这比你给刘干猴的儿子做干证,把我爷儿父子作弄到班房里好得多昧！昧——大啊,你那时拾来了他姑,为啥还要生多余的我啊！大啊！"

唐有禄鬼哭狼嚎地叫了一会儿,就擦着眼泪走了。

唐雪来呆呆地愣在炕沿头上,娘家兄弟的话时断时续地在她耳畔响着,响着,那么陌生,又是那么模糊,仿佛从民国十八年到眼前这一段漫长而又严酷的岁月,横亘于他的声音和她的听觉之间。

直到她听到老黑犷牛唤草时,她才对眼前发生的事情做出了真实的反应,于是便哭道："她大呀,你走得这么早,这么匆忙,留下我们孤儿寡母咃,该如何过哟……"

# 第二十五章

# 选择

郑见远提拔上去之后,一直在县民政局工作。他听说山宝住了医院,常来看望他,有时晚上索性在病榻上睡了,天一明再去上班。他帮助山宝在民政局申请了一笔社会救济,要不他的经济实力能支持他住那么久的医院吗?

山宝住那么久的医院,多半是出于一种严酷的使命感和强烈的复仇心理。但那恼人的伤口好像有意要消磨他的这些意志似的,轻几天,重几天,总不肯顺顺当当地朝那痊愈的路上走。到了翻年的春天,小腹上那一道始终没有忘记流脓的伤口,突然又把它的边界扩展到肚脐眼那里去了,同时,整个腹部开始肿胀,小便变得黏稠黏稠的,血一样红,每履行一次手续,就像输药水一样,要付出足够的精神消耗,而且一次甚于一次。山宝渐渐地没有能耐再承受这些无偿的折磨了。于是,他对日夜厮守在他身旁的香兰说:"咱们回去吧!"

"再住上些日子吧!"香兰的语调是凄凉的,脸色也苍白得如四围的墙壁。

山宝说:"你不要再瞒着我了,我的这伤怕是入膏了!神仙救不了冤孽病,我大概就这么点阳寿,趁我还有点力气,咱们……"

香兰说:"你甭胡思乱想了,那样对身体更不好!"泪水浸湿了香兰长长的睫毛。她从主治医生那里探听到,山宝腹部的伤口早经感染化脓,从内部开始溃烂,已属不治之症了。只是有气三分想,她总不肯放弃那一线——仅仅是一线——希望。现在,山宝已预感到了自己的命运,执意要回去,她只好结算了手续,打算离开这个不能给予他俩任何希望的地方。

出院的这天,郑见远特意请了假来送行。山宝和香兰不忍心把实情告诉给这位乐于助人的好朋友,只说伤是基本好了,就是体质有些虚弱,到家里保养一个时期也许就强健了。

"山宝兄弟,你的难总算熬出头了!"郑见远不胜高兴地说,"你回去就把腰杆挺起来干,什么也不要怕!现在'四人帮'倒台了,'四人帮'手里弄倒的好人太多了,他们迟早都要纠正的。你想你大、你姨夫,还有你可怜的妈妈,他们有什么罪呢?有罪的该是唐有禄这一把子人,他们是钻进大家的油葫芦里吃了几十年的地老鼠,现在肚子吃大了,不好出来了。你对这些地老鼠们绝不要心慈手软!"他掏出一百块票子塞进山宝失去血色的手中,"你回去先买上个大骟羊,把身体补起来,钱不用愁,没了给老兄捎一句话!"

"见远,你对我们太好了,可……"香兰眼里飘过湿滢滢的光。

郑见远没有揣摩出香兰的情绪,又掉过脸诙谐地笑道:"你回去后一定要把自己的身体保养好,身体是革命的本钱,也是你们过日子的本钱嘛!等山宝身体复原了……记住,啊——再见!"

山宝从医院回来的这天晚上,才和香兰正儿八经地入了"洞房"。嫁妆箱、鸳鸯枕、双人被……这一切仍旧异常生动地酿造出十分撩拨人的新婚气息来,可是像黑云一样在他们头顶上越压越低的命运,却把这一切都弄得暗淡无光了。

庄上人闻风而来,差点儿把这个小小的土窑挤破了。

照面,问候,互叙别后之情,再配上女人家一串一串的辛酸泪——这些固定的程式进行完毕之后,问候者和被问候者之间都获得了一种默契的喜悦,于是都满足地走了。只有雷大嫂子迟迟疑疑地不肯离去,她仿佛有话要说,香兰问她,她又支支吾吾不说。及至屋里只剩下山宝和香兰两个人时,她才低声地把唐运红在铁萱子地里给老黑㭎使坏心的情形一五一十地说了。原来,唐运红把雷春玲的肚子弄大了,却又丢开她在河西坡那面谈了个对象,春玲觉得再没脸做人,就跳了窑……

"那两百块钱也是他和我家那大头弄走的呀!"雷大嫂子掏出一百块钱放到炕沿头上,双手抓挠着心窝,涕一把泪一把地说,"我那时包庇了龟子王八,害了你俩,也害了林队长,如今……老天报应了我!老天爷哟,你为啥对头顶上害疮、脚底里流脓的唐家那短三十的多少不'照顾'一下!"

山宝和香兰非常同情雷大嫂子的不幸遭遇,却又对他家多少年来跟着唐有禄作弄雪雁山人十分痛恨。

山宝说："雷大妈,你给你那大头掌柜说一声,甭再跟上大狗拉屎了,那样对人对己都不好!"

"他晓得这一点就不成大头了"雷大嫂子伤心地说,"他到现在把唐有禄看得比自己的老子还亲哟!"

第二天,山宝就动起笔来,他要争取在自己的生命止息之前,把雪雁山新近发生的事情全部载入他的《雪雁山纪实》。

当他重新提起笔来,又一次沉入到那不堪回首的往事之中时,他像再度开始了那一段生活似的,心里承受着无限的压力。这压力使他体内仅存的一点活力很快地耗尽了。他的《雪雁山纪实》尚未接近尾声时,他生命的旋律已经落到最后一个音符上了。

他死了。

春天的温暖拥抱了这个壮志未酬、遗恨满腹的灵魂。

山宝的坟骨朵刚刚撩起来,香兰家里就没个宁静日子了。求婚者出出进进,络绎不绝,几乎把那门槛都要踩断了。在这庞大的追求群里,最引人注目者莫过于唐运红和俞光华了。唐运红在山宝死去的第二天就撕毁了与河西坡那位姑娘新近订立的婚约,搅得整个东西坡大队风风雨雨,乱三倒四。俞光华并没有出面,却托人送来一封长达十八页的信,信中除了表白日思夜念的相思之情,还羞羞答答地承认了自己在雪雁山所犯的错误;最后,向香兰和她的一家人展示了一个非常具有诱惑力的条件:只要她答应他,他可以把他们全家迁到县城四关的生产队,那里是蔬菜区,比雪雁山好多了。这个条件确实具有非同寻常的魅力,连两鬓斑白的唐雪来都有些动心了。但沉浸在巨大悲哀中的香兰,对这一切都感到叫人头疼和烦恼。她所倾心关注的不是形形色色的求婚者,而是山宝为之苦熬了八年而终归未能完成的神圣使命。对于一个终日相随在一起的人,一旦和他永诀了的时候,才能充分地了解他,深刻地理解他。香兰回味着山宝短暂的一生,觉得他是那么崇高,甚至是那么伟大。她觉得在这样一个男人的尸骨未寒之际谈情说爱,简直是对"人"的一种不能容忍的亵渎。她成天蹲在屋里翻阅《雪雁山纪实》,她用这种方式重新和山宝生活在一起,打发着被悲哀和痛苦笼罩的日子。

山宝的断七纸烧过后,公社书记杨海清带着工作组进驻了雪雁山。雪雁山是这些年的"重灾区",整个地下铺着一层冤魂,因此,被县委定为甘泉公社揭批"四人帮"的重点。雪雁山又骚动起来了,人们纷纷议论着,屈手捐指地计算着,这次该倒霉的是谁,该扬眉吐气的又会是谁。有的还贴了大字报,为已故的林玉山和他的女婿刘山宝打抱不平,对刘金民和张翠凤虽没有明确提出,却从字里行间隐隐约约地暗示出来了。

这情景使香兰感到有种说不出的激动和悲伤。她悄然无声地走进双涝池岘的柳树林子里,双膝跪倒在柳荫匝地的墓前,一边哭,一边说:"大吔,山宝吔,公公婆婆吔,你们都在这里,在我的身边,可是你们已经离开我很远很远了……如果,你们还能知道我在这里的话,我就告诉你们,你们的一切冤屈就要大白于天下了!现在,安息吧,我的亲人们吔……"

这日下午就要召开群众揭批大会了,香兰以《雪雁山纪实》为第一手材料,写了一篇有骨有肉的发言稿。香兰怕拉得太长,反而影响了效果,于是又把那些过激的言辞尽可能地删去,她要让事实说话,事实才是最激烈不过的言辞啊!

她想起自己第一次在雪雁山群众会上发言时,是那么紧张,那么恐慌,挖空心思也想不出一句得体的话来,而且又受到瓦沟脸表兄的嘲笑,而这次……这次,她是箭在弦上不得不发,她要叫瓦沟脸表兄,还有"地老鼠"舅舅淌几身冷汗——不,要叫他们哭都没个好声气呢!

她正预想着自己的发言可能在雪雁山上引起的轰动效应时,听到妈妈的小鼓槌脚在门前捣过来,捣过去,近了,远了;远了,近了……终于咚的一声捣进来了。

"我有些话装在腔子里好长时间了,不知该不该……"唐雪来把屁股拷到炕沿头上,斜过身来,望着正沉浸在发言预想中的女儿,吞吞吐吐地说。

"妈,你有啥话就说,我正忙哩!"香兰合上笔,不耐烦地望着局促不安的妈妈说。

"可……我总怕你未必就听!"唐雪来愈加吞吞吐吐了。

"妈的话我咋能不听呢?"香兰忽然警觉起来,随即又将自己无条件的许诺改换成一个倒装的假设复句,"只要你说得合情入理!"

唐雪来胆怯地瞥了一眼女儿,就垂下眼睛去望自己那双悬空的尖尖的尕脚,两只胳膊拦起来紧紧箍住自己早已萎缩下去的小腹,好像她正气沉丹田,预备做一次惊人的表演。

"人常说,人不记恩不为人。"唐雪来声气十分低沉委婉,"你也不是不知道狼老鸹鸹烂屁股的我,是怎么把一条不值钱的命修磨下来的,我若不给唐家记个恩,死到那一世里,也没脸见娘家人……"

"妈,人也常说,人不记仇不为人!"香兰插断母亲说,"我大,山宝一家人……"

"兰,你先听我说咵!"唐雪来又迫不及待地打断了女儿,她丝毫不敢松懈自己刚刚运足了的"丹田"之气,"哪怕刘家过去跟你舅翻过多少跟头……"

"谁跟他翻跟头来?"香兰不觉火了,"是他把雪雁山人踏住脖子割尾巴,一个个送上了绝路,还是山宝……"

"兰,你就答应了我吧!"唐雪来哧地溜下炕,跪到地下了,"答应我吧,兰!当妈的一生一世求你就这一回哟!"眼泪像雨水一样从这位火暴性子女人瘦削的面颊上倾泻下来。

香兰耳朵里轰的一声,就什么也看不见了。她只觉得自己正向一个无底的深渊里沉下去、沉下去……伴随她的只有黑暗,浑然一体的黑暗。而她把这些黑暗每每当成可依托的厚实的土地,将自己充满力量的双足放心地跨上去、跨上去,然而,每跨出一步,都使她更向地狱靠近一尺。在地狱的边缘,在冥冥之中,她耳畔还响着一个凄然而又惊心夺魄的声音:"答应我吧,兰!当妈的一生一世求你就这一回哟!"

好久好久之后,她才从那个"深渊"里挣扎上来,跨出了大门。她手里仍旧捏着那份发言稿,还有那支笔,但她没有去会场,她在空寂无人的村道上漫无目的地走着,走着……

刚下过雨,牲口蹄印里的积水映着冷凝下来的天空和刚刚抽出新芽的树木。空气清新而醉人。那标志着雪雁山荣辱盛衰的大堡子,那曾经受过深重创伤而现在交了好运的杏子树,还有那早已塌了顶可仍旧那么令人依恋的"临时户",以及那一座曾经是生气勃勃而现在蒿草丛生、老鼠出没的院落……

这一切,都像深沉的历史著作一样,在她眼前一页一页地翻着。她不知不觉地走出苦子沟口,站到了祖厉河边。

祖厉河又涨水了,浊黄浊黄的浪涛拍击着两岸紫黄色的沙土,发出迟缓而又深沉的喘息。

香兰沿着河岸,心情十分沉重地走着,走着,蓦地,肚子深处非常厉害地搅动了一下,又是一下,似乎一个新的生命开始躁动,她便站住了,一阵惊喜涌上心头。但她又哭了,低声地!她记得这里是俞光华背她过河的地方。她脑海里忽然浮现出那封长信,那个诱人的许诺……她不知不觉地把手中的稿子投进了河里,连同那只笔,但随即又后悔了,赶快弯下身去打捞,但是浑浊的河水早已把它漂得很远很远了。

啊,悠悠祖厉河哟!从古至今,它流过了多少坑坑洼洼的岁月,流出了多少悲欢离合的故事……

落日的余晖,给这条浊浑的河流涂上了一层艳红的色彩,使得滚滚的浊流像血水一般殷红耀眼。

香兰抹一抹泪光朦胧的双眼,直起身来继续沿着河畔往前走,冰冷的浪花飞溅到她的脚上,让她第一次感觉到自己及腹中的跳跃与这条母灵之河深深地接泊,勇敢地、毫无畏惧地向前奔腾……

# 后记

现在，从著名的文学大师到无名的青年习作者，都忌讳以"文革"作小说的背景了，而我仍然涉于其边缘讲述故事，实在是不得已而为之，希望读者朋友不要做过多的解读。"文革"前，我一直在农村生活。记得那时连接人们生活的链条都是些"运动"，大运动套小运动，所有的人都是"运动员"，尤其在中国民主革命中起过重要作用的贫农，出于一种朴素而又深厚的感情，在这些大大小小的运动中，都是积极地行动者，自觉不自觉地制造着令人心酸的悲剧。党的十一届三中全会之后，确立了以经济建设为中心的路线，从而结束了这段可悲的历史。

这段历史是结束了，永远结束了，但它留给我们的教训太深太深了。我想，作为一个历经波折的中国人，尤其是农民，永远不应该忘记这些血的教训。于是，我用自己笨拙的笔，原原本本地记录了我所亲身经历过的那段生活，写成了这部粗疏得有点儿不像样子的小说。由于功底浅薄，一磨近乎十年。现在回想起来，那个时代已经距离我们很远很远了，我不过是唱了一曲过了时的挽歌。

这部稿子在修改过程中，受到我省专业作家王家达、省出版社编辑张春波和人民文学出版社编辑杨柳等老师的苦心指导和热情栽培，在这里我对他们表示最诚挚的感谢。

1989 年 11 月 10 日